新潮文庫

やぶからし

山本周五郎著

目次

やぶからし

入《いり》婿《むこ》十万両

一

「――浅二郎《あさじろう》」

「はい」

「今日もまた家中の若い奴等《やつら》が何か悪さをしたそうではないか」

矢走源兵衛《やばせげんべえ》は茶を啜《すす》りながら柔和な眼をあげて婿《むこ》を見た。

「なに、つまらぬ事でございます」

「五郎兵衛《ごろべえ》が先だって練武堂へ誘い込んだうえ、厭《いや》がるものを無理に竹刀《しない》を持たせ、さんざんに恥辱を与えたと聞いたが――よく我慢をしてくれたの」

「どう仕《つかまつ》りまして」

浅二郎は色白の顔に静かな微笑をうかべながら、

「いずれも腕達者の方々、かえって良き勉強をいたしてございます」

「そう思って忍んでくれれば重畳じゃ。――馬鹿《ばか》な奴等めが、深い仔細《しさい》も知らず、その方がただ商家の出だと云《い》うだけの理由で小意地の悪い事をしおる、ましばらくの辛棒じゃ、よろず堪忍《かんにん》を頼むぞ」

「御心配をお掛け仕り、私こそ申し訳ございませぬ……」

慎《つつ》ましい婿の態度を、心地よげに見やりながら、ゆっくり茶を喫した源兵衛、やがてさりげない調子で、

「時にどうじゃ、娘は気に入ったか」

「……は？」

「娘不由《ふゆ》、気に入ったかと申すのじゃ」

浅二郎はさっと眩《まぶ》しげに眼を伏せた。

「勿体《もったい》のうございます、分に過ぎましたお言葉、私こそ御家風に合わぬと」

「はぐらかしてはいかん――浅二郎」

源兵衛は微笑しながら、「遠慮も良いが事と次第がある。分るか、ことに男女の仲というやつはそうだ、遠慮がかえって無遠慮になるという事もあるぞ」

「はい、――よく、承知いたしております」

「そうか、分っているならいい」

源兵衛は頷《うなず》いて、「ではもう寝《やす》むがよい、今宵《こよい》はその方たち夫婦の寝所を奥へ移させた、当分のあいだそうするからそのつもりでの」

「――それは又……」

「何も申すな、わしの計らいじゃ、行け」

万事承知と云いたげな舅《しゅうと》の笑顔を見て、浅二郎は返す言葉もなく部屋を出た。

困った事になったと思った。奥の間と云えば次の間のない部屋である。どうでも不由と褥《しとね》を並べて寝なければならぬが、——できる事であろうか。

婿に来て五十余日になるが、娘はかつて一夜も同じ部屋に臥《ふ》すことを許さなかった。召使の者が並べて延べる夫婦の夜具を、いざ寝ると云う段になると、自分でさっさと隣室へ運び去り、間の襖《ふすま》を閉ざして寝息も聞かせまいとするのである。——御槍奉行《おやり》、矢走源兵衛の一人娘として育ち、男勝りで、才智《さいち》容色とも京極《きょうごく》家随一と云われる不由の、高く持して枉《ま》げぬ強い気性には実際ちょっと手の出せぬ処《ところ》があるのだ。

「弱った、また悶着《もんちゃく》だな——」

呟《つぶや》きながら奥の間へ行ってみると、燈《あかり》の側に不由が端坐《たんざ》していた。果して……澄透《すみとお》るような凄艶《せいえん》な顔に険しいものが見える、浅二郎は大剣を刀架へかけて静かに坐《すわ》った、

「——浅二郎さま」

不由は黒曜石《こくようせき》のような眸子《ひとみ》に、冷たい光をうかべながら向直った、

「これはどうした訳でござります」

「私は知らないのです……」

「お言葉にお気をつけ遊ばせ！」

ぴしりと叩《たた》くように遮《さえぎ》って、「何度も申上げるように、商人の頃なら知らぬこと、武士には武士の言葉つきがござります、さような生温《なまぬる》い口振りを遊ばしては矢走家の体面にも関《かか》わりまする」

「——気をつけましょう」

「貴方《あなた》は父に何を仰有《おっしゃ》いました」

浅二郎は逆らう様子もなく、

「別に何も申した覚えは……」

「ない事はございますまい。貴方が仰有らないでこんな事になる筈《はず》がありませぬ、武辺一徹の父に、——夫婦の閨《ねや》の事など察せられると思いますか」

「実際のところ知らないのです」

そう云う浅二郎の顔へ、不由は冷やかな一瞥《いちべつ》を与えながら云った、

「改めて申上げるまでもありませぬが、例え父の申付けで祝言《しゅうげん》こそ挙げたれ、わたくしには心を許せぬ方に身を任す事などできませぬ——お分りでございましょうね」

「御意のままに……」

「父上に仰有らぬと云うならそれ迄《まで》です、わたくしはあちらで寝みますから——」

不由は云い捨てて立上った。

二

霜月の冷やかな夜のしじまに、ただ一人仰臥《ぎようが》しながら、浅二郎は低く、

「――まるで四面の楚歌《そか》だな……」

と呟くのだった。

出《い》でては家中の若侍たちに嘲弄《ちようろう》され、入ってはお不由の卑《いや》しめを受ける、しかも黙ってそれを忍ばねばならぬのだ、――何故《なにゆえ》であろう。

浅二郎が矢走家へ入婿した事情を知っているのは、藩主京極高信《たかのぶ》侯と国老厨川靫負《くりやがわゆきえ》、同じく原口山城《はらぐちやましろ》、勘定方元締役布目《ぬのめ》玄蕃《げんば》、それに矢走源兵衛の五人だけであった、その事情を簡単に記すとこうである。

時はこれ、林子平《しへい》をして、

「現今諸侯のうち、現銀三千両を有するもの五指を出でず」

と喝破せしめた寛政年度。徳川幕府を始めとして大小の諸藩、いずれも財政難に当面していたが、讃岐《さぬき》多度津《たどつ》の京極家もその例にもれず、年来の疲弊積り積って藩政はほとんど逼迫《ひつぱく》の頂点に達していた。

ここにはその詳細を述べる要はないが、最も困惑を感じていたのが大坂の富商山屋八左衛門《はちざえもん》から借入れた五万余両の金である。これには吉野の檜山《ひやま》が抵当に振当ててあった為《ため》、万一返済ができぬ場合には京極家の重要な財源を押えられる事になるのだ。そうなっては万事休すと云うので、重役は鳩首《きゆうしゆ》財政建直しを計ってみたが、どこをどう改革すべきか差当っての名案と云うものがない、しかも山屋の仕切り期限はこの年十二月二十五日と云う定めだ。

「とても我々の思案では切抜けられぬ」

と匙《さじ》を投げた国老厨川靫負は、高信に向って最後の案を申出た。

「この上は是非がござりませぬ、京の岡田寒泉《かんせん》先生に御助力を願ったらと存じまするが」

「肯《き》くであろうか」

「お上には昌平黌《しようへいこう》にて教えをお受け遊ばした間柄、必ず御尽力くださろうかと存じます」

岡田寒泉は医学国文に通じ、幕府に召されて昌平黌に教鞭《きようべん》を執ったが、一方経世済民の道にも精《くわ》しく、一度出でて代官職となるや稀《まれ》なる政績を挙げ、治国家としても世を驚かした人物である。

「ではとにかく当ってみよう」

と高信は事情を具して、京に隠退している寒泉の許《もと》へ使者を立てた——寒泉は高信の使者から精しく仔細を聴取ると、

「これは愚老が参ってもいたし方がない」

と云って使者に一通の書面を托《たく》して帰した。

待兼ねていた高信がそれを受取って読んでみると、——「大坂の唐物売買商（現今の貿易商）難波屋宗右衛門《なにわやそうえもん》の伜《せがれ》で浅二郎と申す者がいる、これは拙老の門弟で財理の道に精しいから、これにお任せあるがよろしかろう。難波屋方へは当方から通じておく」と云う意味が認《したた》めてあった。

大坂の難波屋宗右衛門と云えば、唐船物を扱って巨万の富者と評判の商人である。その伜とあれば理財の道にも長じていようし、また寒泉先生が推薦する以上凡人ではあるまいと、早速使者を立てて浅二郎を迎えたが、素性が商人では藩政に参与させる事はできない、しかも重要な役目に就かせるのだから、身分も相当にする必要がある——と云う訳で、高信のお声掛りを以《もっ》て矢走源兵衛の一人娘、不由の婿にと入ったのであった。

勿論《もちろん》この事情は秘密であったから、京極家随一の娘、才色兼備の不由を横取りされ

た家中の若侍たちは怒った。

「なんだ商人上りの算盤《そろばん》才子が」

「恐らく金の力で押掛け婿を極込《きめこ》んだのであろう」

「あんな生白い奴に御槍奉行の跡目を継がせるとは四国武士の恥辱だ」

「構わぬから居た堪《たま》らぬようにしてやれ」

と折さえあれば恥辱を与えるのだった。——娘不由も同様、事ごとに冷たい眼と、冷たい言葉で浅二郎を迎え、五十余日になる今日まで一度も閨を許さぬのである。

「早く役目を果しさえすれば——」

浅二郎は寂しげに呟いた。

「しかしあの不由、……京にも稀なあの美しさのどこに、あんな烈《はげ》しい気性が隠れているのだろう。あの冷たい眼の底に時々ひらめく火花のような光は何だ——？　この頃どうかするとおれは、あの眼の色が頭について忘れられなくなってきた。不思議な娘だ……」

「浅二郎——」

廊下で不意に、源兵衛の声がした。

「はい」

「不由は居るか」

様子を見にきたのである、浅二郎は苦笑しながら声をひそめて、

「お静かに願います、いまよく睡《ねむ》ったところでございますから」

「そうか、——冷えるのう」

源兵衛は安心したように云うと、跫音《あしおと》を忍んで自分の寝間の方へ立去った。——燈の消えた闇《やみ》の中で、隣りにむなしく延べてある妻の嬌《なま》めかしい夜具を見まもりながら、浅二郎はまじまじといつまでも眠れずにいた。

三

国老厨川靱負は浅二郎を呼んで、

「どうするのだ」

ともどかしげに云った。

「もうこれ霜月十日、山屋の仕切日まで余すところ僅《わず》かとなっている。もう何とか方策が建ったであろう」

「は、いましばらく、——」

「しばらくしばらくと云って何をしているのか、聞けば六十余日になる今日までろく

ろく書類も検《あらた》めず、ただ書庫へ入って御家譜の繙読《はんどく》のみいたしておるそうだが、――埋蔵金の記録でも捜し出そうと云うのか」

明らかに皮肉である。

「とにかくもう少々お待ちを願います」

浅二郎はそう答えて引退《ひきさが》るより仕方がなかった。

恩師寒泉は別離に臨んで、

「これはお主でなければできぬ仕事だ、もし行ってみて妙策がなかったなら、京極家の家譜を調べるがよい、必ず悟る事があろう」

と謎《なぞ》のような言葉を餞別《せんべつ》にしたのである。

浅二郎は多度津へ来て、藩政の一般にざっと眼を通しただけで、とても急場を凌《しの》ぐ策など建てられる筈がないという事を知った。――そうすると恩師の言葉に頼るより外に法はないから、「京極家家譜」の閲覧を願い出た。

「何の為《ため》に家譜を見るのか」

浅二郎には謎だった、「果してお言葉通りを信じてよいものか――?」

そういう迷いも出た。

しかし、現に必至の期日を控えて他《ほか》に策がないのである。浅二郎は毎日登城するとすぐに書庫へ入って、食事の暇も惜しく家譜の繙読を続けるのであった。

靫負の督促は日毎《ごと》に烈しく、

「どうだ妙案が建ったか」

「今日こそ待兼ねたがどうした」

「もう幾十日しかないぞ」

と急《せ》きに急いてくるし、日は恐ろしいほど迅《はや》くたっていく。浅二郎はようやく不安になってきた、——もう一度先生にたしかめた方がよくはないか、家譜を見ろと仰有ったのは、何か別の謎ではなかったのか。

疑いは疑いを生んで、いよいよ寒泉の許へ書面を出そうかと思いはじめた、——十一月十九日のことである、家譜を調べて慶長十五年七月の項にかかった時、何を読当てたか急に眸子を輝かして、

「——や、これは」

と低く叫び声をあげた。そのまましばらくは喰入るように記録を読んでいたが、

「これだ、これだ、これに相違ない」

膝《ひざ》を打って云《い》った、「浅二郎の他にこの仕事のできる者はないと云われた、先生のお言葉がこれで初めて分る——そうだ」

生返ったように呟くと、すぐに筆紙の用意をして記録の一部を書写しにかかった。

家譜の中から何を発見したかと云う事は後に分る。半刻《とき》ほどして書庫を出た浅二郎は、老職の詰間へ行って靫負に会った。

「どうした、手段がついたか」

靫負は顔を見るなり訊《たず》ねた、

「は、どうやらできそうにござります」

「なにできると云うか」

靫負は思わず膝を乗出す、

「してその法は——?」

「改めて申上げるほどの事でもござりませぬ、時が参れば自然とお分り遊ばしましょう、どうぞ私にお任せくださるよう」

「だが——大丈夫であろうな」

「さよう思召《おぼしめ》しください」

浅二郎の顔には明るい微笑があった。

城を退出して、途中飛脚問屋へ立寄った浅二郎が、屋敷へ帰ろうとしてお徒士町《かちまち》まで来ると、後から大声に、

「待て、冬瓜《とうがん》侍ちょっと待て」

と呼ぶ声がした。

——また家中の若い奴等《やつら》だな。

と思ったから、聞えぬ風をして行くと、大股《おおまた》に追ってきて背後からぐいと肩を掴《つか》んだ。

「待てと云うに貴様聾《つんぼ》か！」

「どなたでござる」

振返ると果して、槙島五郎兵衛《まきしまごろべえ》、市田銀造《ぎんぞう》、それと松井総助《そうすけ》と云う、名うての乱暴者三人である。浅二郎は肩を掴んだ五郎兵衛の手を静かに押除《おしの》けて、

「これはお揃《そろ》いでいずれへ」「何をぬかすっ」

五郎兵衛が喚《わめ》きたてた。

四

「あんな大声で呼んだのに空っ惚《とぼ》けた真似《まね》をするな、この礼儀知らずの素町人め」

「大層御立腹ですな」

「こいつ……落着いたことを——」

酒臭い息を吹きながら、五郎兵衛いきなり胸倉を取ろうとする。浅二郎は軽く躱《かわ》して、

「お危のうござる」「うぬ、手向いするか」

酔っているから無法だ、拳《こぶし》を挙げて殴りかかる、浅二郎上体を捻《ひね》ってその拳を避けると、肱《ひじ》のところを掴んで逆に捻上げた。

「む！　こ、こいつ――」「小癪《こしゃく》な事をする、斬《き》ってしまえ」

松井総助が喚くと、酔ったまぎれに半分は威《おど》しで大剣を抜いた。ところがその白刃の光を見ると市田銀造が前後の分別を失って、

「この冬瓜面《づら》!!」

と叫びざま、右手からだっと抜討ちをかけた、余りの無法さに堪忍《かんにん》の緒を切った浅二郎、

「馬鹿者《ばかもの》、何をする」と絶叫して、飛鳥のように身を跳らせたと見ると、五郎兵衛は突放されて仰《あおむけ》さまに顚倒《てんとう》し、銀造の持った大剣は二三間飛んで、道の上に鏘《しょう》と鳴った。

「何を狼狽《うろた》えて剣など抜くのだ」

浅二郎は眉《まゆ》をあげて叫んだ、「新参なればこそ遠慮をしているのにおのれを知らぬ無道者。それほど望みなら改めて喧嘩《けんか》を買ってやろう、さあ参れ！」

日頃の柔和さとはガラリ変った態度、色白の顔にほんのり血の気がさして、大きく瞠《みひら》いた双眸《そうぼう》には犯し難い威力と殺気が閃《ひらめ》いていた。――相手の意外な変りように銀造らは無論のこと、腕自慢の五郎兵衛までが、起上ることも忘れて茫然《ぼうぜん》と眼を剥《む》いていた。

「ふふふふ」

浅二郎は低く笑った、

「どうやら御三名とも喧嘩は不得心と見えるな、こっちもたって買おうとは云わぬ。口惜《くや》しかったら、闇討ちでもかけるがいいであろう、失礼だが貴公らの痩腕《やせうで》で斬れる相手ではないぞ」

そう云って、冷やかに三人を見廻したが、さっと袴《はかま》の裾《すそ》をはたくと、踵《きびす》を返して浅二郎は立去った。

「――出来る、見損った」

五郎兵衛は半身を起こしたまま、浅二郎の後姿を見送って嘆賞の声をあげた。

この有様をもう一人、それこそ夢見るような気持で見まもっていた者がある、――街並の軒に隠れていた女――不由であった。所用あって通りかかりに、思いがけぬ浅二郎の姿を発見して、彼女は身動きもならず立ちすくんでいたのだ。

「まあ……あの浅二郎さまが」

頰を染め、熱い太息《といき》をつきながら、不由の眼は遠のく浅二郎の姿を覓《みつ》めていた。

その夜、――夕食が終って後、居間へ引取った浅二郎は、机の上に筆紙をひろげて、長いこと何か書き物をしていた。四つ頃（午後十時頃）であった、襖《ふすま》をそっと開けて不由が入ってきた。

「まだお寝《やす》み遊ばしませぬか」と云う、浅二郎はちらっと見やって、

「はあ、いま少し――」

と云ったまま再び書き物を続けた。不由はしばらく黙っていたが、

「お茶をお淹《い》れいたしましょうか」

と訊《き》いた。かつてないことである、浅二郎は訝《いぶか》しく思って眼をあげた、何としたことであろう、不由の顔には薄く化粧が匂《にお》っている、帯にくくられた豊かな腰の丸みも、かたく盛上った胸のふくらみも……今宵は見違えるように嬌めかしい。そう云えば眩《まぶ》しげに浅二郎を見る双眸にも、今まで一度として現われたことのない、妖《あや》しい情熱の光が、ちらちらと燐《りん》のように燃えているではないか、

「いや、――欲しくありません」

浅二郎は短く答えたまま筆を続けた。

不由はかすかに太息をついた、――胸いっぱいに溢《あふ》れてくる烈しい情熱。昼、お徒士町で計らずも浅二郎の真の姿を見た刹那《せつな》から、堰《せき》を切ったように燃えはじめた愛情の焔《ほのお》。生れて初めて感ずる抵抗し難い欲求に、彼女の体は熱い烈しい悶《もだ》えに悩んでいるのだった。

不由は、けれどそれをどう相手に伝えてよいのか分らなかった、浅二郎は見向きもせずに書き物をしている、――やがて、不由は静かに立って部屋を出た。そして二人の寝所へ入って、帯も解かずに浅二郎の来るのを待っていたのである、――すっかり夜が明けるまで……。

浅二郎が書き物をおえて、居間から出てきたのは朝食の支度ができてからだった。

「どうした、眼が赤いではないか」

食膳《しょくぜん》に向った時、源兵衛は婿《むこ》の疲れた顔を見ながら訊いた、

「はい、どうやら御改革の案が建ちましたので、昨夜その試案を練ってみました」

「ほう、いよいよできたか」

源兵衛は欣然《きんぜん》と乗出した。

「多分うまく参ろうかと存じます。就きましては、当分のあいだ御城内に留《とど》まらねばならぬかと存じまするゆえ、さよう御承知置きくださ い」

「おおいいとも、大事の際じゃ、留守は源兵衛が引受けるで充分にやってこい」

「忝《かたじけ》のうございます」

不由は悲しげに、脇《わき》から浅二郎の横顔を覓めていた。

五

登城した浅二郎は、その日から勘定方詰間へ籠《こも》り、布目玄蕃を始め役向きの者と共に、藩政に関するあらゆる書類を集めて改革案の起草に取掛った。それは驚くべき努力であった、玄蕃や定役の多くは定刻に登城し、また退出するのだが、浅二郎だけは詰間から一歩も外へ出ず、朝は払暁《ふつぎょう》から夜は三更に及ぶまで、筆紙を手から放さず働きつづけた。

こうした日がおよそ十余日も過ぎた、十二月十日の朝である、宿直の番士がやってきて、

「矢走氏、かような書面を持った使いの者が、河面《かわも》口《ぐち》御門へ参った由《よし》でござる」

と伝えた、浅二郎は書面を受取って披読すると、即座に立って、

「御苦労でござる、拙者が参りましょう」

と出ていった。

河面口御門へ行った浅二郎は、半刻ほどして戻ってくると如何《いか》にも晴れ晴れとした顔で、登城したばかりの厨川靱負に面会を求めた。

「――何か用かの」

「御登城早速ながら、お上へお目通り仰付《おおせつ》けられたく、お願い申上げまする」

「お目通りの筋は何じゃ」

「かねてお申付けに与《あずか》りましたる件、ようやく落着 仕《つかまつ》りましたゆえ、ただ今より御披露申上げたいと存じまする」

「そうか、できたか」

靱負はにっこり頷《うなず》いて「それは何より祝着《しゅうちゃく》じゃ、御意を伺って参る、待っておれ」

そう云って立上った。

浅二郎の望みで、賜謁《しえつ》は大書院に於《お》いて行われる事になった。上段には京極高信侯、列座は国老厨川靱負、同じく原口山城、勘定方元締役布目玄蕃の三名、――矢走浅二郎は、書上げた改革案の調書を持って遥《はる》かに平伏した。

「許す、近う寄れ」

高信は待兼ねた様子で云った。

「当藩財政の改革に当って数々の尽力、過分に思うぞ」

「は、は――」

「直答許す、仔細《しさい》申述べよ」

浅二郎は僅かに面《おもて》をあげた。

「お言葉に甘え御直答申上げまする、何分にも無能鈍才の私、このたびの大役とうてい勤まるところにはございませぬ。蟹《かに》は蟹なりに穴の掘りよう、お叱《しか》りを受けるは必定かと存じまするが、裁量お任せに与りましたるゆえ、下根の窮策を御覧に入れまする」

「辞儀は申すに及ばぬ、聞こう」

「は、恐れながら、あれを御覧くださりませ」

浅二郎はそう云って、広庭の方を指さした。高信はじめ三名が見ると、――泉水の畔《ほとり》に木箱が五つ山、高々と積上げてある。

「見馴《な》れぬ物だが、何じゃ」

「御改革に入用の金十万両、御蔵入れ前に御披露申上げまする」

「なに、――十万両、とな」

高信も靱負も、山城も玄蕃も、あっと云ったきりしばらくは二の句が継げなかった。窮迫し尽して必至の場合に、天から降ったような黄金十万両、――正に夢のようである。

「浅二郎！」

高信は向直った、「かかる巨額の金を、疲弊した藩政より捻出《ねんしゅつ》するというは考えられぬ、これにはなんぞ仔細があろう、訳を聞かせい」

「恐入りまするお言葉、私より言上《ごんじょう》仕るは憚《はばか》りに存じまするゆえ、御家譜のうち慶長十五年七月八日の条を御覧くださいまするよう、必ず御了解遊ばすことと存じまする」

「さようか、すぐに披見しよう」

「金十万両にては充分と申す訳には参りませぬが、一応は善後の処置がつこうかと存ぜられまする、――就きましては」

と浅二郎は御改革調書を差出して、

「これに、――御藩政の内《うち》改廃すべき箇条を調べ上げ、僭越《せんえつ》ながら愚案を認めおきましたれば、御老職に於て御検討御取捨のうえ十万両の配分よろしくお願い申上げまする、――半月足らずの早急の調べにて、もとより首尾整いませぬが、多少ともお役に立ちますれば面目至極に存じ奉《たてまつ》りまする」

「予も見たい、預かり置くぞ」

「御眼を汚し恐入りまする」

浅二郎は調書を呈出して遥かに下り、「早朝を押してお目通り仰付けられ、数々差出がましき言上を仕り恐入り奉りまする。今日はこれにてお暇くだされまするよう」

「大儀であった」

高信は重荷を下ろしたように、冴《さ》え冴《ざ》えとした顔で云った。

「さすがに寒泉先生の推薦だけあって、商家育ちとは思えぬあっぱれの働き、高信満足に思うぞ、――追って沙汰《さた》するまで登城に及ばぬ、帰ってゆるりと休養せい」

「は、は――」

浅二郎は平伏して御前を辷《すべ》り退《さが》った。

六

十万両の金を蔵へ納める一方、高信は書庫から家譜を取寄せ、慶長十五年七月八日の項を靱負に調べさせた。

そこには意外な記録があった。

「――殿！」

一読するなり靱負が叫んだ、「十万両の金は浅二郎の生家、大坂表難波屋宗右衛門より献上のものにござりまするぞ」

「何と云《い》う――？」

「ここにその仔細がござります。即《すなわ》ち、――難波屋の祖先は慶長の頃、御宗祖丹後守《たんごのかみ》高次《たかつぐ》公の御愛臣にて島田重左衛門《じゅうざえもん》と申す者にございましたが、故《ゆえ》あって慶長十五年七月、高次公より五千金を拝領のうえ武士を廃《や》め、大坂に出て唐船物売買を始めたとござります、今日難波屋が巨万の富を擁するにいたりましたも、原《もと》を訊《ただ》せば御当家の御恩顧。――寒泉先生には如何《いか》にしてかこの事実を御承知にて、浅二郎を選んだものと存じまする」

「うーむ」

初めて分った十万両の出所。――さすがに寒泉の眼識は高かった、浅二郎なればこそ家譜の中からこの記録を発見し、生家に十万両呈出をうんと云わせる事ができたのである――

「申上げます」

若侍が襖際《ぎわ》へ来て平伏した。

「御老職まで、即刻お渡し申上げるよう、矢走浅二郎殿より御書面にござります」

「浅二郎が書面――？」

訝りながら披《ひら》いて見た靱負が、

「おお――」

と云って顔をあげた、「殿、浅二郎め、永のお暇願いを差出してございます」

「――どうした事じゃ」

「理由は申しておらず、このまま退国するとのことにございます」

「いかん、ただちに使者をやって止めろ」

高信は驚いて云った、「暇はやらぬ、予が申したと早く伝えよ」

「はは」

靱負は倉皇《そうこう》として起《た》った。

その頃――。家へ帰った浅二郎は、事の始終を手短かに源兵衛へ報告すると、容《かたち》を改めて、

「これにてお召出しに与りましたお役目、どうやら無事に果しましてございますが、就いては舅上《ちちうえ》に改めてお願いがございます」

「よいとも、何なりと望め」

源兵衛はほくほくもので、「その方ほどの婿を持って家中への面目、わしに出来る事なれば何でも協《かな》えてやるぞ」

「きっとお協えくださいまするか」

「よいから申してみろ、何が望みだ」

「私を離別して頂きとう存じまする」

源兵衛は眼を剝いた。

「な、何じゃ、離別……離別とは――」

「一度御当家の姓を汚しましたも、ただこのたびのお役を勤めるための方便、卑《いや》しい町人の分際にてお歴々の跡目に直るなど以《もっ》ての外の事――それは初めより存念になき事でござりました」

「そ、そんな馬鹿《ばか》な事があって堪《たま》るか、それでは娘はどうなるのだ、娘は」

「お嬢さまは清浄無垢《むく》にござります」

「――う……む」

源兵衛は呻《うな》った、やっぱり駄目だったのか、気位の高い娘が、浅二郎を嫌って寄せつけぬ様子だから、親としてできぬ寝間の心配までしてやったのに、――これほどの男を見る眼がなかったとは、何と云う愚かな娘であろう。

「御承知くださいまするか」

「そうでもあろうが、考え直してくれる訳にはいかぬか、娘が不所存者ゆえ親のわしまで面目ない、――もしよかったら改めてよそから嫁を迎えても」

「いやいや、ただ今も申す通り、お役目を果すだけのために参りました私、もはやここに留まる要がございませぬ、お上へも既にお暇願いを差上げましたれば、ぜひとも御離別を願いまする」

「殿へもお暇を願ったと……？」

源兵衛はその一言でがっかりした。

「御承知くださいまするな」

「――」

「では早急ながら支度がございますゆえ」

と浅二郎が立とうとした時、

「お待ちくださいませ」

と云いながら不由が入ってきて、静かに浅二郎の前へ坐った。

「様子は次の間にいて伺いました、大坂へお帰り遊ばすとのことでございますが、それなればわたくしもお伴《つ》れくださいませ」

「――それは、何故でござるか」

「わたくしは貴方様《あなた》の妻、妻は良人《おっと》に従うが道でございます、――それに貴方様はいまわたくしを清浄無垢と仰せられましたが、わたくしはもはや身籠《みごも》っておりまする」

　これは驚くべき一言だった。

「何を仰せらるる」

　浅二郎は呆《あき》れて、「御当家へ参って以来、一夜たりとも閨《ねや》を共にせぬ事、御許《もと》御自身とく御承知の筈《はず》ではないか」

「例え閨は共にせずとも、夫婦して同じ家の内に棲《す》めば良人の気が籠って妻は身籠ると、——下世話にも申してござりまする」

「や、や——うまいぞ！」

　源兵衛がいきなり喚《わめ》いた。

「うまいぞ娘、同じ家におれば、ひとつ寝せずとも男の気が籠って懐妊するか、あっぱれだ、よくそこへ気がついた、浅二郎こいつは道理だぞ」

「しかしそれは余りに」

「余りもくそもあるか、娘の口から身籠ったと申すものを、今更知らぬとは云わさぬ。もう金輪際放さぬからそう思え。わっはははは、際どいところで軍配は娘にあがったな、うまい処《ところ》を摑《つか》みおった、いや実にあっぱれだ、女の智恵も馬鹿にはできぬ、見ろ、浅二郎が眼をぱちぱちさせている、わっはははは」

源兵衛独り大満悦で笑うところへ、

「申上げます、城中より急のお使者にございます」

と家扶が知らせにきた。

「なに急使とな」

源兵衛は急いで出ていったが、間もなく走るようにして戻ってきて、

「浅二郎――」

と入ろうとすると、これはどうだ、あの気位の高い不由が、袂《たもと》で顔を蔽《おお》い、啜《すす》りあげながら浅二郎の膝《ひざ》の上へうち伏しているではないか。

「今までの不束《ふつつか》は、どうぞお許し遊ばして、ねえ……」

涙にしめった、しかし初めて女らしい潤《うるお》いの滲《にじ》むような声で、訴えるように云っている、

「不由は半月もまえから、貴方様のお閨を守って、淋《さび》しくお帰りを待っておりました。これからは良い妻になりまする、どうぞお見捨て遊ばさずに」

「――不由どの」

浅二郎もさすがに心を動かされたか、思わず妻の、――さよう、今こそ明らかに妻の――肩へ手を廻した。

源兵衛は感悦の声を抑え、跫音を忍ばせて、そっとそこを離れていった。――もう殿の御意を急いで伝えるにも及ぶまい、浅二郎は間違いなくこっちのものじゃ……と呟きながら。

（「婦人倶楽部《クラブ》」昭和十一年十一月号）

抜打ち獅子《しし》兵衛《べえ》

一

賭《か》勝《け》負（木剣真剣望み次第）

　試合は一本

　申込みは金一枚

　うち勝つ者には金十枚呈上

　中国浪人天下無敵　　ぬきうち獅《し》子《し》兵《べ》衛《え》

横二尺に縦五尺ほどの杉板へ、墨も黒々と筆太に書いた高札が立っている。

時は寛永十九年二月。

場所は江戸両国橋広小路。

大江戸が将軍家お膝下《ひざもと》の都市として、その面目と繁昌《はんじょう》とを完全に整えたのは元禄《げんろく》以後であるという。だから寛永年間にはまだ建設の途上にあったことになるが、それでも両国橋付近は有名な盛り場で、人馬旅客の往来は絶えず、旅館、茶店、見世物小屋などが軒を並べ棟を列《つら》ねて賑《にぎ》わっていた。

その広小路のまん中へ、

——天下無敵。

という高札を立てたのだから、ことだ。

御入国以来、こういう高札の立つことは三度や五度ではない、多くは出世の機会を得ようとする剣術者であるが、中には、奇計を設けて金儲《もう》けを目的にする者もあって殺伐な気風の抜けない当時の市民たちに、折々の好話題を与えていた。

しかし、それらの人々は、お膝下を騒がすという点を遠慮して、たいてい御府内でもはずれに近い場所を選んでいたし、人柄も多くは魁偉《かいい》な、いかにも武術者らしい風格の者であった。……それが、今度は大胆にも江戸のまん中ともいうべき両国広小路であるし当人というのが軀《からだ》つきこそ逞《たくま》しく堂々としているが、年も若く、色白で眉《まゆ》の濃いなかなかの美丈夫だったから、その人気たるやすばらしいものであった。

しかも恐ろしく強い。

高札が立ってから十日のあいだ、評判を聞いて試合を挑みにきた者の数は、武家や町人を加えて五十人をはるかに越えているが、まだかつていちども勝った者がない。勝たないばかりではなくて、たいていは身構えするかしないという暇に、打ち込まれてしまうのである。

——ぬきうち獅子兵衛。

おそらく偽名であろうが『ぬきうち』という点だけはまさに偽りのないところであった。

彼は今日五人まで勝って、いま床几《しょうぎ》に腰を掛けたまま、脇《わき》に置いた樽《たる》から悠然と柄杓《ひしゃく》で酒を呷《あお》りつけていた。……方四間ほどに縄を張った周囲は、黒山のような見物人の垣で、向うの見世物小屋でやけに囃《はや》したてる人寄せの三味線太鼓が、いたずらに大川の鷗《かもめ》たちを驚かしているのは皮肉であった。

午《ひる》さがり、三時ごろのことである。

「道をあけい、通る者じゃ」

そう云いながら、人垣を押分けて一人の武士が進み出てきた。編笠《あみがさ》を冠《かぶ》っているから人品年頃は分らないが、衣服も大小も立派な、いずれ相当な身分と思われる人柄である。

獅子兵衛は床几に掛けたまま、

「勝負をお望みなさるか」

と声を掛けた。

相手は縄張りの中へ入ると、笠の前を少しあげながら返事もせずにしばらく佇《たたず》んでいたがやがて、静かな声で、

「いや、……勝負は望み申さぬ」

と答え、くるりと踵《きびす》を返して、ふたたび人垣のなかへ戻ってしまった。

鳴を鎮《しず》めていた見物人たちは、この有様を見て期待を裏切られたらしく、臆病者《おくびょうもの》とか敵に後ろを見せるとか、金一枚が惜しくなったのだろうとか、無遠慮に罵詈《ばり》やら嘲笑《ちょうしょう》を浴びせかけたが、……獅子兵衛の顔色が少し変ったことに気付いた者はなかった。

つまらぬ飛入りがあったきりで、今日はもうこれでおしまいかと思われた時、今度は見物人を充分に堪能《たんのう》させる客がやってきた。

「おい見ろ見ろ、松平《まつだいら》の鬼若《おにわか》様だ」

「しめた、とうとうお出ましか」

「今日まで現われなかったのが不思議なくらいだぜ、こいつはいよいよ関ケ原だ」

「道をあけろ道をあけろ」

群衆の歓声を浴びながら、三人の供を伴《つ》れた立派な若者が縄張りの中へ入ってきた。

出雲国《いずものくに》広瀬三万二千石、松平壱岐守《いきのかみ》の子で虎之助《とらのすけ》、その年二十一歳、色は少し黒いほうだが、御連枝《ごれんし》の気品は争えぬ威厳を備えている。無紋の衣服に袴《はかま》、冠り物なしでまだ元服していない自慢の大前髪を、早春の微風《そよかぜ》になぶらせながら、傲然《ごうぜん》と獅子兵衛の前へ立った。

「ぬきうち獅子兵衛とはそのほうか」

「いかにも獅子兵衛は拙者だ」

そう答えて彼も床几から立った。

二

「将軍家お膝下を憚《はばか》らず、天下無敵などという高札を立て、世を騒がすのは不届きである。公儀を恐れぬ致しかたとは思わぬか」

「いささかもさようには思わぬ」

獅子兵衛は平然として答えた。

「拙者は兵法修業の者で、今日まで諸国を経めぐってきたが、いまだかつて敗れたことがない、当時江戸は将軍家お膝下で武術者も多いと聞いたから、どれほどの達人がいるか試みにきただけだ。不都合はあるまい、……もし、天下無敵が気に入らぬというなら勝負を望むがよい、金一枚で誰でも相手をする、断わっておくが金一枚は金儲けのためではないぞ、つまらぬ腕前ばかり見せられるから、憂《う》さはらしの酒手にもらうのだ」

「恐ろしく高言を吐くやつだ」

虎之助は、太い眉を動かして云《い》った。

「田舎者は物の道理を知らぬとみえる、然《しか》るべき者が、かような場所へ、のこのこ武術の優劣を争いに出ると思うか」

「そうかも知れない、誰しも人なかで耻《はじ》はかきたくないものだ」

「なに、聞き捨てならぬことを云う」

「お望みなら金一枚、万一勝てば金十枚を呈上する、このうえ口論は無用だ」

「……藤兵衛《とうべえ》」

虎之助は振返って叫んだ。

「そのほうこやつを打ち据えてやれ」

「承知仕《つかまつ》りました」

供の中にいた男が一人、手早く身支度をして進み出た。……綿貫《わたぬき》藤兵衛といって、柳生《やぎゅう》の道場でも指折りの達者である。

「金一枚、約束でござる」

「無礼な！　金子《きんす》など汚《けが》らわしい物を」

「まあよい」

虎之助は、面倒臭そうに云った。

「四郎右衛門望みどおり出してやれ」

「はははは、さすがに鬼若殿は寛濶《かんかつ》だな、いやそう眼を怒らせなくとも、ひと眼見れば松平虎之助殿とは分ります。江戸一番の大前髪、この次はお手合せを願いますぞ」

「無礼者、……いざ真剣で参れ」

藤兵衛が叫んだ。主人の名が出ては生かしておけぬと思ったらしい。獅子兵衛は微笑しながら木剣を取ると、

「真剣とはたのもしい、拙者のほうは誰が相手でも木剣と定《き》めてある、……参ろうか」

不敵に云って二三歩さがった。

藤兵衛は腰の大剣を抜くと、籠手《こて》さがりの正眼につけた。獅子兵衛は木剣の柄下《つかした》どころを左手に握って腰へ着け、右手で柄を軽く握ったまま棒立ちになっていた。隙《すき》だらけの構えである。

いや隙だらけというより、まるで木偶《でく》を立てたようなものだ。藤兵衛は呆《あき》れて眼を瞠《みは》ったが、その次の刹那《せつな》には逆に、はっと自分の息が止るような驚きにうたれた。……隙どころではない、棒立ちになった体は凄《すさ》まじい精気を発し、軽く握って左の腰

へ着けている木剣は、打ち込む機会を待兼ねて、生物のように脈を搏《う》っている感じなのだ。そのうえ獅子兵衛の大きく瞠《みひら》いた眸子《ひとみ》からは烈々たる気魄《きはく》が光のように放射して、そのままこちらを焼くかと思われるほどであった。

藤兵衛は呼吸が苦しくなってきた。

よく云われることであるが、上手ほど上手を識《し》るというのは事実だろう。彼は獅子兵衛に対してまったく手も足も出なくなった。

「藤兵衛臆したか」

虎之助が声をかけた。

藤兵衛も無下《むげ》な腕ではない、虎之助が声をかけたとき獅子兵衛の『気』に兎毛《うのけ》の尖《さき》で突いたほどの乱れが出た。と見るより疾《はや》く、彼は大きく踏み出しながら、

「やああ！」

と正眼の剣をそのまま突っ込んだ。

捨身の突きである。体ごと相手の体を突倒す勢いで突っ込んだのだ。神速な、まことに美事な技であったが、あっと人々が息をのんだとき、獅子兵衛の体がわずかに左へ傾き、かっ！　という音がして白刃が地に打ち落されるのと同時に、藤兵衛の体が二本の足を空へ、……だっと蛙潰《かえるつぶ》しに地面へ叩《たた》きつけられていた。

「わあっ」

「わあっ」

群衆の歓呼を浴びて、獅子兵衛はにっこり笑いながら、金一枚をゆっくりふところへ入れてしずかに一周した。

「有難く頂戴《ちょうだい》仕る」

「…………」

同輩の者が慌《あわ》てて藤兵衛の介抱に走《は》せつけるあいだ、虎之助は獅子兵衛の顔を大きな眼で穴の明くほど睨《にら》みつけていた。

しかしなにも云わなかった。

見物人たちが云ったように虎之助は『鬼若殿』という綽名《あだな》を持っている。貴公子でいながら、武芸はずばぬけてよくできるし家柄が物を云うので、今日まで江戸市中を思うままに暴れてきた。鬼若殿だと聞くと相当なあぶれ者でも尾を巻いて逃げだすくらい、名が通っている。かつてこんな失敗を演じたことはなし、そうなったらもう穏やかに済むはずはない。

ところが、虎之助は黙っていた。そしてもっと意外なことには、供の者が藤兵衛を援《たす》け起こしたのを見るとひと言、

「……帰るぞ」

と云ってそのまま踵を返して立去ったことである。

三

根岸の里といえば当時はまだまったくの田舎で、呉竹《くれたけ》のという枕《まくら》言葉に相《ふさ》わしい竹《たけ》藪《やぶ》と杉の森、雑木林の丘、田や畑のあいだに農家がちらばっている有様であった。……しかし、寛永寺が建立《こんりゅう》されてから、水戸家の下屋敷をはじめ、その他の諸侯の屋敷がぼつぼつ建ちはじめたので、あちらこちらの林が伐《き》られたり、池が埋められたりしていた。

里人が二本松と呼んでいる丘の蔭《かげ》に、持輪寺という古寺がある。……日のとぼとぼ暮れに、例のぬきうち獅子兵衛と名乗る武士が、その山門をくぐった。

すると、待受けていたように、一人の若侍が出て来て、

「左内《さない》どの、妙泉院《みようぜんいん》様がお召しでござる」

と云った。

「衣服を改めるに及ばず、そのままお目通りお許しとある」

「さようなれば……」

若者は静かにおじぎをした。

古びた客殿へあがると、そこにも三人ほどの若侍が詰めていた。みんな冷たい眼でじろりと見たが、左内と呼ばれた獅子兵衛は気付かぬふうで大剣を脱《と》り、衣紋《えもん》をつくろって奥の間へ仕候した。

その部屋には、土佐派の筆になる極彩色の屛風《びょうぶ》を背に切下げ髪にした四十あまりの婦人が、水晶の珠数《じゅず》を手にして上座に坐《すわ》りその左手すこし下って赭顔《あからがお》の老武士が恭々《うやうや》しく控えていた。

「……お召しにより左内お目通り仕ります」

「近う、許します近う」

婦人は神経質に云った。

「呼んだのは訊《たず》ねたいことがあるのです。……左内、そのほうはこのみをどう思っていやる」

「……はああ」

「このみをどう思っていやるか申せ」

「恐入り奉《たてまつ》る、……亡《な》き殿但馬守《たじまのかみ》様御後室、われら身にとり三世までの御主人様と存じ奉ります」

「真に主人と思いますか。そうではあるまい、真にこのみを主人と思ってくれますなら、このみの恥になるような振舞いはせぬはず、……武士たる者が市中繁華の場所で、金を儲けて剣術試合をするなどという、浅ましいことはせぬはずではないか」

「……はああ」

「亡き殿さまは御悲運にて、御領地は召上げ、お家は改易、家中離散してこのみも今はよるべなき身の上です。けれど……汚らわしい賭《かけ》勝負をするような者を家来に持ったとあっては世間への名聞、亡き殿さまへの申し訳が立ちませぬ、覚悟のほどを聞きましょう」

「恐れながら御老職まで申上げます」

左内は平伏して云った。

「わたくしめ一代の粗忽《そこつ》、ただただ若気の過《あやま》ちでございます。お怒りのほどなんとも申開きの致しようなく、平に平にお赦しの願えますよう御老職よりお執りなしのほど」

「ならぬ」

老人は一言の下にはねつけた。

「お家万歳のおりなれば格別、御悲運のおりがらこれを差許しては。……恐れながら、賭勝負の金にてお養い申すと世評にのぼっても申し訳は立たんぞ……そうであろうが」

「まことに……まことにわたくしめの不覚、お詫《わ》びの申上げようもございませぬが変名をしていることもあり、素《もと》よりお国詰めにて当地に顔を見知られた者もなく」

「黙れ、そう申すからはお上の御《ご》恥辱《ちじょく》となることを承知のうえで致したと云えるぞ」

「いやいやまったくもって」

「左内、さがりゃ」

妙泉院の手。珠数が音をたてた。

「亡き殿さまに代ってこのみが勘当いたします、ふたたび顔を見まいぞ」

「……はあっ」

左内は額を畳にすりつけた。

亡き殿とは柘植《つげ》但馬守直知《たじまのかみなおとも》を云う。……備中新見《びっちゆうにいみ》で二万石だったが、幕府の忌諱《きい》に触れることがあって三年前に改易された。遺族は夫人妙泉院常子《つねこ》と十七歳になる女倫《むすめりん》子《こ》の二人であった。……改易とともに多くの家臣は離散したが、家老和田玄蕃《げんば》以下十五人の者は、遺族を護《まも》って菩提寺《ぼだいじ》の持輪寺に世を隠れ、おりあらばお家再興を計ろうと、機会のくるのを待っていたのである。

館《たて》ノ内《うち》左内は国許《もと》で三百石の近習頭《きんじゅがしら》を勤めていたが、大変と同時に出府し、以来お側去らずに仕えていたのだ。

——勘当する。

武士としては致命的な申渡しを受けて、悄然《しょうぜん》と退出した左内が、すでに夕闇《ゆうやみ》の濃くなってきた境内を山門のほうへ出て行こうとすると、鐘楼の蔭のところから、

「……お待ち、左内」

そっと呼びながら、一人の乙女が出てきた。

四

姫君倫子である。

白玉のように艶《つや》やかな頬に、小さな朱の唇がまるで緋牡丹《ひぼたん》の蕾《つぼみ》を置いたように美しい。……大名の姫に生れながら、感じ易《やす》い年頃に、大きな身の上の変動に遇《あ》ったので、高貴な眼許のどこやらに、もの怯《お》じをする仔鹿《こじか》のような表情の現われるのがこのうえもなく可憐《かれん》である。十五人あまりいる家来のなかで、誰よりも左内がいちばんお気に入りだと云われていた。

「左内は行ってしまうの？」

倫子は顫《ふる》える眼差《まなざ》しで見上げた。

「倫は知っています。角之進《かくのしん》が玄蕃に云いつけたのです。今日、玄蕃が一緒に行って見てきたのだって」

「……存じております」

「どうして左内はそんなことをしたの？　賭勝負ってそんなにいけないことなの？　いけないことを左内がするはずはないわね、倫はそう思っているのだけれど」

「……なんとも、申し訳がございません」

「なにか訳があるのね、そうでしょう左内、なにか訳があるのでしょう……？」

倫子はむしろ、縋《すが》るような口ぶりだった。左内は苦しげに俯向《うつむ》いたまま、

「お姫さま、左内はお姫さまの家来でございます。無調法で御勘当を受けましたが、身命の有る限り妙泉院さまお姫さまの家来だと思っております……どうぞこう申上げることをお姫さまだけでもお許しください」

「それでは、行ってしまうのね、もう会えなくなってしまうの？　左内」

「たとえ、……たとえお目通りは仕らずとも左内はお姫さまをお護り申上げております、どうぞお心丈夫に、お仕合せにおいであそばせ」

「訳を云っておくれ、そんなことをしたのには訳があるはずです。倫にだけでよいか

らその仔細《しさい》を話しておくれ」

「ただ左内の無調法でございました、……お姫さま、御免を蒙《こうむ》ります」

「お待ち、左内……お待ち」

左内は走るように立去った。

――もう生涯に二度と聞けぬお声だ。

走りながら左内はそう思った。わずか三年あまりしか仕えなかったが、誰よりも姫の寵《ちょう》を受け、また誰よりも姫を大切に護り立ててきた、……心ひそかには、姫君というより親身の妹……あるいはもっと大事な、じかな愛情さえ懐《いだ》いていたのである。

――御不運なかた、おいたわしい姫、このかたのためならどんなこともしよう。そう思い続けてきたのである。そしてそれが今日の勘当を受ける原因となったのであった。

「待て！」

叫びながら、行手にばらばらと現われた人影を見て左内はぴたっと足を止めた。

……夕闇のなかに二人、近寄りながら刀を抜くのが、鈍色《にびいろ》の光を放って見えた。

先に来て待っていたらしい、渡辺角之進と柏木大六《かしわぎだいろく》、その後に和田玄蕃の顔も見える。

「お家の名に泥を塗るやつ、生けてはやらぬぞ」

「左内、潔《いさぎよ》く割腹しろ！」

左内は黙って一歩退《さが》った、……そして眼は二人を瞠《みつ》めながら、しかし、相手が意外に思うほど静かな、落着いた声で玄蕃に呼びかけた。

「御老職、せっかくながら左内はまだ切腹はできません、それよりむしろ拙者から一言呈したいと思います。御老職はじめ各々《おのおの》は、本当にお家を再興することができると思っていますか、御親類諸侯が見向きもしないのに、微々たる我々の力で、柘植家再興がかなうとお思いですか」

「無駄言はいらぬ、抜け左内！」

「無駄言ではない、できもせぬことを神だのみにして、この先いつまで便々と待っているのだ、妙泉院さまはしばらくおく、お姫さまをどうするのだ、お家再興が不可能ならせめてお姫さまなりと世にお出し申さなくてはなるまい、貴公らが当てもない夢を見ているあいだに、お姫さまのお年頃はいたずらに過ぎて行くのだぞ。御老職、あなたはそれをお考えになったことがありますか」

「黙れ左内」

角之進が口いっぱいに喚《わめ》いた。

「往来なかで賭勝負するような、腸《はらわた》の腐った貴様などに、我々の苦心が分るか、腹を切れ腹を、切らねば我らが……」

「角之進、……貴公はいい人物だ、御老職はじめみんな忠義に篤《あつ》い武士らしい武士だ、しかし、その忠心はお姫さまの生涯を御不幸にするかも知れないぞ、貴公らとしてはあくまでお家を再興したいだろう。しかしもう駄目だ、拙者には分っている。恐らく貴公らも心のなかではそう感じているに違いない。御老職、……もう諦《あきら》めるべきです。そしてお姫さまを世にお出し申す時です」

「くそ！　まだ申すか」

喚きざま柏木大六が烈《はげ》しく斬《き》ってかかった。夕闇のなかに、ぎらりぎらりと刃《やいば》の閃《ひらめ》くのが見え、地を踏む跫音《あしおと》と、叫び声とが入り乱れた。

しかしそれは十秒とかからなかった。

大六は脾腹《ひばら》を、角之進は高股《たかもも》を、峰打ちではあるが骨へ徹《とお》るほど打込まれて倒れた。

……玄蕃は元の場所を少しも動かずに黙って見ていた。

五

――天下無敵、ぬきうち獅子兵衛。

両国広小路には今日も高札が立ち、それを取巻いて黒山のような群衆が、いま朝から三番目の勝負が行われているのを、押しあいへしあい見物していた。

その勝負がついたときである、わきたっている人垣を押分けて、昨日の鬼若様の供で来た綿貫藤兵衛がつかつかと縄張りの中へ入ってくると、

「昨日お手合せを仕《つかまつ》った綿貫藤兵衛と申す者でござるが拙者主人の申付けにて、これより屋敷へ御同道願いたく御案内に参ったが……御承知くださるまいか」

「これは御叮嚀《ていねい》な、出教授というわけですか」

左内は笑って、

「出稽古《でげいこ》は高くなりますが、よろしいか」

「御迷惑は掛けませぬ、枉《ま》げてお越しが願いたい」

「結構です、参りましょう」

左内はあっさり頷《うなず》いた。

「冗談じゃねえ獅子兵衛先生」

様子を聞いた見物たちは呆《あき》れて、

「そんな口車に乗っちゃあ危ねえ、昨日の遺恨があるんだ、殺されちまいますぜ」

「相手が鬼と名のついた若殿だ、屋敷へ呼んで取詰め、鱠《なます》のように五分だめしと計略

は分ってらあ、お止《や》めなさい先生」

「江戸人は、人情に篤いな」

左内は、笑いながら云《い》った。

「言葉も交わさぬ拙者の身をそれほど案じてくれるか、かたじけないぞ。……しかし、安心しろ、獅子兵衛の鱠は酢でも味噌《みそ》でも食えぬ、食えぬ鱠を作る鬼若どのでもあるまい、はははははは」

大きく笑って、

「綿貫先生、お供をしましょう」

と袴《はかま》の塵《ちり》をはたいた。

ぞろぞろと跟《つ》いてくる群衆を追いながら浅草橋御門から郡代屋敷の横を通り、柳原の土堤《どて》に沿って松平壱岐守の中屋敷に着いた。門を入ると長屋の前をまっすぐに抜けて、中の木戸から庭へ入る、そこを鉤《かぎ》の手に曲ってさらに二つ木戸を通った後、泉石《せんせき》結構の豪奢《ごうしゃ》な奥庭へ出た。

「腰の物をいかがしましょう」

左内は御殿に近寄ると見て云った。

「いや御遠慮なく、そのままどうぞ」

「それではかえって憚《はばか》りです、お預かりください」

「いや、お上の御意でござれば」

「でもどうぞ」

左内は大剣を脱って、藤兵衛の手に渡した。

敵にどんな考えがあるか知らぬが、高貴の側近へ出るのに、帯刀のままでいるのは作法でない。ここまで来るからは左内も覚悟は決めている、礼儀は礼儀としてあくまでも守る気だった。

「さようなれば、しばらくこれに」

そう云って、藤兵衛は去った。左内は広縁の下に、悠然と立って待った。……静かな日である。微風に乗って梅の香が匂《にお》う、庭いっぱいに、暖かい陽が溢《あふ》れて、じっとしていると眼蓋《まぶた》が重くなるような日和《ひより》だ。

すると、その静かな庭上へ、にわかに人の気配がして、おおよそ十人あまりの若侍たちが現われた。みんな充分に身支度をして、木剣や稽古槍《やり》を持ち、ぐるりと左内を半円のなかに取巻いた。

無言である。左内は素早く眼を配ったが……兼ねて期していたことだから、驚く様子もない。

「ほほう、いよいよお出ましだな」

静かに云った。

「お庭の青蘚苔《ごけ》を踏み荒らすのはもったいない、いずれもその御注意を忘れぬよう。……拙者のほうはいつでもよろしいぞ」

「きっとよいか、獅子兵衛」

後ろで叫ぶ声がした。

左内は眼尻《めじり》でそのほうを見た、……広縁の上に、虎之助が矢を番《つが》えた弓を持って、今にも射かけようと身構えていた。……左内は脇差《わきざ》しの柄《つか》に手をかけ、黙って左右に眼を配っていたが、

「……御存分に！」

と云う、刹那《せつな》！　えいッ！　耳を劈《つんざ》く掛声とともに、六尺ゆたかな体が毬《まり》のように縮んで、半円に取詰めた人数のなかへ躍り込んだ。

飛燕《ひえん》のごとしということがある、そのときの左内は正にそれであった。……取巻いた人数がわっと動揺するなかに、彼の姿は力のある、それでいて眼にも止らぬ速さで縦横に見えつ隠れつした。

木剣が空へ飛び、槍のぶち折れる音が聞えた。そして若侍たちはばたばたと倒れた。

体当りを食ってはね飛び、池へ落ちた者もあった。

十人あまりの人数があっという間に打伏せられたと思うと、左内は、いつ奪い取ったものか木剣を右手に、

「いざ、お手並を拝見仕りましょう」

と広縁の真正面へ踏み寄って来た。

虎之助はしかし、すでに弓をおろしていた。そして左内が近寄るのを見ると、側に控えていた藤兵衛に弓を渡しながら、

「それには及ばぬぞ、あっぱれ美事なやつ。盃《さかずき》をとらせるから参れ」

と云って奥へ入った。

六

左内は支度を直したうえ、藤兵衛に導かれて御前へ出た。……虎之助は上機嫌であった。

「さても世間は広いものだな、兵法者の数も見てきたがそのほうほどの腕は柳生家を措《お》いて多くはあるまい。名はなんという」

「館ノ内左内と申します」

「主持ちか、それとも浪人か」

「浪人でございます」

「盲人《めくら》の多い世の中とみえる、それほどの腕を買う者が無かったとは意外な、……どうだ、余の禄《ろく》を食《は》む気はないか、三万石の小身ゆえ食禄は多分にやれぬが、余にできるだけのことはするつもりだ」

「お言葉、身に余る面目に存じます。……その御《ご》寛闊《かんかつ》にお縋り申して、わたくしにお願いがございますが、お聞き届けくださいましょうか」

「できることなら聞いて遣わそう」

「かたじけのうございます」

　左内は平伏しながら、

「はなはだ不躾《ぶしつけ》なお願いでございますが、旧主の名の出ますことゆえ、どうぞお人払いのほどを」

「うんよい。……みな遠慮せい」

　近侍の者が退出するのを待って、左内はずっとひと膝《ひざ》進み、虎之助の眼を見上げながら一念籠《こ》めた調子で云った。

「お願いと申すは他《ほか》でもございません、こなた様に奥方を御推挙申上げたいのでございます」

「なんと云う、余に奥を……」

余りに突飛な言葉で、さすが鬼若と呼ばれた虎之助も唖然《あぜん》としたらしい。左内はかまわず続けた。

「こなた様が今日まで、お年に構わず未《いま》だ前髪のまま在《おわ》す理由の一つは、御縁談を除《よ》ける お心積《つも》りと承りまする。お身分と申し御気性と申し、恐れながらこなた様ならではとかねてお見込み申上げましたればこそ、お眼につき易《やす》き両国にて高札を掲げ、お運びある日をお待ち申上げていたのでございます」

「ほう、……すると、賭勝負《かけしょうぶ》は余を誘い出す手だてだと申すか」

「こなた様の御気性として、お眼に止れればそのままお見過しあそばすはずはなしと存じました。その節の無礼は平に、平にお赦しくださいますよう」

虎之助はじっと左内の顔を瞠《みつ》めていた。……相手の一念凝った態度に、ようやく心を動かされたのである。

「左内、余に娶《めと》れという、その相手はいかなる身分の者だ」

「こなた様とお見込み申上げましたゆえ、ありのままに言上《ごんじょう》仕ります。……実はわたくしの主人は、先年御改易に相成った柘植但馬守にございます」

「おお柘植侯の家中か」

「お家廃絶の後、家中離散のなかより不退転の者十五名、御後室妙泉院様、御息女倫子様おふたがたをお護《まも》り申上げ、今日までお家再興の時節を待っておりました。……しかし御承知のごとく、もはやその望みは絶え果てました。公儀お仕置きの模様を拝察しましても、お家再興のことは諦めなければならぬと存じます」

虎之助は黙って頷いた。

「それもよし世の運命《さだめ》といたしまして、おいたわしいのは姫君でございます。お年は十七、御怜悧《れいり》の質にて世に稀《まれ》なお美しさを持ちながら、このまま生涯日蔭《ひかげ》のお身の上かと思いますと、わたくしども臣下の身にとり残念とも無念とも申しようがございません」

「左内、……それでよいぞ」

虎之助は強く遮《さえぎ》って、大きな眼にどこかだだっ児《こ》めいた笑いをうかべながら云った。

「もうなにも申すな、……そのほうほどの者に見込まれたら逃げられまい」

「……殿！」

「住居を申せ、いずれ親元と話してしかるべく使いをやるぞ」

「……殿、かたじけのう……」

左内は噎《むせ》びながら平伏した。

七

春三月。

根岸の持輪寺から美々しい女乗物を中に十四人の侍たちが列をなして出て来た。簾《すだれ》をあげてある乗物の中に、美しく着飾った倫子の姿が見える。……心なしか、白玉のような頬が薄桃色に輝いて眉《まゆ》のあたりほのぼのと、希望《のぞみ》に溢れるものの歓《よろこ》びの色が動いている。

供の面々も活々《いきいき》と眼をあげていた。

ことに和田玄蕃は、老いの眼に涙さえ浮べながら、生れて初めて大地を踏むような、力強い感動で歩を運んだ。

思い懸けない開運である。

老中稲葉《いなば》美濃守《みののかみ》を介して、倫子姫を御連枝松平虎之助の奥方にと懇望され、しかも親元（栢植家が改易になっているので）を美濃守が引受けるうえに、後室妙泉院には生涯扶持《ふち》をするという条件だった。

——どうした訳だ。

みんな一時は夢ではないかと疑った。

お家再興の望みが絶えたことは、口にこそ出さぬが、誰しも動かしがたい事実だと感じていたのである。そして姫君だけでも世にお出し申したいと願いながら、しかし、幕府の忌諱《きい》に触れた家のこととて、それも協《かな》わぬことではないかと、半分は諦めていたのであった。

そこへ突然の話だった。おまけに、

——家中離散のなかに、身を賭《と》して故主を護り通したこと神妙。

ということで、十五名の家来もそのまま壱岐家に召抱えられることになったのである。

——姫君も世に出る。

——我らも生涯お仕え申すことができる、

一同の歓びがどんなに大きかったかは云うまでもあるまい、彼等はいま甦《よみがえ》ったような元気さで、親元になる稲葉家へと進んでいるのだ。

足取りは軽い。

陽はうらうら、丘の畑地に陽炎《かげろう》が燃え、桃の花が団々と紅《あか》い。……人々はいま水戸殿下を、新しい希望に面を輝かせつつ通り過ぎて行く、だが……どうしてそんな幸運がめぐってきたかという、その理由は知らずに……。

櫟林《くぬぎ》の蔭に、この行列の通り過ぎるのを、じっと見送っている武士があった。編笠《あみがさ》を冠《かぶ》っているので顔は見えないが、……乗物が前にさしかかって、倫子姫の絵のような姿が見えたとき、

「……お姫さま、……」

と低く呟《つぶや》くのが聞えた。

木蔭に膝《ひざ》をついて、行列が見えなくなるまで目送していたが、やがて静かに立上ったとき、馬上の虎之助が近寄ってきて、

「左内、美しい姫だな」

と声をかけた。……はっと編笠を脱《と》ったのは館ノ内左内であった。

「そのほうの言葉に偽りはなかった。ことによると余は、礼を云わなければならぬかも知れぬ。いや、ここであっさり礼を云うかな」

「もったいないお言葉、家来どもまでお取立てにあずかり、わたくしこそなんとお礼の申上げようもございません」

「なんの、あれだけの佳人と左内ほどの者を手に入れることができたのは余の果報だと思うぞ」

「恐れながら申上げます」

左内は驚いて眼を上げた。

「わたくしめはこの場から立退きまする所存、若殿にお仕え申すことは協いませぬが」

「なに、なにを申す、余に仕えることはならぬとな」

「姫君のお仕合せになるよう、それればかりを一念に数々の無調法を仕《つかまつ》りました。武士としてあるまじき、巷《ちまた》に立って賭勝負まで仕りました。……わたくしがもしお取立てをお受け致しますれば、あれ見よ、柘植の御息女は家中の侍に賭勝負などをさせ、壱岐様を計って輿《こし》入れしたと……世上の噂《うわさ》に上ろうやも知れませぬ、わたくしのお願いを家来どもにも内密にとお頼み申上げましたのはそのためにて、これはわたくしと若殿だけの秘事でございます。そして、このままわたくしが身を隠しますれば、不測の世評を招かずとも済みましょう」

「左内は馬鹿《ばか》だぞ」

虎之助は、腹立たしげに怒鳴った。

「余はそのほうが欲しい、左内が欲しいのだ」

「では、世上の沙汰《さた》に上った場合どうあそばします、恐れながら大殿様はじめ、御一門の名聞にも関《かか》わりまするが御承知か」

　虎之助の眼には、いつか怒りとも悲しみともつかぬ涙が光っていた。

「余はそのほうが欲しかった。そのほうは来てくれるものと思っていたぞ。それなのに今となってそんなことを」

「若殿、……そのお言葉は左内にとって骨に耐《こた》えます、もし、……もしお待ちくださいまするならば、やがて御前へまかり出まする」

「おお来るか、余の許へ来ると云うか」

「五年、……あるいは七年」

　左内は空を仰ぎながら云った。

「お目通り仕るべき時と、覚悟のつきましたおりは、必ず立戻って参ります」

「誓言せい、待つぞ、五年、たとえ十年でも」

「誓言仕ります、必ずお目通り仕りまする、若殿……なにとぞ御武運めでたく、姫君の儀幾重にもお願い申上げまする」

「そちも健固で、必ず戻れよ」

「はあっ」

　左内はじっと虎之助を仰ぎ見たが、思い切ったように拝揖《はいゆう》すると、編笠を手に道へ出て、そのまままっすぐ、北へ立去って行った。

（「講談雑誌」昭和十五年二月号）

蕗《ふき》問答

一

寒森新九郎《さむもりしんくろう》は秋田藩士である。

食禄《しょくろく》は八百石あまりだが佐竹では由緒《ゆいしょ》のある家柄で、代々年寄役として重きをなしていた。年寄役とは顧問官のようなもので、閑職ではあるが重臣だけが選ばれる顕要な地位である。彼は二十五歳で父亡《な》き跡を襲い、以来五年のあいだ主として筆頭の席を占めてきた。

役目の性質として常に藩政の鑑査に当るのは勿論《もちろん》だし、時には主君の命令をも否決する立場に立たなければならぬ事がある。大概に云《い》っても憎まれ役なのだが、新九郎は筆頭としてその矢表に立ちながら、極めて明敏にその役目を処理してきた。

こう云うと如何《いか》にも円満な、そして才気縦横の人物に思えるが、実はそうでなく、強情で圭角《けいかく》が多く、おまけに健忘家だというのだから不思議である。それでいてその要職を立派に勤め得たのは、単なる明敏な才腕があったというのではなくて、恐らくそういう性格の欠点までが役立つところの、特異な人徳を持っていたに違いあるまい。

健忘家と云っても彼の物忘れをすることはずばぬけたもので、——忘れ寒森。

と云われるほど有名なものであった。

安永六年五月はじめの一日《あるひ》。

当時江戸に在った佐竹義敦《さたけよしあつ》から、早馬の使者が秋田へ到着した。……江戸表からの早馬《はや》とあって老職がすぐに対面すると、

――秋田蕗《ふき》の最も大きなものを十本、葉付きのまま至急に取集めて送れ。

という墨付きの上意であった。

早馬を立てての急使にしては余りに意外な用向きなので、使者にその理由を訊《たず》ねると次のような事実が分った。

江戸城へは諸国の大名が集まるので、よくお国自慢が披露される、なにしろ交通不便な時代ではあるし、北は蝦夷《えぞ》の福山から南は九州薩摩《さつま》にわたる広汎《こうはん》な顔触れなので、いちどお国自慢が始まるとずいぶん珍しい話が多い。……義敦はそういう席で国産《くにさん》の蕗の話を持出した。

周知の如《ごと》く秋田の蕗はその最も大きなものになると茎の太さ二尺周り、全長一丈を越えるというほどである。これはいきなり話されても信じられないのが当然で、

――秋田侯が程もあろうに。

と一座の諸侯にてんから笑殺されてしまった。

義敦としては嘘《うそ》を云った訳ではないので、非常な侮辱を感じながら下城すると、すぐに国許《もと》へ使者を差し立てたのである。……つまり実物を見せて嘲笑《ちょうしょう》した人々に謝らせようという訳だ。

仔細《しさい》を聞いた老職たちは、主君の恥辱を雪《そそ》ぐ大切な事柄なので、すぐに八方へ人を遣《や》り、特に大きなのを集めたうえ更にその中から選《すぐ》って十本、江戸まで充分に生気を保つように荷造りをして送り出したのである。

新九郎はその時能代《のしろ》地方を巡視していて留守であったが、帰ってきてその事情を聞くと、

「それは怪《け》しからぬ」

と眼を剝《む》いた。

彼は額の広い顎《あご》の張った、鼻も口も大きく、それぞれがおしなべてゆったりとあぐらをかいているという顔だちであったが、その眼は殊《こと》に偉大なるもので、怒ったときなどは実に吃驚《びっくり》するくらいのものであった。

「それは怪しからぬ」

と彼は声を励まして云った、「つまらぬ自慢話のために、早馬の使者を立ててわざわざ蕗を取寄せるなどは、特に御窮迫の折柄《おりから》なんとも軽々しい御所業、さようなこと

では御政治向きの改革も徹底はいたすまい、御意見を申上げなければならぬ」

そう云ってただちに秋田を出立した。

江戸まで諫言《かんげん》に行こうというのである、……尤《もっと》もそんな事はそのときが初めてではなく、その前にも何回となく例があった、なにしろ思い立った時に実行しないと忘れる心配もあるのだから無理もあるまい。彼は能代から帰った旅装のまま、二名の供を伴《つ》れて江戸へ向った。

ところが、途中まで来て大変なことになった、なにが大変かと云うと、江戸へ行く目的である諫言の仔細を忘れてしまったのである。いや冗談ではない。

――これはいかんぞ。

と気付いた時には、もう頭の中は綺麗《きれい》さっぱりになっていたのだ。

それには二つの理由がある、一つは問題がつまらぬ「蕗」などであった事と、もう一つは藩政改革化を巡視してきた直後で、彼の頭はそっちの事でいっぱいだったのだ。

当時、秋田藩の財政は極度に逼迫《ひっぱく》して、藩主の江戸参覲《さんきん》にもその費用の捻出《ねんしゅつ》に窮するくらい、その他の事は一々記する遑《いとま》もないほどであった。だからこそ、蕗の使者などを差し立てる主君に諫言すべしと思立ったのであるが、……新田開発のため巡視してきた能代地方の件があるので、つい肝心の目的を忘れてしまったのである。

しかし途中まで来て今更引返す訳にはいかない、……殿にお目通りすれば思出すだろうと、心細いことを頼みにともかくも江戸へ向った。

二

――新九郎出府。

と聞いて義敦は苦い顔をした。

許しも乞《こ》わずに押掛け出府したのは、これまでの例としては必ずなにか小言を云いにきたものに相違ない、そう思うとすぐ蕗のことに気付いた。

それより数日前、義敦は秋田から取寄せた例の蕗を調理して、城中で嘲笑した十余人の諸侯を招待し、みごとに鬱憤《うつぷん》を晴らしたのである。……だから新九郎出府と聞くなり、

――これは蕗の小言だぞ。

と気付いたのである。……そこで義敦はわざと書院では会わず、数寄屋《すきや》で侍女の浪《な》江《え》に茶をたてさせながら、新九郎を呼んだ。

浪江は「おこぜ」という綽名《あだな》のある醜女《しこめ》で、年は二十六歳、色の黒い肩の怒った、肉太の大きな女である。抜けあがった額と、眉尻《まゆじり》の下った、下唇のしゃくれた恰好《かっこう》が、

醜いながら如何にも愛嬌《あいきょう》があるので「おこぜの浪江どの」と呼ばれながら一種の人気を持っている。事実また彼女がいると、その席がいつか和やかになるのは不思議なくらいであった。

義敦はその効果を狙《ねら》ったのである。

新九郎は数寄屋の縁下へ伺候して挨拶《あいさつ》を述べた。……義敦は茶碗《ちゃわん》を手にしたまま、

「許す、近う参れ」

と声をかけた。

縁の端へ上ったが、新九郎はじっと主君の顔を見上げたまま黙っている。……殿に目通りしたら思出すだろうと、それを頼みにしてきたのだ。

「急の出府はなにごとだ」

義敦は不審に思って促した。

「は……真《まこと》に、御健勝にわたられ、……なんとも祝着《しゅうちゃく》に存じ……夏気がひどくありまして、……なんとも」

「それで、用向きはなんだ」

そう云いながら見ると、新九郎の額には大粒の汗がふき出して、たらたらと領首《えりくび》の方へ流れている。

——あ、新九郎め、小言の種を忘れたな。

義敦はそう気付いて思わずにやりとした。こうなると勝負はこっちのものである。

「どうした、用向きを申さぬか」

とたたみかけて促す、「よもや秋田から健勝を祝いにきた訳でもあるまい、筆頭年寄とあれば重職、些細《ささい》なことで留守城を明けてよいものではない、なにか喫急の用があってのことであろう、どうだ新九郎」

「は、御意の如く、真に、勿論……新九郎といたしましても、遥々《はるばる》国許より、その」

「用があれば手短かに申せ、聞こう」

「ただ今、……ただ今、申上げます」

新九郎は言句に詰った。どうしても思出せないのである、義敦は隙《すき》も与えず、

「なにを考えておる、押掛け出府は筋でないぞ、急用あらば格別、さもなくして軽々しく国許を明けるとは不埒《ふらち》であろう、新九郎どうだ」

「恐入り奉《たてまつ》る、実は、実は……」

と必死に見上げたとき、新九郎の眼がふと侍女の浪江に行き当った。その瞬間、実に苦しまぎれの逃げ道を彼はみつけたのである、

「真に、我が儘《まま》なことを申上げまするが、実はこのたび、新九郎め、一生の妻とすべ

き者をみつけましたので、そのため、ぜひともお上のお許しをお願い仕《つかまつ》るべく、……かようにお目通りを」

「ほう嫁を娶《めと》りたいというのか、してその相手は何者だ」

「は、お上のお側におりまする者で」

「余の側におるとは」

「その、……浪江どのでございます」

義敦はもう少しで失笑するところだった。……しかしそんなけはいはすこしも見せず、

「そうか、浪江が欲しいか、さすがに新九郎は凡眼でないな、年寄役筆頭、老職の身分でおこぜを家の妻にとはよくぞ申した。よし、……余がなかだちをしてとらせる、ただちに国許へ伴れ帰るがよい」

「ああいや」

新九郎は驚いて「仰《おお》せ有難くは存じまするが、ただ今のところはお許しを願うだけで、いずれ国許へは改めて……」

「そうではない、縁組は急ぐに如《し》かずと申す、寸善尺魔ということもあるからな、すぐこの場で仮盃《かりさかずき》をしたうえ国許へ伴れ帰るがよいぞ、余が申付ける」

まるで話が逆になってしまった。

三

諫言をするつもりで出掛けたのが、反対に嫁を貰《もら》って帰る結果になったのである。……むろん新九郎にしても、本当に「おこぜ」を娶るつもりはなかったし、義敦がそれを承知で、意地の悪い悪戯《いたずら》をしたのだということも見当がついている。それにしても、とにかく評判の「おこぜ」を一緒に伴れて帰ることになったのは相当な派手事に違いなかった。

新九郎は正に閉口した。

こうしたいくたてを当の浪江が知らぬ筈《はず》はない、だからそっちのことについては少しも心配していなかったのであるが、秋田の家へ帰ると同時にそれも怪しいことになった。

浪江は新九郎の気持などは少しも考える様子がなく、本当に寒森家の主婦になったつもりでもあるかのように、てきぱきと家政の切盛りを始めたのである。……醜女ではあるが彼女は健康な体と怜悧《れいり》な頭を持っていた。なにしろ当時の制度として百石につき三人の家来を養わなければならぬから、掟《おきて》通りではないにしても寒森では二十人に近い家士を抱えている、しかも藩政逼迫で食禄も八百石きちんと払われることはなく、献納金、あるいは借上げなどの名目でほとんど半分くらいは手に入らない、だから家政はひどく苦しいのが当然であった。

浪江はまずこの窮乏している家政の打開を始めた。

その第一は寒森家に属する荒地二十町歩の開墾である。むろん他人の手は借りない、二十人の家士を督励し、自分も鍬《くわ》を執って真先に仕事に掛った。

新九郎はまるでそんなことは知らなかった。するとある日のこと、三名の家士がやってきて、

「我々一同にお暇を頂きたい」

と申出た。

「藪《やぶ》から棒に暇をくれとはなんだ」

「我々はいざ鎌倉という場合、君の御馬前に討死する覚悟で扶持《ふち》を頂いております、武士として百姓仕事をいたす訳には参りませぬ」

「分らんことを云う」

新九郎は事情を知らないから、

「百姓仕事とはなんのことを云うのだ」

「それを御存じではございませんか」

「知らん、いったいどうしたのだ」

「では御案内をいたしますから、御覧ください」

そう云って三名は開墾地へ案内した。

新九郎はそこで初めて浪江がなにをしているか発見した。……自分が藩のために新田開発を計っている、それと同じことを、浪江は家のためにやっているのだ、

「うん、そうか、気がつかなかった」

彼は微笑しながら頷《うなず》いて、「灯台下暗しというやつだな、これが耕地になったら立派なものだ、今日まで気付かなかったのは迂闊《うかつ》だったよ」

そして三名の方へ振返った。

「よろしい、暇をくれと申すなら暇をやる。戦場のほかには遊んでいるのが当然だという武道は、当方にも無用だ、ただちにいずこへなり立退《たちの》くがよい」

云い残してさっさと帰ってしまった。

三人は立退きはしなかった。……三人が立退かなかったばかりでなく、それからの皆は本気で開墾に精を出しはじめたのであった。

新九郎はそれからしばらくのあいだ、能代地方の新田開発の事で秋田を留守にし、

秋の初めになって帰ってきた。……すると屋敷内に新しい小屋が二つできていて、夜の更《ふ》けるまでしきりに人々がなにかやっている様子である。

――また浪江がなにか始めたな。

そう思って知らぬ顔をしていたが、ある夜のこと、そっと小屋を覗《のぞ》いてみると、蕗が山のように積んである中で、大釜《おおがま》にどんどん火を焚《た》き浪江がせっせと蕗を小さく切る側から、家士たちが茹《ゆ》であげたのを大きな箱につめている。

――蕗なんぞどうするのか。

不審に思った新九郎は、やがて小屋の中へ入っていった。

「たいそう急がしいようだな」

「まあ……旦那《だんな》さま」

「いやそのまま続けていい。……だがなにを拵《こしら》えているんだ」

「蕗漬と申す物でございます」

浪江は羞《は》ずかしそうに微笑しながら答えた。

「こういう大きな蕗は江戸や上方では珍しゅうございますから、このように輪切りにいたしまして、砂糖漬にしたうえ、まず江戸表へ送って売らせてみようと存じます」

「すると菓子代りだな」

「秋田名物という風にしますと、都の人々は珍しい物を好みますから、きっと評判になることでございましょう」

「それはいい思い着きだ、当地では捨てるほどあり余っているのだから、もし売れたらいい物産になるだろう、……よく考えたな」

「この夏のはじめに、お上がお国許《もと》から大蕗をお取寄せになりましたでしょう、あれを見て諸侯さま方がたいそう珍重あそばすのを拝見いたしたとき、ふと思い着いたのでございます」

「この夏、……殿が、大蕗を……」

新九郎は思出した。

あのとき諌言に出掛けて途中で忘れたことを、……いまの浪江の言葉で、はっと思出したのである。

四

「そうだ、それだ、それだ」

そう呟《つぶや》くと、もう蕗漬のことなどはそのまま、急いで自分の居間へ取って返した。

今度こそ忘れてもいいように、料紙と硯《すずり》を取出して大きく「蕗のこと」と書く、それから書棚《しょだな》を捜して「平八郎聞書き」と題した手写本を持ってくると、その中からなにやら抜書きして確《しっか》りと封にした。

老職へは使いを出しておいて、明くる早朝江戸へ向けて出発した。

途中ずっと、宿へ着く毎《ごと》に例の書付けを披《ひろ》げては暗誦《あんしょう》しながら、急ぎに急いで、江戸邸《やしき》へと入ったのは十月二日夕刻であった。

——新九郎出府。

という知らせに、義敦は首を傾《かし》げた。

今度も押掛けの出府である、しかしまえの時とは違って意見されるような覚えもないので、なにごとであろうかとすぐ書院で引見した。

「遠路大儀」

新九郎の挨拶が済むのを待兼ねて、

「急の出府、なにごとであるか」と促した。……新九郎は来る途中すっかり暗記してきたので、今度は充分に余裕を持っている。

「恐れながら、御諫言に参上仕りました」

「余に諫言、……なんだ」

「お気付き遊ばしませぬか」

「……申してみい」

「恐れながら去る五月、殿には御城中にて諸侯方の御座談に、秋田蕗《ふき》の御自慢を遊ばし、御一座様のお信じなきところから、早馬にて国許より大蕗をお取寄せのうえ、諸侯方に改めて御謝罪をなさせられましたこと、……よもお忘れではございますまい」

「……………」

「御城中にて御恥辱を受けさせられましたことは、新九郎実に恐入り奉りまするが、これは殿の御失慮にござりまするぞ。……本多平八郎殿の聞書きに、東照神君の仰せがござります、『座談の折などには真らしき嘘は申すもよし、嘘らしく聞ゆる真は申すべからず』と。実に味わい深きお言葉にござります。なにも御存じなき方々に、いきなり秋田の大蕗を話せばとて嘘と思われるは必定、これは殿の御思慮の足らぬところでござります。……なおそのうえに、御家の御勝手向き御不如意《ふにょい》の折柄、早馬を以《もっ》てわざわざ国表より蕗を取寄せ、諸侯方を辱《はずか》しめてお心遣《こころや》りを遊ばすなどとは、太守の御身分としてまことに軽々しきお振舞い、……かようなことでは御家風にも障《さわ》るでござりましょう、以後はきっとお慎み遊ばすよう平にお願い申上げまする」

「分った、……余の思慮が足らぬであった」

義敦は素直に手を膝《ひざ》へ置いた。

「以後は必ず慎むであろうぞ」

「はっ、それ承って新九郎め安堵《あんど》を仕りました、過言の儀は平に」

「いや、よいよい、……真らしき嘘は申せ、嘘らしき真を申すな、味わい深きお言葉だな。以後は必ず心しようぞ」

「恐入り奉りまする、これにて私も」

「まあ待て」

義敦は微笑しながら云った。

「新九郎、その方……五月に出府したとき、その小言を申すつもりで参ったのであろうが」

「なんと、仰せられます」

「忘れ寒森、まんまと小言を忘れたうえ、苦しまぎれにおこぜを伴れ帰ったのであろうが、いや隠すな、あのとき浪江を嫁にと申すその方の顔を見て、余は笑うのを我慢しようとどんなに骨を折ったか知れぬぞ、はははは」

「も、以てのほかの仰せ」

赭《あか》くなる新九郎を見て、義敦はますます可笑《おか》しくなり、しばらくは声を放って笑った。「よいよい、これで余も笑いのつかえが下りた、それでおこぜの事だが」

と義敦は笑いをおさめながら、「その方が苦しまぎれに伴れ帰ったのは存じておる、余の悪戯であったからいつでも返してよこすがいい、引取って遣わすぞ」

「失礼ながら」と新九郎はにやっと笑って云った。

「浪江は私が家の妻に頂戴《ちょうだい》仕りましたので、殿のおなかだちにて既に仮盃もいたしております、お側へお返し申すなどとは以てのほか、これは平にお断わり申上げます」

「なに、では本当におこぜを娶ったと申すか」

「姿容《すがたかたち》こそ醜けれ、浪江は御家中に二人となき名婦にございます」

「負惜しみではあるまいの、新九郎」

「恐れながら」

今度はこっちの番だというように、新九郎はにこにこ笑いながら胸を張って云った。

「新九郎がこうと見込んだ者に、かつて誤りはござりませぬ、なにしろ凡眼ではござりませんでな」

巨《おお》きな眼をぎろりと剝《む》いて、寒森新九郎一代の得意な場面であった。


（「富士」昭和十五年七月号）

笠折半九郎

失　火

一

喧嘩《けんか》は理窟《りくつ》ではない、多くはその時のはずみである、理窟のあるものならどうにか納まりもつくが、無条理にはじまるものは手がつけられない、笠折半九郎と畔田《くろだ》小次郎との喧嘩がその例であった。

二人は紀伊家の同じ中小姓で、半九郎は西丸角櫓《すみやぐら》の番之頭《かしら》を兼任し、食禄《しょくろく》は三百石、小次郎は二百五十石を取っていた。……年齢は半九郎の方が二歳年長の二十七であるが、気質からいうと小次郎の方が兄格で、烈《はげ》しい性格の半九郎とはちょうど火と水といった対照であった。

半九郎も小次郎も早くから主君頼宣《よりのぶ》の側近に仕えて二人とも別々の意味で深く愛されていた。半九郎はその生一本な直情径行を、小次郎は沈着な理性に強い性格を、そして二人はまた互いに無二の友として相許していた。

そのときの喧嘩がどういう順序で始まったかよく分らない。城中の休息所で座談をしているうち、話がふと半九郎の縁談に及んだ。……彼はそのとき同藩大番組で八百石を取る天方仁右衛門の娘瑞枝《みずえ》と婚約が定《き》まっていた。瑞枝は才女という評判が高く、特に十三絃《げん》に堪能《たんのう》でしばしば御前で弾奏したことがある、話は自然とその琴曲のことになった。小次郎は半九郎が武骨者で、芸事などには振向いても見ないのを知っていたし、瑞枝の琴の話が出ると、明らかに不快そうな顔つきになるのを認めたから、ちょっと意地悪な気持になって、

——笠折もこれから瑞枝どのの琴を聞いて、心を練る修業をするんだな、音楽というものは人の心を深く曠《ひろ》くするものだ。

というような意味のことを云《い》った。

それがいけなかった、ごく親しい気持から出た言葉ではあるが、時のはずみで半九郎は真正面から喰《く》い下った、おんなわらべの芸事などで心を練り直さなければならぬほど武道未熟だというのか、そう開き直ったのがきっかけで暫《しばら》く押し問答をしていたが、ついに半九郎は面色を変えて叫びだした。

——このままでは己《おれ》の面目が立たぬ、それほどの未熟者かどうか試してみよう、明朝卯《う》の刻に城外鼠《ねずみ》ケ島で待っているから来い。来なかったら家へ押掛けるぞと云って、

半九郎は下城してしまった。

屋敷へ帰った彼は、仲裁役でも来ると面倒だと思って、後事の始末を書面にして遺し、そのまま城下から南へ三十町あまり離れた、砂村の農夫弥五兵衛の家に立退いた。……弥五兵衛はもと笠折家の下僕であったが、数年まえに暇を取り、今では妻子五人で農を営んでいた。

半九郎は自分の怒り方が度を越しているのを知っていた。時間の経《た》つに順《したが》ってその感じがはっきりして来た、どう考えても果し合いをするほどの問題ではない。

——いけなかった、やり過した。

そう思った。けれどもまた直《す》ぐそのあとから、新しい忿《いか》りがこみあげて来た。小次郎の言葉には親しい者だけに共通する意地悪さがあった、己が云うなら許されるだろうという、狎《な》れた意地悪さが隠されていた。

——どれほど親しい間柄でも、云って宜《よ》いことと悪いことがある、武士の心得を座談にして弄《もてあそ》ぶ法はない。

彼は武骨者で茶花風流には暗かった。武士には要のないものだと云ってはいたが、そういうものに興味を持てないことは、自分でも私《ひそ》かに弱点だと思っていた、そしてそう自覚しているだけ余計に、遊芸に類するものを軽侮していたのである。……つまり小次郎はそれを承知して、彼のいちばん痛いところを突いたのである。

「明日の朝五時に起こしてくれ」

弥五兵衛にそう云って、半九郎は宵のうちに寝た。

なかなか眠れなかった。

ともすると苦い後悔の感じが湧《わ》いて来るので、なるべく忿怒《ふんぬ》を煽《あお》るようなことだけを考えた、空想は鼠ケ島の決闘の場面まで発展した、無二の友達同志が刃《やいば》を嚙合《かみあ》せている様や、血まみれになって倒れている小次郎の姿などは、空想のなかで一種の快感をさえ呼起こした。

そうしているうちに、いつか考え疲れて眠ってしまったらしい。雨戸を叩《たた》くけたたましい物音に、半九郎が愕《ぎょっ》として眼を覚ますと、

「笠折はいないか」

と呼びたてる声が聞えた。

「ちょっと起きてくれ、笠折半九郎は来ていないか」

——小次郎だ。

半九郎はがばとはね起きた。

「よし、己が自分で出る」

起きて来た弥五兵衛を押止《おしとど》め、手早く身支度をした半九郎は、大剣をひっ摑《つか》んで、手荒く縁側の方の雨戸を明けた。

「半九郎は此処《ここ》にいるぞ」

「おっ、笠折いたか」

叫びながら走って来る小次郎を見て、

「約束は卯《う》の刻、場所は鼠ケ島と云った筈だ、血迷ったか小次郎」

「それどころではない、あれを見ろ」

小次郎は叫びながら手を挙げてうしろを指した。

二

まだ空は全く暗かった。満天の星は朝の霜のひどさを思わせるように、きらきらと研《と》ぎ澄ました光を放っている、……その星空の下に、ぼっと赤く、大きな篝火《かがりび》のような光暈《こううん》の拡《ひろ》がっているのが見えた。

「火事だ、しかもお城の大手に近い」

半九郎は慄然《りつぜん》と身を震わした。

「西丸御門外の武家屋敷から出たが、この風で火は今お城へ真向《まっこう》にかかっている、笠折」

小次郎は持っている物を差出しながら、

「いま貴公の家へ立寄って、多分此処だと思ったから火事装束を持って来た、馬も曳《ひ》いて来てある、果し合いは又のことだ、貴公は櫓番の頭だぞ」

「小次郎、かたじけない」

半九郎はひと言、呻《うめ》くように云うと、友の差出した包みを取ってひらいた、夢中だった、踏込《ふみこ》み袴《ばかま》、定紋付きの胸当《むなあて》、羽《は》折《おり》、兜頭巾《かぶとずきん》、それに腰差し提燈《ちょうちん》まで揃《そろ》っている、彼はそれを身に着けながら、

——やはり友達だった。

となんども胸いっぱいに叫んだ。

弥五兵衛が提燈に火を入れるのを、ひったくるようにして外へ出た、表には馬が二頭繋《つな》いであった、二人は轡《くつわ》を並べて駆けだした。……往還へ出るとはじめて烈風を感じた。半九郎は空を焦《こ》がすような遠い火を睨《にら》んで、容赦もなく馬に鞭《むち》をくれながら疾駆した。心は湯のような感動でいっぱいだった、宵のうちの悔恨はもう無かった。男同志の友情の有難さが、ただそれだけが、彼の全身の血をかきたてた。

大番町《おおばんちょう》へ入ったところで二人は馬首を分った、半九郎は西丸口へ、小次郎は大手へ。

「小次郎!」

別れるとき半九郎が叫んだ、

「忘れぬぞ!」

小次郎は振返った。にっと僅《わず》かに笑った白い顔が、半九郎の眼に鮮やかな印象を焼きつけた。彼はそのまま馬を煽って行った。

明暦元年十一月十九日早朝四時、和歌山城西丸御門の外にある都築《つづき》瀬兵衛の屋敷から出た火は、おりからの烈風にみるみる燃え拡がり、一方は武家屋敷から町家の方へ延び、一方は西丸の門から城へと移った。……そのとき頼宣は伊勢へ鷹野《たかの》に出たあとで、久野和泉守《いずみのかみ》が留守を預かっていた。留守城のことで人数も足りなかったし、旱天《かんてん》続きで乾いてもいたし、おまけに珍しいほどの烈風で、城へ移った火は防ぎようもなく延焼した。

半九郎が西丸の角櫓《すみやぐら》へ駆けつけたとき、十七人の番士は一人も欠けず揃って、櫓前へ水を運んでいるところだった。……半九郎は砂丸を焼く火が、御宝庫の上にのしかかっているのを見た。

「お蔵《くら》が危ない、お蔵番はいないのか」

なんども叫んだが人の姿はなかった。……彼は躊躇《ちゅうちょ》なく番士五人を連れて駆けつけると、鍵《かぎ》をうち壊して扉を明け、文字通り火を浴びながら、秘蔵の宝物を取出して角櫓へ運んだ。

「此処も危のうございます。お山へ移した方が安全でございましょう」

「此処が危ないと？」

番士の言葉を半九郎は烈しく極《き》めつけた。

「馬鹿《ばか》なことを云え、このお櫓を焼いてなるか、十七人全部死んでもこのお櫓は守り通すのだ、我々の死に場所は此処だ、一歩も退くな」

すでに西丸が焼けていた。櫓の上に登った半九郎は、二の丸の大屋根を抜いて噴きあげる焔《ほのお》の柱を見た。右も左も火焔《かえん》だった。耳を聾《ろう》するような焔の叫びと、建物の焼け落ちる轟《とどろ》きと、物のはぜ飛ぶ劈《つんざ》くような響きが、怒濤《どとう》のように揉《も》み返していた。

……煙は火を映しながら、まるで生き物のように立昇り、恐ろしい渦を巻いて崩れたかと見ると、八方に翼を拡げて地を掃き、再び空へと狂気の如《ごと》く舞いあがった。

砂丸を焼いた火と、西丸を焼く火とが、両方から多門塀《たもんべい》を伝って近づいて来た。

「みんな此処で死ね、一人も退くな」

半九郎は繰り返し叫んだ。

「卑怯《ひきょう》な真似《まね》をする奴《やつ》は斬《き》るぞ！」

息もつけぬような煙が巻いて来た。煽りつける火気《かき》は肌を焦がすように思えた。……襲いかかる火の粉を必死と払いながら、半九郎は火の海のなかに、力強く屹然《きつぜん》と立っている天守閣の壮厳な姿を見た。それは大盤石《だいばんじゃく》の姿だった。

——大丈夫だ、この櫓は助かる。

彼は神を信ずるようにそう確信した。

事実その櫓は焼けなかった。十七人の死を賭《と》した働きが、ついに猛火を防ぎ止めたのである。半九郎をはじめ多少ともみんな火傷《やけど》をした。手を折った者もあった。誰の衣服も焦げ跡のないものはなかった。鬢髪《びんはつ》の焼け縮れていない者はなかった。しかしそんなことはなんでもなかった。櫓は助かったのだ。彼はその本分を尽したのである。

——小次郎、己はやったぞ。

火勢の落ちた和歌山城の上に、ようやく朝の光が漲《みなぎ》りわたるのを見ながら、半九郎はつきあげるような思いで独り叫んだ。

——やったぞ、己はやったぞ小次郎。

恩　賞

急を聞いて頼宣が帰ったのは、それから二日後のことであった。

天守閣と櫓の一部が残っただけで、城はほとんど焼けていた。城外では武家屋敷六十軒、町屋敷百九十五軒、町数合わせて九十余という大火であった。……火を失した都築瀬兵衛は、親族から切腹を迫られたが、結局は遠島ということに定《きま》った。

帰城した翌々日、頼宣は湊《みなと》御殿に留守役の者を呼んで、防火の労を犒《ねぎら》い、またそれぞれ恩賞の沙汰《さた》をした。焼け落ちた西丸、二の丸、砂丸の番士たちにも恩命があった。半九郎も伺候していたが、彼にはなんの言葉もなかった。……そして恩賞にあずかった人々が次々と去って、最後に彼だけが残ったとき、ようやく頼宣が近うと呼びかけた。そして火事場のことには一言も触れず、

「半九郎、その方出火の当日喧嘩をしたそうではないか」

と意外なことを云った。

「仔細《しさい》はどうでもよい、小次郎に果し合いを挑んだというのは事実か」

「恐入ります、些《いささ》かとりのぼせまして」

「それでどうした、始末を申してみい」

「恐れながら……」

半九郎は腋《わき》の下に汗をかいて平伏した、思いも懸けぬことを突っ込まれて、ちょっと言句に詰ったのである。

「申してみい、果し合いの始末をどうした」

頼宣はたたみかけて促した。

半九郎は平伏したまま始終の事を述べた、頼宣は黙って聴いていた。半九郎の言葉が終ってからも、暫《しばら》くのあいだ黙っていた。……自分の口から仔細を述べるうちに、半九郎は悔恨と自責の念が新しく甦《よみがえ》って来るのを感じ、黙っている頼宣の無言の叱責《しっせき》が、千貫の重さで頭上へのしかかるように思えた。

「友達というものは有難いものだな」

頼宣がやがて感慨の籠《こも》った声で云った。

「小次郎は思慮の深いやつだ、しかし小次郎だけが秀《ひい》でているとは云わぬ、友達の情の美しさだ、おろそかに思ってはならぬぞ半九郎」

半九郎は噎《むせ》びあげていた。

「その方は一徹で強情が瑾《きず》だ、そこが良いところでもあるし、また禍《わざわ》いを招く素《もと》でもある、もう少し分別を弁《わきま》えぬといかんぞ」

そう云って頼宣は立った。

火事場のことについては一言の沙汰もなかった。半九郎はむろんそんなことは意に留めなかった。自分はするだけの事をしたのである、しかもその火事は偶然にも自分と小次郎との友情の証《あか》しとなってくれた。それだけでも充分だと思った。けれど世間の人々はそう簡単に済まさなかった。当時の昂奮《こうふん》が冷めて来ると、人々の眼は半九郎のうえに集まりだした。

――笠折に恩賞のお沙汰がないのはどうしたのだ、彼は十七人の番士と身命を賭して、角櫓を火から救ったではないか。

――そうだ、笠折はお蔵《くら》から御秘蔵の宝物をも運び出している。

――持場を焼いた者たちでさえ恩典があったのに、もっとも手柄を立てた笠折に、なんのお沙汰もないというのは不審だ。

――なにか仔細があるのだろう。

そういう噂話《うわさばなし》が、おりに触れると半九郎の耳にも入るようになった。彼にとっては迷惑でもあり不愉快な話であった、自分では恩賞に漏れたことなど少しも考えてはいないし、するだけの事をしたのだという気持で落着いている、だからそんな噂を聞くと、自分までが卑《いや》しく、さもしい感じになってやりきれなかった。

ある日四五人集まっているところで、またその話になったとき、半九郎は我慢ならぬという調子で云《い》った。

「いったい貴公たちはなんの用があってそんなことをつべこべ云うのだ、拙者は恩賞を賜わるような働きはなにもしてはいないぞ、自分の責任を果したまでだ、誰でも当然なすべきことをなしただけだ、火消人足ではあるまいし、火事場の働きで恩典にあずかろうなどというさもしい考えは微塵《みじん》もないぞ、つまらぬ話はいい加減にやめろ、馬鹿げている」

「おい、……笠折、それは少し言葉が過ぎはしないか」

一人が急に眼を光らせて乗出した。

「我々は誰のために云っているのでもない、むろんお上に対して御批判申すのでもない、ただ身命を賭して御宝物を救い、お櫓を守ったという事実を云うのだ、持場を焼いた者たちにさえ恩賞があったのに、それだけの働きをした者になんのお沙汰もないという事実を云っているんだ。……それに対して火消人足でないとは言葉が過ぎるぞ」

半九郎はむかむかと忿りがこみあげて来た。しかし懸命にそれを抑えて黙っていた。……相手は書院番の麻苅久之助という、小意地の悪い女のように嫉妬《しっと》深いので有名な男だった。口の下手な半九郎などの敵すべき相手ではない、それで哀《かな》しくも彼は沈黙を守った。

二

「火消人足とは変なことを云う」

相手は鬼の首でも取ったように、なおも執念《しつこ》く傍《そば》の者を捉《とら》えて続けた。

「自分はなにか理由があるとして、取澄ましているならそれで宜《い》いさ、しかし傷だらけになって、命を的に働いた十七人の組下が可哀《かわい》そうではないか、火消人足ではないなどと、見当違いなことを云う暇があったら、少しは組下のことも考えて遣《や》るべきだ」

「拙者はこういう話を聞いているんだが」

久之助のねちねちした態度をとりなすように、一人が側から口を挿《はさ》んだ。

「なあ笠折、あの日貴公はお上から、畔田と喧嘩《けんか》をしたことでお叱《しか》りを受けただろう、これは単なる噂にとどまるかも知れんが、畔田がお上にその事を申上げたので、それでお上がお怒りになったということを聞いたぞ」

「それは有りそうなことだ」

別の一人が頷《うなず》いて云った。

「畔田としては城中満座のなかで果し合いを挑まれたのだからな、その返報としてもそのくらいのことは有るかも知れん」

「止《や》めてくれ、どうかみんな止めてくれ」

半九郎は堪《たま》り兼ねて云った。あまりその声が悲痛だったので、みんな驚いて眼をあげた。半九郎は抑えつけたような声で、まるで自分自身に挑みかかるように云った。

「畔田がどんな人間か、拙者は誰よりも熟《よ》く知っている、そういう噂は人を毒するだけだ、どうかもう陰口《かげぐち》や噂は止めてくれ、十七人の組下に対しては、拙者が直《す》ぐに番頭としての責任を執る、だからもうこんな話はこれだけで打切りにしてくれ、もう沢山だ、本当にもう沢山だ」

それだけ云うと、半九郎は立ってその席を去った。

櫓番の支配は寄合《よりあい》役である、半九郎は辞表を支配役に差出して下城すると、家人に酒を命じて強《したた》かに呑《の》みはじめた。

……彼は自分の執った態度が、いつかのようにとりのぼせたものだということに気付いていた、小次郎に果し合いを挑んだときとは原因がまるで違う、しかしその憤激のかたちには同じ苦しさがあった。心の隅には早くも、あのときと同じ悔いが孕《はら》んでいた、でも彼にはどうしようもなかった。

酔いが廻るにつれて、いろいろな人の顔や、言葉や、態度が、次々と眼にうかんで来た。みんな誹謗《ひぼう》と嘲笑《ちょうしょう》の相《すがた》であった。

——こんなことを考えてはいけない。

彼はなんども反省した。胸へこみあげて来る毒々しい妄念《もうねん》を否定するように、烈《はげ》しく首を振っては酒を呷《あお》った。

——己《おれ》には己の生き方しか出来ない、嗤《わら》う者は嗤え、己は自分の正味を投げ出している。これが笠折半九郎だ。

泥酔《でいすい》した彼は寝た。

翌日はひどく頭が重く、悪酔いをした胸苦しさがいつまでも消えなかった。それで彼は再び酒を命じた。……午《ひる》近くになって、支配役から出仕を促す使者が来た。半九郎は家士を挨拶《あいさつ》に出して、

——所労で臥《ふ》せっているから、追って本復のうえ登城する。

と答えさせた。

使者は別に深い穿鑿《せんさく》もせず、大切にするようにと云って去った。……半九郎にはそれが空々しい言葉に思われた、そしてそう思ったときから、彼の考え方は新しい方向

へ曲りだした。

彼は改めて恩賞のことを思いだした。どうして自分だけになんの沙汰もなかったのか、もし小次郎との喧嘩が悪いなら、小次郎にも同じ咎《とが》めはある筈《はず》だ。しかし小次郎はみんなと同様に恩典にあずかっている。

――こいつは考える値打ちがあるぞ。

彼は続いて、小次郎が自分より先に、喧嘩の始末を言上《ごんじょう》したという話を思いだした。

畔田は思慮の深いやつだ。

そう云った頼宣の言葉も耳に残っている。思慮が深いということは、彼のように馬鹿正直でないという意味にもなる、彼の生一本な気持では為《な》し得ない多くのことを為し得るという意味にならないか？　……彼はなんの隠しもなく喧嘩《けんか》の始末を申し述べた、しかし思慮の深い小次郎が果して同様の言上をしただろうか。

「そうだ、火事の朝もそれだ」

半九郎は思わず声をあげて呟《つぶや》いた。

「もしあの火事がなかったら、あいつ果して鼠ケ島へ来たろうか、……否《いな》！　来はせぬ、あいつは己の剣を知っている、来るとしても仲裁人か、そう見せて助太刀を連れて来たに違いない。火事はあいつに取って一石二鳥だった、果し合いを免れたうえに、馬鹿正直な己をまんまと泣かした、くそっ！」

半九郎は拳《こぶし》で力任せに膝《ひざ》を叩《たた》いた。

こうなると、考えることはそんな自分を唆《そそのか》しかけるものだけになる、なんでも宜い底の底まで自分を追い詰めて、胸に溢《あふ》れている妄念を一挙に爆発させてみたい、そういうすてばちな衝動が全く半九郎を捉《とら》えてしまった。……ちょうどそこへ、まるで油へ火を投げるような事が起こったのである。

三

「申上げます」

家士の五郎次が襖《ふすま》を明けた。

「呼ばぬうちは来るなと申してある、退《さが》れ」

「お客来でございます」

「会わん、誰にも会わんぞ、病臥《びょうが》して居ると云って追い返してしまえ」

「そうお断わり申したのですが」

家士は困惑した様子で云った。

「病床でなりとも達てお眼にかかりたいと、みなさま押しての仰《おお》せでございます」

「みなさま？　……誰と誰だ」

「柳河三郎兵衛さま、殿村靫負《ゆきえ》さま、長谷部伝蔵さま、由井、大道《おおみち》の方々でございます」

西丸詰め、二の丸詰めの者たちで、ことに大道市次郎と由井十兵衛は番頭格であるが、孰《いず》れもそう親しく往来している訳ではない。

「会ってやる、通して置け」

半九郎は支度を直しに立った。

客間に待っていた五人は病床の見舞いを述べるでもなく、押して面会を求めた釈明をしようともせず、半九郎が座につくのを待兼ねたように、由井十兵衛が直ぐ要談をはじめた。それは半九郎にとって全く思い懸けぬ問題であった。

「先日城中で、貴公は火事場の恩賞について麻苅たちと話をしたそうだな」

「拙者から持ち出した訳ではないが、その話ならした」

「貴公そのとき、火事場の働きで恩賞にあずかるのは、火消人足も同様だと云ったそうだが、相違ないかどうか聞きに来たのだ」

半九郎は平手打ちを喰ったような気がした、麻苅久之助に云った言葉が、今やまるで違う意味をもって、しかもかなり重大な内容を帯びて返って来たのだ。

「如何《いか》にも、そういう風なことは云った」

彼は出来るだけ静かに説明しようとした。

「そういう風なことは慥《たし》かに申したが、しかしまた貴公が云った通りではない、言葉は似ているが意味は違う」

「どう違うか聞こう」

「拙者は自分のことを云ったのだ、各々《おのおの》も耳にしていると思うが、あのとき拙者だけは恩賞のお沙汰《さた》がなかった」

「それが貴公には不服なのか！」

いちばん若い長谷部伝蔵が叫んだ。

「……そうではない」

半九郎は自分を抑えて続けた。

「そうではないんだ、周りの者がそれを云うんだ、拙者は自分の為《な》すべき事を為しただけで、恩賞の有無などは些《いささ》かも考えてはいない、それなのに周りの者がいつまでもその評判をするんだ、あのときもそうだった。拙者にはうるさいし、迷惑なんだ、それで自分はそんな火消人足のようなさもしい考えは持たぬと云ったんだ」

「では改めて訊《き》くが、火事場の働きで恩賞にあずかった者は、火消人足も、同様だと云うんだな」

「話すことを、拙者の話すことをもっと熟《よ》く聞いてくれ、そうではないんだ」

「そうでなければどうだと云うんだ！」

柳河三郎兵衛が大声に喚《わめ》いた。

「持って廻った云い訳は止めろ、我々は防火の手柄をお褒めにあずかった、御恩典を受けている。貴公の言葉は我々に取って聞き逭《のが》せぬ重大な意味を持っているぞ」

「恩賞を受けぬ貴公は宜《よ》いだろう、しかしその言葉は我々一同を火消人足と申したも同じことになるぞ笠折、確《しか》と返答を聞こう！」

半九郎は出来る限り自分を抑えていた、しかしどう説明しても、言葉の持っている本当の意味は分って貰《もら》えないと思った。

「ええ！　面倒だ」

半九郎は頭を振って云った。

「これだけ云っても分らないなら、どうでも好きなように解釈しろ、なんとでも勝手に僻《ひが》め、拙者はそんな馬鹿《ばか》な相手はもう御免だ」

「それは正気で云う挨拶か！」

「笠折、庭へ出ろ！」

伝蔵が大剣を摑《つか》みながら叫んだ。そのとき、廊下を畔田小次郎が走って来た、彼は五人が押掛けたと聞いて追って来たのである。

「待て、みんな待ってくれ」

小次郎は座敷へ入ると、今しも総立ちになった客と主人との間へ、そう叫びながら割って入った。そして先《ま》ず半九郎を押えつけ、

「笠折へは拙者が話をする、みんなとにかく待ってくれ、手間は取らさぬ、さあ……向うへ行こう笠折、宜《い》いから来るんだ」

そう云いながら、引摺《ひきず》るように半九郎を居間の方へ連れて行った。

この主君

一

「落着け、落着いて聞くんだ笠折」

半九郎を引据えながら、小次郎は声を励まして云った。

「貴公の言葉は穏当ではない、いや分ってる、貴公がそう云った時の意味は別だった、

しかしそれが彼等に伝われば、こういう問題が起こらずにはいないものを持っている、言葉が悪かったんだ、拙者の云う気持は分るだろう」

「簡単に云え、己にどうしろと云うんだ」

「云い過ぎたということを一言で宜《い》い、行って彼等に詫《わ》びてくれ、ただ形だけでも宜い、あとは拙者が旨《うま》く片を付ける」

「あのときのようにか」

半九郎は白く笑いながら云った。

「お上へ喧嘩の始末で言上したように、あの時のように旨く片を付けるか、小次郎」

「なにを云う。……貴公酔っているな笠折」

「真直ぐに己の眼を見ろ！」

紙のように蒼白《あおざ》めた顔を、ぐっと突き出しながら半九郎は叫んだ。

「宜いか小次郎、己はこれまで世間の評判や噂話などは軽蔑《けいべつ》して来た、そんなものは人を毒するだけで、三文の値打ちもないと思って来た、ところがそうじゃなかった、三文の値打ちもないどころか、そいつは人の運命を左右することも出来るんだ、大切なのは人間じゃない、言葉だ、噂だ、蔭口やこそこそ評判だ、腹黒い奴《やつ》がひと捻《ひね》り捻るだけで、事実には関係なしに言葉が人間の運を決定するんだ。宜いか、……これだけのことを前提として、あの五人に詫びると云うなら、己は詫びる」

半九郎はもういちど白く笑って続けた。

「だが小次郎、そのまえに己は云うことがある、今度の紛争《ごたごた》の原因は、己が恩賞のお沙汰に漏れたことにあるんだ、そしてその原因の前にもう一つ本当の原因がある、……そいつを先ず解決しなくてはならん」

「それはどういう意味だ」

「鼠ケ島の果し合いだ、あれが己から恩賞のお沙汰を奪った、十七人の組下までがそのために恩賞から漏れた」

「笠折、それは正気で云うことか」

小次郎の眼にも忿《いか》りが表われた。

「拙者も世間の噂はうすうす聞いていた、拙者がお上に、喧嘩のことで貴公を讒訴《ざんそ》したという、馬鹿げた話で取るにも足らぬと捨てて置いたが、貴公それを信ずるというのか」

「五人に詫びろと云うまえに、貴様はそれを考える必要があったんだ、取るにも足らぬこそこそ話が、人の運を決定するんだ、己は今こそ悪意を認める、己が五人に詫びるまえに貴様は鼠ケ島の借りを返さなくてはならんぞ」

「心得た、如何にも鼠ケ島へ行こう」

小次郎はそう云いながら立った。

「今度は拙者から時刻を定める、明日《あす》の朝六時、必ず待っているぞ」

半九郎は荒々しく去って行く小次郎の姿を、嘲笑の眼で見送った。……それから更に彼が、客間で待っている五人に、こう云っている声を聞いた。

「笠折とは拙者が果し合いをすることに定めました。各々は手をお引き下さい、拙者には前からの行懸《ゆきがか》りがあるのです、笠折のことは拙者にお任せ下さい」

決意のある声だった、それに対して五人の方でもなにか主張したが、結局は小次郎に任せると決ったらしい。……半九郎はそれを聞きながら、

「誰か居《お》らぬか、酒が無いぞ」

と大声に叫びたてた。

この争いには自然でないものが多い。つまらぬ感情のささくれや、行違いや、思過しや、いろいろな要素が偶然にひとところへ落合い、それが誤った方向へ押流されている。……半九郎にしても小次郎にしてもそれが分らない訳ではなかった。しかしこうしたやりきれない紛擾《いざこざ》は、いちど行き着くところまで行かぬ限り、解決のしようがないのである。そして最も信頼する相手を最も卑《いや》しく考えるという、非常に矛盾した

ことが、この場合には極めて自然な成行きになってしまったのだ。

明くる朝、半九郎はまだ暗いうちに起きた。……霜のひどい朝だった、裸になって頭から何杯も水を浴び、新しい肌着に、継ぎ裃《かみしも》で支度をした。そして食事はせずに家を出た。

供を連れなかった。足の下に砕ける霜の音を聞きながら、ようやく明けはじめた早朝の町を、なにも考えずに砂村の方へ急いだ。

鼠ケ島は紀ノ川の砂州の発達したもので、実生《みしよう》の松が僅《わず》かに林をなし、周囲は枯れた蘆荻《ろてき》が叢立《むらだ》っていた、……朽ちかかった踏板を渡って島へ登ると、乳色の川霧を震わせて、千鳥がけたたましく舞い立った。

——まだ来ておらんな。

ひとわたり見渡して、そう呟きながら、半九郎は小松原の方へ入ろうとした。すると、それを待受けていたように、松のあいだから進み出て来た者があった。

「……小次郎か」

半九郎は五六歩あとへ跳び退《さが》って、大剣の柄《つか》へ手をやった。

二

相手は構わず近寄って来た。そして、川霧を押分けてその姿をはっきりと示したとき、半九郎はいきなり眼に見えぬ力で突き飛ばされでもしたように、あっと叫びながらよろめいた。

近寄って来たのは頼宣であった。

「抜け、抜け半九郎」

頼宣は静かに呼びかけた。

半九郎は即座に大剣を鞘《さや》ごと腰から脱《と》り、それを遠く投出しながら、砂上に平伏した。……頼宣は大股《おおまた》に歩み寄って、砂上に伏した半九郎の側へ片膝を突くと、左手でその衿《えり》を摑み、拳《こぶし》をあげて頭を殴りつけた。

「馬鹿者！　馬鹿者、馬鹿者！」

三つ、四つ、五つ、痺《しび》れるように痛い拳だった。しかしその痛さは、そのまま頼宣の愛情の表白であった、半九郎はその痛さを通して、大きな主君の愛情を直《じか》に感じ、これまで自分を毒していたあらゆる妄念が、そのひと打ち毎《ごと》に、快く叩き潰《つぶ》されるのを感じた。

頼宣はやがて手を放した。よほど力を籠《こ》めて打ったとみえて、暫《しばら》く荒い息をしていたが、

「……二十年も予に仕えながら」

と顫《ふる》えを帯びた声で云った。

「その方にはまだ予の気持が分らぬのか。……先日火事のおり、命を冒して宝物を取出し、また角櫓《すみやぐら》を防ぎ止めたことは手柄であった、適《あっぱ》れよくしたと褒めてやりたかった、しかし予は一言も褒めなかった、他の者には恩賞をやったが、その方にはなにも沙汰しなかった。沙汰せずに置いても予の気持は分るであろうと思ったからだ」

「恐れながら、恐れながらお上」

半九郎は噎《むせ》びながら頼宣の言葉を遮《さえぎ》った。

「わたくしの不調法、申し訳の致しようもございませぬ、なれどこの度のことは、お沙汰のなきことを不平に思った次第ではございませぬ、左様な心は些《いささ》かも、些かも……」

「泣き声では分らぬ、はっきりと申せ、それではなぜ自儘《じまま》に番頭《ばんがしら》をやめたのだ」

「周囲の批判やむを得なかったのでございます、わたくしの不調法から十七人の組下まで御恩賞に漏れたと申されまして、番の頭としての責任を執ったのでございます」

「周囲の批判がそんなに大事か」

　頼宣はむしろその一本気を笑うように、

「世間の評判などは取止めのないものだ、そんなものに一々責任を執っていて、まことの奉公が成ると思うか。……火事場の働き適れではあるが、沙汰をしなかったには訳がある。城は一国の鎮台として重要なものだ、宝物もまた家に取って大切だ、しかし人間の命には代えられぬぞ、火事はそのときの旱《かわ》き、風の強さで、防ぎきれぬことがあるものだ、城も焼けよう、宝物も灰になろう、それは人力で如何《いかん》とも防ぐことの出来ぬ場合がある」

「その方の働きは適れであったが」

　と頼宣は静かに続けた。

「もしその働きを賞美したら、これからさき多くの家臣たちが、その防ぎきれぬ火に向って、もっと危険を冒すことになるだろう。城は焼けても再び建てることは出来る、だが死んだ人間を呼返す法はないぞ。……心のなかでは褒めながら、そうしなかった理由はそこだ、予にとっては城よりも宝物よりも、家臣の方が大切なのだ。角櫓一つ助かるよりもその方の無事であることの方が予にはうれしいのだ、半九郎」

　半九郎の背が見えるほど波を打ち、砂を噛《か》むように歔欷《すすりなき》の音がもれた。

「二十年も側近く仕えながら、その方にはこれだけの気持すら察しがつかぬのか、周りの批判は聞き咎《とが》めても、予の心を察する気にはならぬのか」

「……申し訳ございませぬ」

半九郎は身を絞るように呻《うめ》いた。

「それほどの思召《おぼしめ》しとも存ぜず、愚かな執着に眼が昏《くら》んでおりました、このうえは唯《ただ》……御免」

云いながら、フと脇差《わきざし》へ手をかけた、しかし咄嗟《とっさ》に頼宣がその利腕《ききうで》をがっしと摑んだ。

「馬鹿者が！　なにをする」

「お慈悲でございます、わたくしに腹を」

「ならん！」

頼宣は有名な強力《ごうりき》である、半九郎の懸命の腕を押えつけ、脇差を鞘ごと脱ってすっくと立った。

「死なして宜《よ》いなら予が手打ちにしておる、その方がいますべきことは切腹ではない、小次郎との仲直りだ。……小次郎まいれ」

振返って叫ぶと、小松原の中から畔田小次郎が走り出て来た。そして半九郎の傍へ並んで平伏した。

「その方共は自儘に果し合いをしようとした。軽からぬ罪だ、両人とも五十日の閉門を申付ける、ただし小次郎も半九郎の家で、一緒に謹慎しておれ、離れることならんぞ」

頼宣はそう云って去って行った。右手の拳を揉《も》みながら、

「恐ろしく固い頭だ」

と呟くのが聞えた。

二人は平伏したまま泣いていた。

川霧はようやく消えて、雲を割った太陽が眩《まぶ》しいほどの光を、鼠ケ島の上へさんさんと射かけて来た。……小松原の中に控えていた近習《きんじゅ》番たちを連れて、頼宣が遠く去ってしまってからも、彼等はそのまま泣いていた。

「小次郎、……己《おれ》たちは仕合せ者だな」

半九郎が泣きながら云った。

「そうだ、これほどの御主君に仕えることの出来るのは、武士と生れてのこの上もない果報だ」

「己は自分の心の狭さが熟《よ》く分った、勘弁してくれ小次郎、瑞枝を娶《めと》ったら、己は琴

を弾かせて心の修業をするぞ、琴を聴いて、本当に心が曠《ひろ》くなるものならば、己は、本当に瑞枝の琴を聴くぞ」

「そう思えばそれで宜いんだ、琴なんか問題じゃない、我々はいまもっとすばらしい修業をしたんだ」

「分ってる、それは分ってる、でも己は琴を聴くよ、琴に限らない、どんな方法ででもこの心をもっと曠くしたいんだ、まことの御奉公の出来る人間になりたいんだ、己は、琴を聴くぞ小次郎」

「そうむやみに、琴々って云うなよ」

小次郎は泣きながらぷっと失笑《ふきだ》した。

「馬鹿だな、可笑《おか》しくなるじゃないか」

それと一緒に半九郎も失笑した。

二人は泣きながら、両方の眼から、ぽろぽろと涙をこぼしながら、声を放って笑いだした。

（「講談倶楽部《クラブ》」昭和十六年三月号）

避けぬ三左

一

「おい、むこうから来るのは三左だろう」「そうだ三左だ」「天気を訊《き》いてみるから見ていろ」天正十七年十二月のある日、駿河国府中《するがのくに》の城下街で、小具足をつけた三人の若者がひそひそささやいていた。

そこへ大手筋の方から、ひとりの大きな男がやって来た。眉《まゆ》のふとい、口の大きな、おそろしく顎骨《あごぼね》の張ったたいかつい顔である、眼だけは不釣り合いに小さく、おまけに処女のような柔和なひかりを帯びている。肩は岩をたたんだようだし、手足のふしぶしは瘤《こぶ》のような筋肉がもりあがっている。葛布《くずふ》の着物におなじ短袴《たんこ》をつけているが、袖《そで》は肱《ひじ》にとどかず、裾《すそ》はようやく膝《ひざ》をかくすにすぎないから、このたくましい肉体はまるでむきだし同然だった。……こういうなりかたちといい、腰に帯びた四尺にあまる大剣といい、およそひと眼を惹《ひ》く存在であるのに、彼はそのうえ痩《や》せこけたちっぽけな犬を一匹つれていた。大げさに云《い》えば掌《てのひら》へ載りそうである。毛色の黒い鼻面《はなづら》の尖《とが》った、いかにも臆病《おくびょう》そうに絶えずきょときょとして、ちょっと大きな音でもすると、ひとたまりもなく悲鳴をあげて跳びあがる、つまり頑厳たる主人とはまったく相反したやつで、なんとも奇妙なとりあわせであった。

待っていた三人のうち、口髭《くちひげ》をたてた一人の若侍は相手が近よって来るのを待ちかねて呼びかけた。

「やあ三左ではないか、いい天気だな」「……」

「富士がよく晴れている、すこし歩くと汗がでるぞ、なんといい天気ではないか」三左と呼ばれた相手は答えなかった。黙ってまっすぐ前の方を見ていたが、やがてむっとしたような調子でしずかに云った。「そこを通してくれ、拙者は嫁をもらいにゆくところだ」三人はあっと云った。

あっと云って眼を瞠《みは》っている三人のそばを、三左と呼ばれた男は大股《おおまた》に、悠々たる足どりで通りすぎた。彼はまっすぐにゆく。おなじ歩幅とおなじ歩調でゆっくりゆっくりあるいてゆく、どう見たって、「嫁をもらいに」という姿ではない、しかし、番町高辻《たかつじ》へさしかかったとき、ちょっとした間違いがおこった。

それは辻へ出たとたんに、西からやって来た旅装の武士とばったり突き当ったのである。相手はどこかの大身らしく、槍《やり》をたて、供を四五人つれたりっぱな武士だったが、であいがしらに両方から突き当ると、そのはずみで、冠《かぶ》っていた笠《かさ》がつるりと前へこけた。

「ぶれい者！」りっぱな武士はこけた笠をはねあげながら、まっ赤になって呶鳴《どな》りだした、「貴公はめくらか、当方は作法通りまがって来たのに、避けもせず真正面から突き当るという法があるか、めくらなら杖《つえ》をついてあるけ、なんだと思う、ここは天下の大道だぞ」

よほど癇癪《かんしゃく》持ちとみえて、昼間の松明《たいまつ》がどうの家鴨《あひる》の躄《いざり》がこうのと、早口でよくわからないことを、いろいろとならべながら喚《わめ》きたてた。……こちらは黙っていた、今しがた天気を訊かれたときとおなじように、前の方をまっすぐに見戍《みまも》ったまま石像のように黙っていた。もっとも、彼が黙っているかわりに伴《つ》れている犬が吠《ほ》えた。さかんに吠えた。りっぱな武士が叫びたてるのと一緒に、主人のうしろから鼻面をだし、きゃんきゃんわんわんと耳を刺すような声で吠えたてた。そばから見ると、まるでその武士と犬との喧嘩《けんか》にさえ見える。……ずいぶんしばらくそんな状態がつづいた、けれども物には終りというものがある、やがて三左と呼ばれる男はしずかにふりかえり、狂ったように吠えたてている犬にむかって、大喝一声、

「黙れ、貴様の出る場合ではない！」と叱《しか》りつけた。……のちに人の伝えるところによると、そのときの一喝は、一町四方の家々の戸障子にびりびり響きわたったという。……犬は黙った、りっぱな武士も黙った。それから遠巻きに見ていた群集も鳴りをひ

そめた、つまり一喝であらゆる物音がとまり、街筋は森閑となってしまった。

「ごぶれいを仕《つかまつ》った」三左と呼ばれる男はやおら向き直り、しずかに小腰をかがめながら会釈《えしやく》した。

「ごめん」そして再び、悠々たる足どりで、のっしのっしと武家屋敷の方へあゆみ去った。

すなわちこれ国吉三左衛門常信である。徳川家一方の旗がしら榊原式部大輔《さかきばらしきぶのたゆう》康政の家来で、「避けぬ三左」とも「天気の三左」とも呼ばれる名物男だった。相貌《そうぼう》からだつきこそ頑厳としているが、その眼の色が柔和であるように、性質はおっとりとして温和《おとな》しく、たちいふるまいもどちらかというと鈍重である、「避けぬ」というのはその重いところから来ているが、事実においても証明する点が多かった。

二

彼は飛んで来る矢弾丸《やだま》を避けない、道のうえで人を避けない、雨も雪も避けない（というのは雨具を用いないことだ）、酒も菓子も避けない、およそありとある場合に、こちらからそれは御免を蒙《こうむ》るというためしがないのだ。それも意地やがまんではなくて、生得しぜんの気性がそうなのである。一例をあげると、彼は朝の起出《おきい》でにはかならず、——ああ、いい天気だな、と呟《つぶや》く。晴天の日ばかりではない、雪が降り風の荒れる日もある。霖雨《りんう》の半月もびしょびしょと降りやまぬときもある。それでも彼は決して飽きたという顔をしないのだ。いかにも恍惚したような眼つきで空を見あげながら、さも気持のよさそうな声で呟く、——ああ、いい天気だな。それで「天気の三左」というもうひとつの綽名《あだな》ができているのだ。

三左衛門はまだ戦場でこれという手柄をたてていない。もっとも五年まえ、信濃《しなの》真田《さなだ》攻めの折に、ちょっと合戦に加わっただけであるが、その戦いぶりは鈍重で、将来もたいした期待はかけられぬという評判である。しかし、主君榊原康政はそう見てはいないらしい。——あいつの中にはなにかありそうだ、なにかやりそうに思える。しばしば側近の者にそうもらしていた。どちらの鑑識が当っているか、当の三左衛門はのんびりと天気をよろこび、悠々寛々と日を送っていた。

ところがこの十日余り、彼のようすが急に変ったのである。「いい天気だ」と云わなくなった。

動作はあいかわらず鈍重だけれども、顔つきがどこか沈んで、云ってみればなにか重い荷物でも背負った人のようにみえる、——三左がどうかしたらしい。からだでも悪いのではないか。まさか恋患《わずら》いでもあるまいが。そんな噂《うわさ》がたちはじめたので今日しも、口の軽い若侍が「いい天気だな」と呼びかけたわけなのである。なんと答えるか、おそらく「さよう」と云うだろうと思っていたら、――これから嫁をもらいにゆく、という意外な返辞だったのである。では「まさか」という噂の一部は「まさか」ではなかったのか、国吉三左衛門が変ったのは恋患いの為《ため》だったのか。まあいい、とにかく彼のゆく所へついて行ってみよう。……番町高辻から武家町へはいった彼は、榊原家の年寄大橋弥左衛門の家をおとずれた、弥左衛門は槍組の侍大将で、三左衛門はその旗下にある。案内を乞《こ》うとすぐに通された、そのころのさむらいの家はむろんまだ板敷で、畳などというものは用いなかった、贅沢《ぜいたく》にして褥《しとね》か毛皮、たいてい大身の者でも蒲《がま》で編んだ円座の上に坐《すわ》る、夜になれば蔀《しとみ》をおろし障屏《しょうへい》をたてるが、日中はとりはらって寒風の吹き通るままであった。

「おねがいがあって参上いたしました」

「改まってなんだ」

弥左衛門はけげんそうに、ふかく落ち窪《くぼ》んだ眼でじっと三左衛門をみつめた。駿府《すんぷ》は暖かい土地で、この家の庭にある梅の老木は、はやくも枝の蕾《つぼみ》をふくらましている、その枝のさきを一羽のまひわがちちと鳴きながら飛びあるいていた。

「じつは、妻を娶《めと》りたいと思いまして」

三左衛門はずばりと云った。弥左衛門はううんと唸《うな》った、なにを隠そう驚いたのである、当時の常識として、武士たる者がおのれの口からおのれの縁談などを云々《うんぬん》すべきではない。それは不躾《ぶしつけ》な、不心得な、恥ずべきことだとしてあった。

「それは、その、また、けれども」弥左衛門はごくっと唾《つば》をのんだ、「どうしてさようなことをその」

「そうせねばならぬ仕儀になりましたから」

「そういう仕儀とは、どんな仕儀だ」

「申しあげなければなりませんか」彼はまったく生まじめである。

「無理に申せとは云わぬが、こと縁談とあるからは聞いておきたいものだ」

三左衛門は、うなだれて自分の膝を見た、それからすぐに眼をあけ、ぐっと拳《こぶし》をにぎりながら云いだした。

「それでは申上げますが、このたび上方と小田原おてぎれに及び、大納言《だいなごん》さま（家康）にはご先鋒《せんぽう》をあそばすとうけたまわります」

「これ待て、待て三左」弥左衛門はおどろいて制止した。

太閤《たいこう》秀吉が北条氏討伐を決したのは、その年霜月のことで、軍議のため家康は上洛《じょうらく》し、先鋒の役をひきうけて十日ほどまえに駿府へかえって来た。しかし、これらのことはむろんまだ極秘であって、いわゆる酒井、榊原、井伊、本多という主だった親近の部将たちしか知っていないことである。

「さようなことを誰から聞いた」

「おん大将（康政）よりうけたまわりました、なれどもわたくしの申上げたいのはそのことではございません」

三

三左衛門はぐっと拳をにぎりながら、

「そのご軍議のおり太閤さまの御意には、小田原めつぼうのうえは大納言さまをもって関東八州にお封じ申すと仰《おお》せられたそうにございます」

「されば、そのようにうけたまわった」

「これをなんとお考えなさいますか」

「…………」弥左衛門は口をつぐんだ。

「いまご領分の駿、遠、甲、信の土地は日本国の中部を押え、京へも近く、攻防共に絶好の位置でございます、まして三河は松平のおいえ発祥の地、国土も民も、おいえとは切り離すことのできぬふかい因縁にむすばれております、これに反して、関東八州はあらえびすの国と云われ、都より遠く、国土も民も荒れております、これを経営するのはまったく創業よりはじめるといわなければなりますまい」

「だが、だがそれは、まだそう決ったというわけではなく、また」

「いや決ったことでございます」三左衛門は拳でおのれの膝を打った、「太閤秀吉どのは、徳川家康のまことの力を知っております、だから箱根のかなたへ追いやらなければならぬのです。わたくしにはその肚《はら》が見える如《ごと》くでございます」

弥左衛門はひそかに驚いていた。――そうだ、己《おれ》は気がつかなかったが、これは徳川家にとって一大事だ。徳川氏を関東へ移し、駿遠参甲信の地をおのれの幕下におさめれば、万一のときには東海道はじめ碓氷《うすい》、箱根の要害をもって安全に防げる、つまり太閤秀吉の天下は大盤石となるのだ。しかも関東の地は中古いらい荒蕪《こうぶ》していて、ほとんど未開拓も同様であるから、この経営のために徳川氏は当分その勢力を傾倒しなくてはならぬだろう。――大納言さまはそこにお気づきあそばされなかったのか、おん大将も、井伊どのもお気づきなかったのか。

弥左衛門は俄《にわ》かに背筋が寒くなった。

「わたくしは」と三左衛門はつづけた、「今日までわたくしは、自分一代のご奉公と考えておりましたけれども、関東移封とあいなれば、おいえの天下は遠いことになります。とてもわたくし一代のご奉公では、おいえのご運には及びますまい」

「…………」

「それで妻帯のことを想《おも》いたちました、葵《あおい》のご紋の天下にひるがえる日をみるまでは、子にも孫にも、身命のご奉公をさせたいと考えます」

戦国の武士はつねに身命を賭《と》している。しかし彼はいま主家の運命があたらしい困難に当面し、おのれ一代をもってしては徳川氏の天下がおぼつかないとみて、子の代、孫の代まで奉公するため、あえて出陣のまえに妻を娶ろうと決心したのだ。

「よくわかった」弥左衛門はふかく頷《うなず》きながら云った。「ご移封のことに就いてはなにも申すまい、だが男子たる者はいずれ妻帯をせねばならぬ、わしに仲立ちせよというならよろこんでひきうけるが、誰ぞこれと思う相手があるか」

「ございます、この人こそと思いきわめた娘があるのです」

顔も赤めずにずばずばと云った。

「執心とみえるが」弥左衛門の方でたじたじとなった、「それはどこの娘だ」

「お使役、鷲尾《わしお》八郎兵衛の妹ごでございます」

「鷲尾の妹」弥左衛門はぴくっと眉をあげた。

「はあ、鷲尾の妹を妻にもらいうけたいと思います、もはやそうきめてしまったのでございます」

「ちょっと待て、まあ待て」弥左衛門は慌《あわ》てておし止《とど》めた、なにかひどく驚いたらしい、正気かというように三左衛門の顔をみつめたり、相手が平然として動かないのを見て低く唸ったりしていたが、「それで、その、……その相手の娘とは、会ったことがあるのだな」

「いや、さようなことはいちどもございません、ただ八郎兵衛はあっぱれもののふでございますから、彼の妹なれば、妻にして過《あやま》ちなしと信じたのです」

「では、まるで相手を知らないのか」

「さればでございます」そう聞いて弥左衛門は眼を剝《む》き、唸った。こちらはそんなことをお構いなく、懐中から白紙に包んだ物をとりだし、「出陣も近いうちと存じますので、できるだけ早く祝言《しゅうげん》をしたいとお伝えください、これは結納のかたちでございます」

「けれども、それは、とにかくその……」

「万事こなたさまにお任せ申しますから」

三左衛門は自分の云うことだけ云うと、あきれている弥左衛門をあとに、のっしのっしと帰って行った。

四

じっさいのところ、三左衛門は嫁にもらう相手を知らなかった。顔を見たこともなし、しぜん話をしたこともない、鷲尾八郎兵衛が榊原家中の高名な勇士であり、それに年頃の妹があるということだけで、この縁組を思いたったのだ。そのほかのことはなにも知らない、申し込んだら相手が承知するかどうかなどということも考えない、……つまりこの辺はまったく「避けぬ三左」の本領であった、これで出陣のまえに祝言ができる、そう信じて三左衛門は家へかえった。しかしその翌朝、まるで思いがけないことが出来《しゅったい》し、彼の計画はいっぺんに破れ去った。

思いがけぬ事とは「出陣進発」の命令である、本軍を発する先行として、榊原康政の軍の一部に、まず三島駅まで挺身《ていしん》せよという命令がくだったのだ。密令でもあり、急を要した。間にあわなかった。三左衛門は眼をつむって歎息《たんそく》した。

先行隊はすぐに準備を了《お》え、その夜のうちに東へむかった。真田攻めいらい五年ぶりの戦争である、みんな血を沸かしていた、誰も彼もきたるべき合戦と、おのれの功名手柄に対する空想で胸をふくらせていた、――箱根の一番のりはおれだ。なにくそおれだ。おれは小田原の本城の一番のりだ。それはおれの物だ、まあ見ていろ。かれらは互いにそう云《い》って勢いたった。

夜明けちかく、江尻《えじり》の駅へさしかかったときである、うしろから馬をとばして追って来た者があった。

「国吉はいないか、国吉はどこだ」そう呼びながら、乗りつけて来た馬を隊列に沿って進めるうち、ようやく聞きつけた三左衛門が出て来た。

「国吉三左衛門はここにおる」

「おお国吉か」馬からとび下りたのは、鷲尾八郎兵衛であった。ひどくとばせて来たとみえて、小具足の下に着たよろい垂衣《ひたたれ》はぐっしょり汗にひたっていた。「妹を嫁にほしいというはなしを、大橋どのからたしかに聞いた、結納ももらった、よろこんで貴公にさしあげる」

「だが、もはや出陣のうえは」

「なにを云う、出陣にあたって縁談のまとまるのは二重のよろこびではないか、妹小《こ》萩《はぎ》は貴公の妻だ、忘れるな」八郎兵衛はどなるように云った。

「それにしても鷲尾、このことは」

「云うな、大橋どのからすべては聞いた、おれはただ承諾を告げさえすればよい、あっぱれ武運を祈るぞ」

「鷲尾、待ってくれ」

呼びとめようとしたが、八郎兵衛はそのまま馬にとび乗り、

「忘れるな、小萩が待っているぞ」

そう云いざま、鞭《むち》をあげて駿府の方へ駈《か》け去ってしまった。

これだけの会話は、むろんまわりにいる者の耳にはっきりと聞えた。同時に、聞いた人々の顔にはありありと驚きの色がうかんだ。そして次から次へと、なにごとかささやき交わすのだった。

「……ええ、本当かそれは」「まさか、まさかあの娘が」「あの駿府のかぐや姫がか」

そんな声があっちにもこっちにも起こった。しかし三左衛門の耳にはなにも聞えない。彼は黙々とあるいている、彼のあたまのなかには、父祖伝来の三河と、荒茫《こうぼう》たる関東の原野のまぼろしが明滅している、いま天下のうえにますます不動の地歩を占める秀吉と、関東の隅へ追われるしゅくん家康の困難な将来とが、明暗、表裏の画像となって揺れていた。

こうして国吉三左衛門は、まったく無口な、動く木像のような存在となったのである。

さて小田原征討がまさしくはじまったのは、天正十八年二月一日のことであった。

先鋒たる徳川家康は二月二日に出馬。酒井、榊原、本多、平岩、鳥居、大久保これら旗下精鋭の軍を第一線に、犇々《ほんぽん》と箱根の敵塁へおしよせたのである。……しかしここで精《くわ》しく歴史を記すいとまはない、俗に「小田原評定」というくらいで、この時は敵も味方もいろいろ錯雑した理由のため、合戦までにかなり多くの日をついやした。そしてようやく三月二十九日早朝敵の前衛たる山中城、韮山《にらやま》城への攻撃をもって、いよいよ北条氏討伐の火蓋《ひぶた》は切っておとされたのである。山中城には、大将松田康長以下、四千余人の軍兵がたてこもっている。寄せ手は中納言秀家を総大将として三万余、二十九日の未明を期して合戦を挑んだ。……これには徳川軍の一部も加わり、なかにも戸田左門、青山虎之助などはぬきんでた働きをしているが、わが国吉三左衛門もその一人だったのである。

五

三左衛門は大股《おおまた》に進んでいった。……矢弾丸《やだま》は雨の如く飛来する、硝煙と、土埃《つちぼこり》のはためきなびく最前線だった。彼の巌《いわお》のようなからだはいつも駿府の街をあるくのとおなじ歩調で、ただまっすぐに、悠々寛々といったようすでまっすぐに矢弾丸のなかを進んでゆく。大橋弥左衛門がこれを見つけた、あぶないと思ってわれ知らずあとを追った。

「三左あぶないぞ、頭が高すぎるぞ」

「…………」

「身を伏せろ、伏せてゆけ」叫びながら追いついた、「このはげしい矢弾丸が見えないのか、身を捨てるにも法があるぞ、避けてゆけ」

すると三左衛門がふりかえって叫びかえした。

「みんながそうよけてばかりいてはいくさに成りません」

山中城はその日の午《うま》の刻までに陥落した。そしてその夜、陣中で弥左衛門はこのことを榊原康政にはなした。康政は手を拍《う》って笑った。

「そうか、そう申したか、みんなが避けてばかりいては戦《いくさ》にならぬ、面白いな、なんでもない言葉のように聞えるが、なかなかふかい味をもっている」

「けれども」と康政はそのあとで云った。「三左めはこの合戦で死ぬつもりかも知れぬ、よく眼をつけて犬死させるな」

「そう思召《おぼしめ》しまするか」

「そのほうから聞いた関東ご移封についてのかれの意見、あれを考えるとそう思える、よくよく眼をつけて乱暴な真似《まね》をさせるな、万一のことがあると駿府に待っているものに嘆《なげ》きをみせる」

康政の顔には、ふしぎな笑いがうかんでいた。

徳川の軍はつづいて前進し、山中城の炎上する煙を見ながら、二子山、駒ケ岳のあいだを突破して鷹巣城《たかのすじょう》へと迫った。この先鋒をのり打ったのは榊原康政の兵である、山路《やまみち》は嶮《けわ》しいうえに、敵の作った堀切、壕《ごう》などが至るところにあった。それで予《かね》て甲府から召集してあった黒鍬《くろくわ》の者たちに道をつくらせつつ前進した。

三左衛門はつねに先頭を押していた。二間柄《つか》の大槍《おおやり》を手に、黙々として前へ前へとあるいていた。暮春の空はあざやかなみどりに晴れあがって、箱根竹のこまかな葉に微風がわたっていた。わあーッわあーッという鬨《とき》の声と、陣鉦《じんがね》や法螺《ほら》の音が、山々にこだまして遠く近く聞えて来る。やがて味方の銃隊が散開した、敵城からは早くも銃声がおこり櫓《やぐら》から矢狭間《やざま》から硝煙が巻きたった。絹地に白く「五」の字をぬいた四半の旗をさした使番が、伝令のために馬をとばして往《ゆ》きつ来つした。先押しはさらに前進し、右翼はずっと城の西南を圧する隊形をととのえた。そして味方の銃隊がいっせいに火蓋を切った。

そのときである。突撃にかかる前、敵味方の銃撃のもっとも旺《さか》んなとき、先押しの槍隊の中から国吉三左衛門の大きなからだが、ぬっと前へ進み出て行った。「ああ国吉、あぶないぞ」「無理をするな国吉、もどれ」うしろからみんなが叫んだ。

三左衛門は戻らなかった、大槍を手にして、まっすぐに敵の城門をねめつけながら、ゆっくりと大股に、ずんずん進んでいった。弾丸は彼をめがけて集中した、しかし彼は身をかがめようともしない、眼も動かさない、ただまっすぐに、ずんずん進んだ、そして城門まで二三十間の近さへ来ると、槍を大地につき立てて停り、

「城の大将にもの申す」と大音をあげて叫んだ。それは敵味方の銃声を圧倒するほどの響きをもっていた。「城の大将にもの申す、山中城すでに落ち、守将松田康長どのはじめ池田民部、椎津、行方、栗木、山岡、各部将それぞれ討死をされた、韮山城もまた乗り崩され、箱根山中には小田原軍の影もとどめぬ、あわれ鷹巣城の諸公も及ばぬ腕立てをせんよりは、早く城門を開いて降参せられよ」りんりんと四方にとどろく声だった、「さらば国吉三左衛門、ここふみ破って見参申すぞ」

大槍を、空へ高く突きあげながら、そう叫んで前へ出たその刹那《せつな》である、城方から射かけた矢が、三左衛門の体へふつふつと突き立った。彼の大きなからだは僅《わず》かによろめき、兜《かぶと》をはねている頭がぐらりと前へ傾いた。あ、やられた。早くもこのようすを見てとった榊原康政は、「三左を討たすな、国吉を討たすな」と喚《わめ》きながら、自ら馬を駆って陣をとびだす、同時に旗下の軍勢も、わっと鬨をつくりながら怒濤《どとう》の如く

押出した。

六

三左衛門は、胸と胴に矢を四筋うけた。

しかし彼はぐっと槍を摑《つか》み、城門をねめつけたままさらに悠々と、大股に前進した。それは人間の姿ではなかった。人間力をはるかに超絶して、悪鬼とも羅刹《らせつ》ともいうべき姿だった。これを見た城兵たちは恐怖にうたれ、眼に見えぬ動揺がおこった。そのとき大将康政を先頭に榊原勢が殺到して来たのである。城兵の動揺はそのまま大きく敗走へむかった。

「突っ込め、敵はくずれたぞ」「ふみ破ってゆけ、敵を逃がすな」おめき叫びながら味方の兵は早くも城門へ城壁へとりついた。このあいだに、康政は馬を三左衛門のそばへ乗りつけ、なおも進んでゆこうとする彼をしかと押えつけた。

「三左、もうよい、城は落ちる、もどれ」

「お放し下さい」

彼はふりきってゆこうとした。しかし、もう力が尽きていた、彼の大きなからだはぐらっと傾き、そのまま康政の腕へ倒れかかった。

「源七郎、まいれ」康政は身ぢかの者を呼んだ、「三左を余の馬へ乗せて、陣まではこんでゆけ、余は城乗りを見てもどる、傷の手当をよくしてやれ」そう云って、康政は前進していった。

三左衛門は陣へ運びもどされた。傷はふかでだったが、命だけはとりとめた。突き立った矢を抜きとる痛さはどんな傷の痛みよりも耐えがたいものだという、けれども三左衛門は眉《まゆ》をしかめもしなかった、それだけではなく、医者が二本めを抜こうとしたとき、「うまくやれよ、血がもったいないから」と云ってにやりとした、しかし手当が終ると間もなく彼は意識をうしなってしまった。

鷹巣城はひとたまりもなく落城した。三左衛門の不敵な仕方と、彼を討たすまいとして強襲を敢行したことが、はからずも功を奏したのである。殆《ほと》んど無血に等しい勝ちであった。

「どうだ、傷は痛むか」明くる朝はやく、みまいに来た康政は三左衛門の枕《まくら》近くへ寄って呼びかけた、

「いやそのまま寝ておれ、命を儲《もう》けたと聞いてあんどしたぞ」

「かたじけなき仰《おお》せでございます、三左はただ……」

「あっぱれ避けぬ三左の名を見せたな、すさまじい武者ぶりであったぞ、けれども三

左」康政はしずかに身をのりだした、「そのほうは少し考えちがいをしておる、避けていては戦にならぬという覚悟はよい、まことに戦う者の意気だ、なれども死に急ぎは勇士のすべきことではない、そのほうは小田原めつぼうのうえ、大納言《だいなごん》さまが関東へご移封にあいなると聞いて、徳川のご運が遠くなったと考えたそうな」

「いかにも、仰せのとおりでございます」

「ちがう、それは大きな思いちがいだ」康政は力をこめて云った、「なるほどそのほうの申すとおり、駿遠参の地は都に近い、日本国の中央を押えている、松平家発祥の由緒《ゆいしょ》ふかい土地だ、けれども三左、これらの土地はもう古いぞ」

「古いと仰せられますのは」

「古い、いかにも古い、昨日までは日本国中部の押えであった、だがいつまでも不動の押えではない、時代は変りつつある、古いものは絶えず新しいものに移る、関東は都から遠いが……見ろ、豊饒《ほうじょう》な山野が無限にひろがっている、箱根、碓氷を境にした彼方《かなた》はあらえびすの国といわれ、土地も人も世の流れに染まっていない、徳川家の力をもってこれを開拓し、正しくこれを経営をしたあかつきには、日本国をふたつにわかつ半分の大勢力となるだろう、しかもその民たちは新しく国土は若い力に満ちているのだ。わかるか三左」

「…………」

「大納言さまのおんまなこは大きい、そのはかりごとは深い、太閤《たいこう》どのは箱根の東へ追うことによって、徳川の勢力をそぐつもりであろうが、その箱根をまもりとして、葵《あおい》の花は関八州に根をおろすのだ、新しい国土、新しい民たち……そのうえに葵の花をらんまんと咲かせるのだ、これがそのほうにはわからぬか三左」

三左衛門の顔がいつか柔らかくほぐれていた、ながいあいだ、重い荷物を背負った人のようだった眉つきが、雨去る空のように少しずつ明るくなって、その唇《くち》もとに微笑さえみえはじめた。

「おねがいがございます」やがて三左衛門が云った。

「なんだ」

「まことにわが儘《まま》なおねがいですが、小田原城を見とうございます」

「小田原を見たい、そうか」康政は三左衛門の心を察した、「よし見せてやろう、誰ぞまいれ、三左を山へ運ぶのだ、楯《たて》の用意をしろ」

軍兵八人が、楯の上に三左衛門をよこたえて、二子山を登っていった。今日もよく晴れあがった空には雲一つない、相模灘《さがみなだ》も青い畳を敷いたように凪《な》いでいる。

楯は山の中腹でとまった。

三左衛門は片手を眼庇《まびさし》にして東を見た、……はるかに、相模野はかすむはてまで一望である、小田原城は指呼のうちにあった、彼はじっと眼を凝らして、その城郭のすがたを見ていたが、やがてゆらりと空をふり仰いだ、そして恍惚とした声ではれやかにこう云った。

「ああ、……いい天気だな」

その声でみんな空を見た、絶えて久しい三左の「いい天気」である。空をふり仰いでこういうことに気付いた兵たちは、思わず顔を見合せて笑った。そしてそのなかの一人が、脇《わき》の者にこうささやくのが聞えた、「鷲尾の小萩どのを見たらもっといい天気だろうぜ、なにしろあの人が駿府のかぐや姫といわれる佳人だとは、彼まだ知らずにいるのだから」

（「講談倶楽部《クラブ》」昭和十六年十二月号）

孫七とずんど

一

烈風と豪雨の夜だった。遠江《とおとうみ》のくに浜松城の曲輪《くるわ》うちに建ちならぶ将士の家屋敷は、すさまじい雨と風に捲《ま》き叩《たた》かれていまにも揉《も》み潰《つぶ》されるかと思われた。なかでも榊原《さかきばら》小平太康政の屋敷は大手門をはいったすぐ東がわにあり、ことに風当りがひどかったとみえてさんざんなありさまだった、三棟ある侍長屋のうちまず二棟が倒された、康政の住居も廂《ひさし》をめくられ蔀《しとみ》を剝《は》がれた、塀などはその跡もとどめないくらい吹きとんでしまった。家来たちは頭からずぶ濡《ぬ》れになり、闇《やみ》をひき裂くような風に叩かれながら、罵《ののし》り喚《わめ》きつつ右往左往していた。……すると夜半すぎた頃になって「端のお長屋があぶないぞ」という叫びごえが聞えた。みんなが駈《か》けつけてみると、なるほど風の煽《あお》りで板屋根が波をうちだしているし、長屋ぜんたいがみちみちと悲鳴をあげながら揺れたっている、「早く誰か綱を持って来い」「いやうしろからつっかい棒をしろ」口ぐちに叫びたてていると、長屋の端にある家の戸がぎちぎちと軋《きし》みながら内がわから明いた、そして中からぬっとひとりの侍が出て来た。

「や、や、なんだ」みんなびっくりしてとび退《の》いた、あんまり思いがけなかったので、胆《きも》を潰したのである。家の中から出て来た男はきわめて漠然たる眼つきでみんなを見まわした、胸の厚い骨組みのたくましいみごとなからだである、眼も口も鼻も大きい、耳も大きい、眉毛《まゆげ》もあざやかに黒ぐろと太い、雑作《ぞうさく》がなにもかも大きくできている、それが実に漠然たる感じでぬうっと立ちはだかったのは壮観だった。

「やあ孫七ではないか、おう孫七だ」ひとりがようやく相手を見わけてそう叫んだ、それがもういちどみんなを仰天させた、「本当に孫七だ、いったいいきさまどうしたんだ」

「おれか、おれはどうもしないよ」

「どうもしないと云《い》って、きさま今までこの中でなにをしていたんだ」

「寐《ね》ていたのよ……」

「あきれたやつだ、みろ、もう潰れかかっているぞ」

「……だから出て来たのよ」とかれは事もなげに云った、「つまり、寐ているところへ長屋が潰れると、あぶないからな」それからかれは大きな眼で宙を見あげ、手を額に当てながらおもむろに云った「雨だね」と。これがわが柿《かき》ノ木孫七郎である。

榊原家の孫七に対して、酒井左衛門尉《さえもんのじょう》忠次の家来に石原寸度《ずんど》右衛門《えもん》という人物がいた。元亀《げんき》元年六月の姉川陣に、徳川家康は織田信長のたのみで先陣をつとめ、朝倉軍をひきうけて戦った。そのとき寸度は酒井忠次のさきてとして、朝倉軍の側面を衝《つ》くべく、稲田にはさまれた細い田道を一隊の兵とともに前進していった。するとそこへ信長がわずかな供をつれて馬で通りかかったが、このありさまを見ていきなり「なんだおまえたちは、じじばばが寺詣《てらもうで》でもするように、田道を一列に並んでぶらぶらゆくやつがあるか、いま合戦のまっさいちゅうだぞ」とおそろしいけんまくでどなりつけた。

「おせきなさるな」寸度はびくともせずにおちつきはらって答えた、「合戦はこれからでおざる、いまから田へ踏みこんで泥まぶれになったところで、一刻《とき》はやく勝つわけでもおざらぬ、……織田どのの先陣は徳川、徳川のまた先陣は酒井、酒井のそのまた先陣はこの寸度でおざる、先陣のことは先陣におまかせあれ」つまりこれが石原寸度右衛門だった。

孫七郎と寸度右衛門はひとも知る無二の親友だった。孫七は顔の雑作がそうであるように、すべてが大まかでのんびりしている、決してせかせかしない、しかもそれがずぬけているので「孫七と伴《つ》れになるな」という通言さえもでき、とかく同輩のなかまはずれにされがちだった。寸度は親友としていちばんそれが口惜しい、「凡愚どもに孫七のねうちはわからぬ、あれはそこらあたりに転げている雑兵武者とは種が違うんだ、よくあの眼をみろ」屢々《しばしば》そう云うので、人々はつくづく孫七郎の眼を見なおすけれども、なにしろ漠然たるもので、どこにそんな値打ちがあるのか見当がつかぬというた具合である。そこで寸度はますます躍気になり「孫七はいまにきっと大物になる、必ず竜となって昇天するときが来る、いまは土中に蟄伏《ちっぷく》しているだけだ」などとりきみかえるが、当の孫七郎はどこを風が吹くかという顔つきなのではなはだ対照がおかしい、「ははあ、土中の竜というとつまり土竜《もぐらもち》だな」そう云ってみんなはまぜっ返すわけだった。天正元年二月のある日、寸度右衛門がふいと孫七郎の住居へたずねて来た。孫七郎は部屋のまん中に坐《すわ》り、箭《や》を二本そこへ置いてなにかしきりに首を捻《ひね》っているところだった。寸度があがっていってもとんと見向きもしない、「なにをしている」と訊《き》いても「やあ」というだけだった、寸度は構わずはいっていってその前へ坐った、「おい孫七、箭を二本前に置いてなにを思案しているんだ」

二

「石原寸度右衛門か」そう云ってようやく孫七郎はこっちを見た、「実はいかにもわけのわからない事があってな、この四五日というもの考えあぐねているところだ」
「なにがそんなにわからないんだ」

「ここに箭が二本ある」かれはいつものゆっくりした調子で、一語ずつ念をいれてそう云いだした、「つまりこれは二という数だ、三でもないし、また一でもない、縦から見ても横から見ても二だ、なあ石原寸度右衛門、そうじゃないか」
「たしかに箭が二本、それがどうしたんだ」
「算法では二を二で割ると一になるという、この二本の箭をこう両方へ割る、いいか、一本をこっちへ、また一本はこっちへ、……ところが見ろ、やっぱり箭は二本ある、一にはならない、このとおりちゃんと二だ、これは算法が誤っているのかそれとも……」
「今日は話があって来たんだ」寸度は黙って二本の箭をそっちへ押しのけながら云った、「いや算法なんかうっちゃって置け、話というのは先日も申した嫁のことだが、おまえ考えてみたか、どうだ」
「……うん」孫七郎はみれんらしく二本の箭のほうへながし眼をくれながらうなずいた、「考えてみたよ、だが石原寸度右衛門、あれはなかなか大きな問題だ」
「なにが大きな問題だ、たかが嫁をとるかとらぬか、世間ありふれた話じゃないか」
「おまえはむやみに嫁をとれ嫁をとれと云うけれども、よく考えてみると、嫁をとるということは、つづめて云えば妻をもつことだ、つまり云ってみれば独り身でなくなるわけだ」

「そんなことはわかりきっているよ」

「いやそうじゃない、これはそう簡単なわけのものじゃないぞ、たとえば此処《ここ》に箭が一本ある」そう云ってかれは寸度が押しのけた箭をまたひき寄せた、「これを柿ノ木孫七郎とする、いいか石原寸度右衛門、そこへだな、もう一本この箭を持って来るとする」

「どうしてそう箭にちょっかいを出すんだ」寸度はその二本をひったくって隅のほうへ抛《ほう》りだし、むずと坐り直して云った、「はっきり云うがおまえは嫁をとらなくちゃいかん、いいか、嫁をとるんだ、妻をもつんだ、身をかためるんだ、わかったか」

「おまえは堪《こら》え性のない男だなあ石原寸度右衛門、もう怒ったのか」

「なにも云うな、今日おれが晩飯をするから来い、そのときまたよくわかるように話してやる、いいか晩飯だぞ」寸度は叩きつけるように云うと急いで出ていってしまった。

　どうかして孫七郎を世に出してやりたい、それが寸度のねがいだった。かれはまた不運なめぐりあわせで、二十七歳にもなるのにまだいちども戦場へ出たことがない、いつも留守の番にまわされる、あたりまえの者なら是が非でもいちどやにどは出陣をねがい出るだろうが、かれは命ぜられたら命ぜられるとおり、おっとりなんの不平もなく与えられた役目をこつこつと守っている、寸度にはそれが歯痒《はがゆ》くてならない、なんとかしてかれの存在をはっきりさせ、世間の軽侮の眼をおどろかしてやりたい、「なるほどそうだったか」と感嘆のこえをあげさせてやりたいと思った。そこで考えついたのが嫁をもたせることだった、妻を娶《めと》れば人がらも変るであろう、そして子供でも生れたら少しは慾《よく》も出るに違いない、これはなんとしても結婚させなくてはならぬと思いきめたのであった。

その日の昏《く》れがたであった、孫七郎はいつものゆったりとした足どりで寸度の住居へやって来た。寸度右衛門は酒井家の番がしら格で、家士も十人いるし馬も三頭もっている、やって来た孫七郎は玄関へはあがらないで、脇《わき》のほうから厩《うまや》の前へまわっていった。そしてそこに繋《つな》いである三頭のなかでも、ひときわ逸物《いちもつ》と思える背黒の前に立ちどまって、惚《ほ》れ惚《ぼ》れとわれを忘れたように眺めはじめた。石原家の家士がみつけなかったら、たぶんそのままなん時間でもそうしていたことだろう、「これは柿ノ木どのではございませんか」通りかかった若い家士がびっくりして呼びかけた、「あるじが先刻からお待ち申しておりますが、どうなすったのでございますか」孫七はゆっくりふり返った、そして感に堪えたという顔つきで「良い馬だな」と呟《つぶや》き、いかにも心残りらしくのっしのっしと厩の前をはなれていった。寸度はもう膳部《ぜんぶ》を前にして坐っていた。「どうしたんだ待ちかねたぞ、いま迎えをやろうと思っていたところだ、まあいいから坐れ」孫七郎は坐った、寸度はすぐに、「酒を持ってまいれ」と呼びたてた。

もう支度をしてあったとみえ、すぐに襖《ふすま》があいてひとりの若い娘が銚子《ちょうし》を捧《ささ》げてはいって来た。しもぶくれのふっくらとした、撮《つま》んでみたいようなくくれ顎《あご》の愛くるしい顔だちである、からだつきも柔らかくすんなりした線で包まれ、白い素足の爪尖《つまさき》が桃色に潤《うる》んでいる、美人ではないが、美人を十人集めたなかでも可愛《かわい》いと思わせる類《たぐ》いのむすめだった。寸度はじっと孫七郎のようすを窺《うかが》っていた、孫七郎は娘を見ていた、それがうっとりとした、どこやら性《しょう》のぬけたような眼つきだった。……こいつ眼をつけたぞ、寸度はそう察して思わずにやっと微笑した。娘はぽっと頰を赤くし、髪も重げにふかく面《おもて》を伏せていた。孫七郎のうっとりとした視線がいつまでもくいついているので、眼のやりばもないし、眩《まぶ》しくてしかたがないのである、……なんとまあぶ遠慮にごらんなさるのだろう、娘は赤くなりつつ少しむっとした。かの女は寸度の知己にあたる田井六郎兵衛という者の妹で、名をお初といった、孫七郎のことは面識こそないがいろいろと噂《うわさ》に聞いていたし、今宵の晩餐《ばんさん》の給仕にたのまれた意味もおよそわかっている。だがそれにしても、……あんなにぶしつけにごらんなさるということがあるだろうか、あんなしげしげとしたお眼で。そう思うとついには、羞《は》ずかしさで身が縮むようにさえ感じられてきた。

孫七郎は、手にした盃《さかずき》をさえ忘れたようだったが、やがて太息《といき》といっしょに「実に、すばらしい」と呟いた。

三

その明くる日、寸度右衛門はすぐ話をきめるために孫七郎をおとずれた。かれは昨日とおなじように箭を前に並べて思案していた。違うのは二本の箭が四本になっているだけで、坐り場所も、腕組みをした恰好《かっこう》も、昨日からじっとそうしていたもののように寸分も変っていなかった、寸度は呆《あき》れて眼をみはった。

「またそんな面倒くさいことをやっているのか」

「こんどは倍にしてみたんだが」とかれは真剣な調子で云った、「つまり二を四にしてみたんだが、というのは四を四で割ると」

「まあいいからおれの話を聞け」寸度はいさい構わずそこにある箭を押しやり、むずと坐って孫七郎の顔をまともに睨《にら》んだ。睨んでおいてやがてにっと笑った。すると孫七郎もなにか合点したとみえ、大きな眼を細くしてにやりとした、寸度はへっへっへと膝《ひざ》を揺すった。

「どうだ孫七、気にいったか、ゆうべの佳麗お気にめしたかどうだ」

「やあどうも」孫七郎は喉《のど》へなにか詰ったような声をだした、「いやどうも……」

「文句はないだろう、とろけるような眼つきをしおって、こっちが恥ずかしくなったぞ、しかしむろん気にいれば結構、おれも嬉《うれ》しいというものだ、貰《もら》うだろうな」

「くれるのか」孫七郎はそう云ってぽっと顔を赤くした。

「だからこそ呼んで見せたので、おまえが正直にそう乗り気になってくれればおれとしても張合いがある、そこで相談だが、貰うときまれば早いほうがいいだろう」

「それは早いほどいいさ石原寸度右衛門、なにしろおれもながいこと欲しい欲しいと思っていたんだからな、今日これからではどうだろう」

「おい待て、おまえあんまりあけすけ過ぎるぞ、いくらなんでもそれはひどかろう」

「そうか、そんなにひどいかな石原寸度右衛門」

「日頃の孫七にも似あわぬ、むろんそれほど気にいったのなら申し分はないが、こういうことには順序というものがあるからな、向うだってそれ相当に支度もあるし、そう猫の仔《こ》を貰うようなわけにはいかんよ」

「けれどもどうせくれる気になったのなら、なあ石原寸度右衛門、そう支度だの順序だのと面倒くさいことはぬきにしてあっさりくれたらどうかね、おまえとおれとの仲じゃないか、それにまだほかに二頭も持っているんじゃないか、え、石原寸度右衛門」
「なんだほかにまだ二頭とは」寸度は首をかしげた、「おい孫七、ちょっと待て、なんだか話が少しへんだぞ、おまえなんの話をしているんだ」
「なんだってむろん背黒の話だろう」
「なに背黒だ、おまえ馬の……」寸度はまるで闇討ちをくったような眼をした、「冗談じゃないぞ孫七それは話が違う、さっきからおれが云っているのは縁談だ、嫁を貰うかどうかという相談をしているんだぞ」
「そんな猾《ずる》いやつがあるか、いまさらになってそんなばかなことを」
「それはこっちの云うことだ、よく聞けよ孫七、いったい昨日の娘は気にいったのかいらんのか、それからさきに返辞をしろ」
「昨日の娘……」こんどは孫七が首をかしげた、「それはいったいどの娘かね」
「どれもこれもない、ゆうべ見せた娘さ、晩飯のとき給仕に出た娘があるだろう、おまえとろけそうな眼で見ていたじゃないか」

「知らんぞそんな者は、そんな者がいたかね石原寸度右衛門、冗談じゃない」

「冗談じゃない、おれは怒るぞ」

「ばかなことはぬきにしよう」孫七郎は逆に詰め寄った、「順序があるの、猫の仔の支度だの、給仕の娘だの嫁だのと、おまえの云うことはわけがわからない、いいか石原寸度右衛門、おれはごたごたしたことは嫌いだ、すべて物事はきまりをはっきりさせなくてはいけない、はっきりと、いいか、そこで改めて訊くが背黒をおれにくれるのかくれないのか、否《いな》か応か、ひとつそれだけ聞かせて貰おうじゃないか、余計なことはぬきだ、それだけはっきり聞かせてくれ、わかったか石原寸度右衛門」

寸度右衛門は溜息《ためいき》をついた、「そうだ」とかれは肚《はら》のなかで呟いた、昨日こいつは厩の前にくいついていたそうだ、きっとまえから欲しがっていた背黒にみとれていたのだろう、つまり頭の中が背黒でいっぱいになっていたわけだ、娘を見せたって見わけのつく道理がなかったのである……寸度はぬっと座を立った。

「おれはもう帰る」

「帰るといって、背黒はどうなのかね」

「やらないよ」寸度は叩《たた》きつけるように云った、「背黒だろうが肚黒《はらぐろ》だろうがまっぴら御免だ、ながいあいだ欲しかったの、今日のうち貰いたいだの、どうも妙なことを云《い》うと思った、おまけに顔まで赤くしやがって、……まさか馬とは……」まさか馬とは、と呟きながら、寸度はぷんぷんして帰りかけたが、ふとふり返ってどなるように叫んだ、「ついでだから云っとくが、おまえはいつもおれを呼ぶのに石原寸度右衛門という、なあ石原寸度右衛門、やあ石原寸度右衛門、たくさんだ、人の名というものはあまりきちょうめんに呼ぶとかえっておかしくなるものだ、まるでからかわれているような気さえするぞ、これからは名だけ呼べ、いいか孫七」

「むつかしいことを云うじゃないか」孫七は困ったように眼をしばしばさせた、「姓をぬきにして名だけ、……つまりただ寸度右衛門というんだな、寸度右衛門、ずんどえもん、寸度……なんだか谷間で大砲でも射《う》っているようじゃないか」

寸度はなにも云わずにたち去った。

四

腹をたてて帰ったものの、寸度はむしろよけい孫七郎が好きになった。あれだけの娘を見せられても馬のことしか眼につかない、武士なら当然そうあるべきで、怒るほうがまちがっている、やっぱり孫七は孫七だと思った。——よし、こうなればなんとしてでも嫁を持たせなければならん、しかし問題はなかなか容易ではない、なにかうまい手段を考えないとただではうんと云わぬやつだ、なにかこれは必至という策はないかしらん。そう考えてしきりにその折を覘《うかが》っていた、しかしそれよりまえに思いがけぬ合戦がはじまり、そんなことはいっぺんに吹き飛ばされてしまったのである。

遠江のくに周智《すち》郡に天方《あまがた》という城がある、三倉川の中流で谷峡《たにかい》に臨んだ要害の地を占め、武田信玄の旗下でも勇名の高い久野弾正宗政が、三千の精兵をもって守備についていた。これは浜松城を北からねめおろして、徳川氏の北漸《ほくぜん》をくいとめる第一線に当っているし、またそこを根拠として、隙《すき》さえあれば侵略の手を伸ばそうと虎視《こし》眈々《たんたん》たる構えをもっていた。家康はまえから眼上の瘤《こぶ》ともいうべきこの城砦《じょうさい》を除くべく機を窺《うかが》っていたが、おりから信玄が相模《さがみ》の北条氏と開戦したので、にわかに軍議をまとめて天方城攻略の兵をあげたのだ。

出陣の命をうけた石原寸度右衛門はすぐさま孫七郎の住居へとんでいった。孫七は廂《ひさし》さきへ鎧《よろい》をとりだして、ひどくのどかに金具の清拭《きよぶ》きをしていた。

「どうした孫七、榊原どのでも兵を出すと聞いたが、いよいよおまえも出陣か」

「ああ石原寸度右衛門か」孫七郎はこっちを見てにやっとした、「いい日和《ひより》が続くな、そんなところに立っていないで、とにかくこっちへあがったらどうだ」

「そんなひまはない、おまえ出陣するのかしないのか」

「まだなにも聞かないがね、なんにも……」

「そんなのんきなことを云って、ちょっ、すぐいって願え孫七、おれもいってやる、こんどこそ出陣してひとはたらきするんだ、さあ一緒にゆこう」

「おまえ無理なことを云うな石原寸度右衛門」

「どうしておれが無理なんだ」

「だって考えてみろ」鎧の金具をゆっくりと拭きながら孫七は諄々《じゅんじゅん》と説いた、「いくさというものはな、戦場でたたかうだけが全部じゃない、もちろん合戦の場も大切だ、大切だけれども、誰もかれも戦場へ出てしまってどうするんだ、なあ石原寸度右衛門、そういう簡単なわけのものじゃないだろう、留守城のかためもある、糧秣《りょうまつ》の輸送もある、武器弾薬の補給もなかなか大変だ」

「たくさんだ、たくさんだ孫七」本当にたくさんだというように寸度は手を振った、「それよりおまえ戦場へは出たいのか出たくないのか、武士としていちどは出陣したくないのか」

「怒りっぽい男だなあ石原寸度右衛門、おまえどうしてそうすぐに逆上するんだ」

「おれは……」そう云いかけて、寸度右衛門はとびついて嚙《か》みつきそうな眼をした。むろん実際にはとびつきも嚙みつきもしなかったが、かれは顔を赤くふくらして「勝手にしろ」と云うなり、くるっと踵《きびす》を返して走り去った。

それから間もなく、天方城攻撃の兵馬は浜松を進発した。主将は平岩親吉、これに家康旗下の精兵をすぐって千五百余騎、天竜川に沿って上流へさかのぼり、東へ渉《わた》って本宮山を越え、直《す》ぐに天方城の搦手《からめて》を衝《つ》く策戦だった。ときは春三月……山は木の芽立ちの季節で、あらゆる樹々《きぎ》の梢《こずえ》がそれぞれの新芽の色で朧《おぼ》ろに彩《いろど》られていた。誰かが讃歎《さんたん》しているとおり、それは紅葉の山よりも美しく、まことに眼も綾《あや》なる景観であった。叢林《そうりん》のあいだには桜が咲き、さかりの桃がみえた、日だまりには山吹の鮮やかな黄が燃えるようで、谷峡のあたりにしきりと老鶯《ろうおう》の囀《さえず》りが聞える、いってみればつまり、ぜんたいとしては遊山《ゆさん》にでも歩くような楽しい進軍だったわけである。……けれども天竜の渡河点へ着くと、そこでにわかに予定の策戦を変えなければならなくなった。諜者《ちょうじゃ》を放って探知したところによれば、敵の防備は二俣《ふたまた》の出城《でじろ》を中心にすっかり迎撃の用意ができていたからである。そこで渡河点を三里ほど上へあげ、夜陰に乗じていっきに渉ると、小荷駄は残したまま、すぐに本宮山の裾《すそ》へとりついた。そして兵をふた手に分け、一は山越えをして搦手に当て、一は山麓《さんろく》を南へまわって大手を衝く、挟撃《きょうげき》の軍配でひしひしと攻め寄せた。

浜松を出てから三日めの早暁《そうぎょう》、城兵の銃撃をもって合戦の火ぶたは切られた。石原寸度右衛門は大久保新十郎と共に大手の先陣をつとめていた。槍《やり》組百騎をひっさげ、箭弾丸《やだま》のなかを無二無三に突っ込んでいったが、これはむろんそのまま城へ乗っかけるわけではなく、いわば敵の勢力をさぐるのが目的なので、まっしぐらに二段ばかり突っ込むと、兵をまとめてひとまず土地の窪《くぼ》みへ退避した。あまりに敵の斉射がはげしいので、それ以上は無理にも進めなかったから、……かれらは窪地へとび込むと胸苦しいほど喘《あえ》いでいた、鎧や具足の下はみんなぐっしょり汗だった。

「これはどうも……」ふと頭の上でのんびりした声が聞えた、「あぶないもんだな」

寸度はびっくりしてふり返った、するとついそこに、柿ノ木孫七郎が立っていたので、こんどは本当にびっくりした。孫七は兜《かぶと》をはねて高紐《たかひも》にかけ、槍を片手に持って、大きな眼を糸ほども細くしてじっと敵陣のほうを見まもっている、寸度はわれを忘れて

「やあ孫七か」と叫んだ。

「おまえ来たのか、やっぱり来たのか孫七」

「ああ来たよ」孫七は見向きもしなかった、「つまり来たから、しぜん此処《ここ》にいるわけだ」

「いつ来た、どうして、どこで追いついた、よく来られたな、どうしたんだ」

なにもかも一遍に訊《き》きたい気持でそうたたみかけたが、孫七郎は返辞もしないで敵

陣を見まもっていた。箭が飛んで来たり弾丸が土をはねかえしたりするたびに、かれは大きな眼を剝《む》いてひょいとその行方を見送る、それはまるで理解しがたい物の正体をつきとめようとでもするような、好奇心とおどろきのいり混った眼つきだった。二十七歳にして初めて戦場へ出たかれには、あらゆる事物がなまなましく鮮やかで、そのぬきさしならぬ実感がどうにも肚にこたえるとみえる、やがて孫七はゆらりと頭を振った。

「いやどうも」とかれは感に堪えたような声で呟《つぶや》いた、「これは危険しごくなものだ」

「なにがそんなに危険なんだ」

「なにがって石原寸度右衛門、おまえにはこれが見えないのか、むやみにこう弓箭だの、鉄炮《てっぽう》だまなんぞが飛んで来てさ、戦場というところは危険しごくなものじゃないか」

寸度は眼を剝いた、そしてなにかどなろうとしたが、そのとき右翼から「城兵が討って出るぞ」と喚《わめ》く声がした、「突っ込め」わっという鬨《とき》のこえが起こるのを合図に、寸度は孫七をそのままにして、窪地からいっさんにとび出していった。

五

　まさしく敵は城門をひらいて斬《き》って出た。寄せ手の兵も鬨をつくって突っ込んだ、ゆるやかな丘の起伏と、かすかに青みはじめた草原のつづく究竟《くっきょう》の戦場である、両軍の兵は剣と槍をひらめかして、濁流のあい寄るように衝突した。ちょうどその戦場の中ほどに、一本の八重桜が立っていた、淡い牡丹《ぼたん》色《いろ》の花がまっさかりで、樹蔭《こかげ》が暗くみえるほど団々たる花毬を重ねている、そのまわりで槍や刀がきらきら光り、敵も味方もごちゃごちゃになって戦っていた。奇妙にその桜のまわりがいちばん激しい、少し脇のほうへ移るかと思うと、まるで相談したようにすぐまた集まって来る。

「これは面白いな」孫七郎は丘の上から見ていて、さも興ありげに呟いた、「どういうわけであんなに桜のまわりへ集まるのだろう、もっと脇へ寄れば足場も広いのにさ、あれはつまり、合戦をするにも花蔭などのほうが景気がいいというわけかしらん」

　そのひと合せが終るまでかれは丘の上から動かなかった。それはまださぐりいくさだった、敵は城のほうへひき寄せようとするし、味方は城兵をおびきだそうとする、いつでも決戦の含みはありながら、まだ相互にちからの度合いをはかっている、そういう戦《いくさ》だった。だからぬきさしならぬ一瞬の来るまえに両軍は巧みにさっと相別れた。

寸度右衛門も手兵をまとめて後退した、そしてさっきの窪地のところまでさがって来ると、そこの丘の上に立っている孫七郎を認めて駈《か》け寄った。

「無事だったか孫七、けがはないか」

「けがだって……」孫七は憐《あわ》れむような眼で友達を見た、「なぜおれがけがをするんだ」

「なぜって、つまり、おまえいま斬り込んだんじゃないのか」

「斬り込みゃしないさ」

「じゃあ……」寸度は唾をのんだ、「じゃあさっきからそこにそうやって立ったままか」

「ああこうやって立ったままさ」

「どうして斬り込まなかった」寸度は叱咤《しった》した、「せっかく戦場に恵まれて眼の前に合戦を見ながら、どうして阿呆《あほう》のように突っ立っているんだ、おまえおじけがついたのか」

「ではもう合戦はおしまいなのかね、石原寸度右衛門」

「ばかなことを云え、合戦はこれからだ、今のはさぐりいくさというくらいのもので、本当の戦いはこれから始まるんだ」

「そんならなにもそう、せかせかすることはないじゃないか」孫七郎はむしろたしなめるようにそう云った、「おれにはまだいくさの気合いがのみこめない、それでまあ此処からようすを見ていたというわけだ、ものには順序があるからなあ」

寸度右衛門はさっさと陣へさがっていった。

その日は昏《く》れがたにもうひと合せあった、孫七郎はそれにも出なかった、「どうもまだ合戦の気合いがわからない」というのである、相手になると癇《かん》が立つばかりだから、寸度右衛門は恐ろしい眼で睨《にら》みつけ「どうとも自分の好いたようにしろ」そう云ってもう孫七郎のことは投げだしてしまった。……明くる早朝、搦手の攻撃がはじまると同時に、大手の兵もいよいよ決戦を挑んで陣を進めた。城の主将久野弾正は全兵をふた手に分け、よく防いでしばしば寄せ手を苦戦に追いつめた。およそ午前十時頃であろう石原寸度右衛門が左翼から中央へ突っ込もうとしていると、ふと向うに柿ノ木孫七郎の姿がみえた。いよいよやるか、そう思って見ていると、孫七は例のゆったりとした足どりで、ずっかずっかと合戦場のほうへ歩いてゆく、草鞋《わらじ》が重くてしようがないとでもいいたげな足どりである、そしてようやくかの八重桜の下へたどり着いたとみると、槍をそこへ置いて、やおら桜の枝のひとつへ跳びついた。――なにを、あいつ気でも違ったのか、寸度は眼を剝いた。まわりでは押しつ返しつ、敵も味方も必死になって闘っている、濛々《もうもう》と土埃《つちぼこり》が舞いたち、太刀や槍がきらきらと閃《ひらめ》き飛んだ、わあんと耳を蔽《おお》う叫喚、ありとあるものが沸騰《ふっとう》し揉《も》み返す、まさに修羅場ともいうべき決戦のさなかで、孫七郎ひとり悠々と桜の枝を折っているのだ、二ど、三ど、跳びあがり跳びあがりして、ようやく毬《まり》のように花をつけたひと枝を折りとると、かれはひどく上機嫌でそれを自分の鎧の箙《えびら》へと挿《さ》しこんだ、そこへ堪《たま》りかねて寸度が駈けつけて来た。

「なんの真似《まね》だ、いいかげんにしろ孫七、きさまこの合戦のまん中で、ちょっ、そんなことをしていると雑兵《ぞうひょう》の餌食《えじき》になるぞ」

「ああ、石原寸度右衛門、おまえか」孫七はさも嬉《うれ》しそうに叫んだ、「おれはおまえを捜していたんだ、ひじょうに大事なはなしがあるんだ、ちょっとそこへ掛けないか」

「突っ込め」と寸度は喚いた、「突っ込め孫七、きさま初陣《ういじん》だぞ、せめて兜首《かぶとくび》の一つも取らんと浜松へは帰れないぞ、突っ込むんだ孫七」

「それはわかっているよ、だが大切なはなしが……」

寸度はもういちど「突っ込め」と絶叫したまま、槍をとり直してまっしぐらに敵のなかへとびこんでいった。……孫七郎は、歎《なげ》かわしいという眼でそれを見送ったが、こんどは首を捻《ね》じ向けて、箙へ挿した桜の花枝の具合をみた、かなり満足だったのであろう、やがて手をはたき、そこに置いた槍をとりあげると、ではひとつ……といった身ぶりで前へと歩きだした。

　前後左右どこもかしこも、斬りむすぶ敵味方の兵でいっぱいだった。ちょっと見るとどれが味方でどれが敵だかわからない、みんな眼を血ばしらせ歯をくいしばって、おのが相手と面《おもて》もふらず斬りむすんでいる、あらゆる神経がその限度まで緊張しきっているとみえるのに、案外その動作は緩慢でぎくしゃくしたものに思える、ところがいざ自分で槍をとり直してみると、緩慢どころか呼びかける隙さえない、誰も彼もが当の相手におのれの全身をうちこんでいた、五感のほかに六感というものがあるとすれば、いや七感であろうと八感であろうと、すべてをあげて相手を斃《たお》すという一点に集中しているのだ。

「みんな忙しそうだな」孫七郎はあたりを見まわしながら呟いた、「まるで手の空《あ》いたやつはいないじゃないか、ああひとりあすこにいるのが……いや、あれも相手がある」

　まったく相手がなかった、四方八方いたるところで戦っているが、孫七郎に注意を向けてくれる者はみあたらなかった。できるだけ箙の桜を敵の眼につくように、からだの角度をいろいろ案配しながら進んでいったが、どうしてもわれこそと名乗りかける相手がない、これでは合戦にならないのである、孫七郎はほとほと困惑した、それで思いきって、

「やあやあ」と大音をあげて叫んでみた、「やあやあ……」

六

合戦はまさにたけなわだった、「やあやあ」ぐらいの叫びごえが聞える道理はない。だいたい戦場の雰囲気《ふんいき》には絶えずひとすじの流れがあって、たるむ時はたるむなり、また緊《し》まる時は緊まるなりに、全戦場をつらぬいて共通する一種の反射神経に支配される、たとえば敵と味方とが顔を合わせた時、その一瞬に喰い合う眼、「応」という呼吸の合致があってはじめて戦いになる、敵を求める心と心とがぴたりと嚙《か》みあうところに勝負が始まるわけだ。ところが孫七郎にはそれがない、全戦場をつらぬく闘志のながれがかれのなかには無いのだ。ちょうど油の中へ水を一滴たらしたように、どうにも周囲と密度が合わない、かれはまえの日「気合いがわからない」と云ったが、つまりその気合いに乗ることができないのだ、いってみれば紛れこんだ人間だったのである。

「ややあ……」かれは困惑して、どうにもしようがなしに漠然と歩いていった、「弱ったなこれは、ややあ、……ややあ」

そのうちには相手があるだろう、誰かひとりくらいは突っかけてくるだろう、そう思いながら、なるべく箙の花枝の眼だつように、ずっかずっかと歩いていった。こうしていつか知らん白兵戦のなかを通りぬけ、やがてのことに敵の城門の前へゆき着いてしまった。冗談じゃないそんなばかなことが、……そう思ってつくづく見まわしたが、まさしく敵の城門の前に違いない、

「これはたいへんなことをした」孫七は思わずそう呟いた、「どうしよう……」

なんだかたいそう無作法なことをしでかしたような気持である、かれは赧《あか》くなって衒《て》れ、途方にくれて溜息《ためいき》をついた、それからひき返そうとして向き直ったとき、合戦場のほうからばらばらばらと敵兵が崩れたって来た。孫七は左右を見た、味方は自分ひとりである、今こそ相手を横取りされる心配はない、つまり向うから崩れたって来る敵はぜんぶ自分ひとりのものだ、そう思うとかれは身内が疼《うず》くように感じた。かれは城門を背にぬっくと立ち、槍を高くつきあげながら叫んだ、

「ややあ、これは榊原小平太康政の家来、柿ノ木孫七郎正吉なり、われと思わん者は」

すばらしい大音でそこまで叫んだ、するとそこで事態はいっぺんに変った。崩れたって来た敵兵と、それを追い詰めて来た徳川軍の先手とがこれを聞いたのである、そして城門の前に槍をあげて立っている孫七の姿を見た、味方は「おお孫七が一番乗りをしたぞ」と喚きあい、敵兵は「もう城を乗られた」と狼狽《ろうばい》した、それで城へははいらないでそのまま横へと算を紊《みだ》して敗走した。味方の兵はもうそんなものは捨てて「城を乗れ」「城へ城へ」と怒濤《どとう》のように城門へ殺到して来た。……われと思わん者は、そう云《い》いかけたまま棒立ちになっていた孫七は、どっと押して来る味方の兵のなかへそのまま揉みこまれてしまった。

天方城はそのとき搦手をも破られていた。寄せ手の挟撃がみごとに功を奏したのに反し、城将久野弾正は要害をたのみ過ぎて采配《さいはい》を誤った、敗れた兵は敗れたまま散りになり、陣容をたて直す機をうしなった。これはもういけないと思ったのだろう、大手の城門が破られるよりさきに弾正宗政はさっさと城から脱出してしまった。もちろんそれで合戦は底をついた、敵の残兵は城将のあとを追って総崩れとなり、天方城は攻撃二日めで陥落したのである。

石原寸度右衛門は城の本丸の塁のところで孫七を捜し当てた。孫七郎は石に腰をかけてひどく衒れていた、なにしろいま軍目附が来て、かれの一番乗りを功名帳につけていったところなのだから。いくら説明しようとしても誰も耳を藉《か》さなかった。「あっぱれだな柿ノ木」「孫七やったな」「初陣で一番乗りとはさすがだ」「帰ると番がしらだぞ」知る者も知らぬ者もやって来てそう喝采《かっさい》する、それがひとわたり済むとすぐまたあとから押しかけて来て「孫七やったな」「あっぱれだな柿ノ木」とおなじことを聞かされる、そうじゃないと云おうとしても決してとりあってくれない、しようがないのでただ頭をかしげて、弱って、衒れていたところだったのだ。

「なあ石原寸度右衛門」とかれはすっかり事情をうちあけて云った、「そういうわけで、おれはなんにもしやしなかった、ただ歩いているうちに城門の前へ来てしまったんだ、嘘《うそ》も隠しもないただ歩いて来たんだ、誰かひとりくらい相手があるだろうと思ってて……」

「それでいいんだ、それが戦なんだ」寸度はふと顔をひきしめて云った、「開戦の第一弾で斃れる者もある、満身創痍《そうい》となっても兜首ひとつ取らぬ者もある、またおまえのように、ただ歩いていって一番乗りの功名をすることもある、これが合戦だ。……いいか孫七、合戦とは功名手柄にあるんじゃない、それも結果のひとつではあるが、要《かなめ》はたたかう心だ、味方を勝利にみちびくために生命も名も捨ててかえりみない、その心さえたしかなればあとは神の知食《しろしめ》すままだよ、孫七は孫七なりに戦った、それでいいんだ、なにもそう衒れることはないよ」
「それにしてもさ」孫七郎はうんとうなずいたあとから、しかしいかにも具合が悪そうに云った、
「この箙へわざわざ桜まで挿して、なるべく眼につくようにくふうをしたのだぜ、ところが誰もみつけてくれないんだ、……いったいどうして敵はおれをあんなに嫌ったのかね、いちどなぞはおれが『やあやあ』とどなったら敵兵のひとりがこちらを見た、こういう眼つきで……」かれはそういう眼つきをしてみせた、「こういう眼でこっちを見た、しめたと思った、この機をのがしてはならんと思ってもういちど『やあやあ』と叫んだ、するとその敵兵が『なんだ』とどなり返した、なんだと……とこれには言句に詰った」
「またどうして言句に詰るんだ」
「どうしてだって」孫七は憮然《ぶぜん》とした、「どうしてって、べつに用があるわけじゃないじゃないか、なんだと云われたって『これこれだから』とか『実はこれこれの事で』とか、そういう場合じゃないじゃないか」
「それはたぶん、なんだろう」寸度は面倒くさくなって遮《さえぎ》った、「きっとその相手が孫七と伴《つ》れになるなということを知っていたんだろう」

「おまえもう怒るのか石原寸度右衛門」

「いいから立とう、馬寄せだ」そう云って寸度は踵《きびす》を返した。

本当にそのとき勢揃《せいぞろ》えの法螺《ほら》がびょうびょうと大きく鳴りわたった。孫七郎はやおら石から腰をあげたが、さきへゆく寸度のうしろ姿をみると、急に「ああそうだ」と手をあげた。

「おい石原寸度右衛門ちょっと待ってくれ、おれはおまえに大事なはなしがあった、おれは嫁を貰《もら》わなくちゃならないんだ」

「なに、なんだって孫七」と寸度はびっくりしてふり返った、「嫁がどうしたって」

「嫁を貰うんだよ」孫七は熱心に云った、「つまり誰かおれにふさわしい娘があったら、それを女房にして身をかためたいんだ、つづめていえば妻帯するわけだ」

「それは本当か」寸度は駈け戻って来た、「それは本心か孫七、本気でそう思うのか」

「本気だとも、それともおまえまだ早いとでもいうのかね」

「なにを云うものか、早いどころかおそすぎるくらいだ、しかしまたどうして、急にそんな殊勝な気持になったのかい」

「おれはたまげた」孫七はゆらりと頭をゆすった、「戦場がこんなに危険なものだということは知らなかった、初めて見てたまげたんだ、これじゃ危ない、戦場がこんな危険なものだとすると独身ではいられないじゃないか」

「おまえまた面倒くさいことを云いだすんじゃないのか」

「面倒くさいことはないさ、物の道理を考えてみればわかる、だってそうだろう、独身ということは妻がないということだ、してみれば、順序として世継ぎの子もないという勘定になる、そうすれば、おれがもしこのつぎ戦場に出て、武運めでたく討死をした場合に、いったい誰が柿ノ木の家名を継ぐと思うのかね……」

寸度はもうそこにいなかった、我慢を切らして駈けだしていた。孫七郎はそのうしろ姿を見送りながら「おい石原寸度右衛門」と呼びかけた、「おまえはなしはわかったのか」すると寸度はふり向きもしないで、「わかった」と叫び返した、嫁のことひきうけたよと。孫七郎はいかにも憐《あわ》れみに堪えないという眼つきで見やり、ゆっくりとこう呟《つぶや》いた。

「あれもこらえ性のない男だ」


（「講談雑誌」昭和十八年六月号発表『一番槍』改題）

鉢の木

一

そのような運命が一夜のうちにめぐって来ようとは思いも及ばぬことであった。もしも半日まえにそう予言する者があったとしても、おそらくかれは一笑に付してかえりみなかったに違いない、すべての事情がそれほどゆきづまり、心は絶望におちていたのである。……その運命の時からちょうど半日まえ、四郎兵衛は籔下《やぶした》の家で賃取りの箭竹《やだけ》つくりをしていた。家といっても柱は歪《ゆが》み壁は落ち、床も框《かまち》も朽ち腐ったようなむざんなありさまで、どんなに貧しい農夫でも住む気にはなれそうもないものだった。村の人たちが籔下と呼んでいるとおり、まわりは叢林《そうりん》と籔でかこまれているうえに西がわから南を丘で塞《ふさ》がれているため、少し日が傾くと家の中は黄昏《たそがれ》のように暗くなる。裏には丘の根からひいた筧《かけひ》があって絶えず潺湲《せんけん》の音をたてていたし、春になると横手にある辛夷《こぶし》の花が窓から散りこみ、また四季を通じて破れた板庇《いたびさし》から月がさしこんでくる、けれどもそういうものを風雅だと思うには心のゆとりが無さすぎた。朝夕の炊《かし》ぎの代に窮するというだけではない、寐《ね》ても覚めても、かた時も忘れがたい苦しい想《おも》いが心をとらえて放さないのである。――こうしてなにを待っているんだ、そのときもかれはおなじ自問自答を繰り返していた。なにを待っているんだ、このとおりすべてがゆきづまり、あらゆる期待が絶望だとわかっているのに、どうしてこのみじめな生命に区切りをつけないんだ。幾たび繰り返してもおなじところへおちるにきまっていて、しかも絶えず頭を去らない苦しい想いだった、ついには堪えられなくなって、手にした小刀を措《お》き惘然《ぼうぜん》と外へ眼をそらした。そこへ道のほうから妹がはいって来た、……家の中はもうかた明りで暗かったが、戸外は黄昏まえの鮮やかな光が漲《みなぎ》っていて、はいって来る萩尾《はぎお》の姿をあやしいほど美しく描きだしてみせた。

「唯今《ただいま》もどりました……」萩尾は兄の眼に気づいてそっと微笑しながら会釈《えしゃく》をした、四郎兵衛はわれ知らず「ちょっとそこに立っていてごらん」と呼びかけた。萩尾はなにごとかという風に立ちどまった、光のためだけではなく萩尾は美しかった、四郎兵衛はまるで初めて見るような眼つきで妹の姿を眺めやった。着ている帷子《かたびら》は洗い晒《さら》してもう地色もよくはわからない、帯はいろいろの布切れを継ぎ合せたものだ、油もつけない髪はむぞうさに結んで背に垂れている、どこに一つ年頃のむすめらしい彩《いろど》りもなく、あわれなほども貧しいなりかたちなのに、やわらかく緊《しま》った頰や、ふっくりと二重にくくれた顎《あご》や、なめらかにすんなりと伸びた手足の膚《はだ》は、溶けてしまいそうなほど匂《にお》やかに艶《つや》つやしい、三年にわたる貧窮の暮しも、萌《も》えいでる若い命は抑えることができなかった、現在の身の上が暗澹《あんたん》たるものであるだけなおさら、花期をあやまたぬいのちのふしぎさが四郎兵衛の眼を瞠《みは》らせたのであった。「……そのようにごらんあそばしてはいやでございます」萩尾は羞《は》ずかしげに片手を頰へ当てた、「なにか付いてでもいるのでございますか」「もういいからおあがり、お疲れだったろう……」いつになく労《いたわ》りの言葉を与えながら四郎兵衛は小刀を取った、妹の美しさは眼をおどろかしたが、それはすぐに胸を苦しめるものだった、——この美しさも結局は実をむすばずに終るのだ、そういう気持がつきあげて来て、呻《うめ》きだしたいほど鋭く心を突き刺すのである、かれはのしかかってくる苦悶《くもん》とたたかうかのように、ひたすら箭竹を削りはじめた。

壱式《いつしき》四郎兵衛はもと鳥居元忠の家来だったが、三年まえ彦右衛門《ひこえもん》元忠の意にかなわぬ事があって勘当された。——折をみて必ず帰参のかなうように計ろう、望みを棄《す》てずに暫《しばら》く辛抱するがよい、旧友のひとりがそう云《い》ってくれるのをたよりに、妹の萩尾をつれて退国したかれは、遠いしるべの伝手《つて》でこの酒波の里へ身を隠した、酒波は近江《おうみ》のくに高島にあり、琵琶《びわこ》湖の今津という船着き場から二里ほどの在に当る、そのころ旧主の鳥居彦右衛門は徳川家康のお側去らずで、殆《ほと》んど京か伏見に詰めていたから、少しでも近くという意味でそういう処《ところ》を選んだのであった。……かれには貯《たくわ》えというほどのものも無かったので、はじめから僅《わず》かな持物を売り食いにして暮した、本来そのような山里で、武家の道具を買う者などある筈《はず》はないのだが、佐伯又左衛門という土地の資産家があり、兄妹の身の上に同情したようすで、なに品に限らずこころよく買ってくれた。佐伯家はなん百年という伝統をもった名だかい豪族であるが、当主の又左衛門は二十七歳にもなるのにまだ独身だった、父も母もはやく世を去り、噂《うわさ》によるとかれ自身も病弱のため、その年まで娶《めと》らずにいるのだという。高い築地塀《ついじべい》をめぐらした屋敷構えは、その造りも位置も、そして空壕《からぼり》や石塁《せきるい》の跡などの遺っているさまも、むかし館城《やかたじろ》だったことを明らかに示している。しかし武家造りのその表門はいつもかたく閉められたままで、男ばかり二十人ほどの家僕がいるほか女というものは老婆《ろうば》のかげもなく、ひっそりとして、人の出入りも稀《まれ》なほど静かな暮しをしていた。

二

四郎兵衛は持物を買って貰《もら》うために時おり佐伯家を訪れた。けれども応待に出るのは権之允《ごんのじょう》という老人の家扶《かふ》で、あるじ又左衛門にはいちどしか会ったことはなかった。そのときの印象では背丈こそ高く人品こそ秀《ひい》でていたが、いかにも痩《や》せた骨細のからだつきで皮膚の色も白く、眉間《みけん》には憂鬱《ゆううつ》な、無感動な性格が刻みつけられているようで、青年らしい精気というものがまるっきり感じられなかった。――これだけの豪家に生れつきながら可哀《かわい》そうにながが生きはしないぞ、四郎兵衛はそのときそう考えたことを覚えている。すると住みついて一年ほどした或《あ》るとき、権之允という老家扶が籔下の家へ訪ねて来た、用むきというのは、萩尾を佐伯家に嫁に欲しいというのである。はなしを聴くと当の又左衛門がぜひとの望みで、したくはむろん全部ひきうけるし、四郎兵衛の身の上についても然《しか》るべく相談に乗ろうということだった。まったく思いがけない縁談なので初めはあっけにとられた、そしてまだ年がゆかぬからという理由で鄭重《ていちょう》に断わった。かれはもちろん旧主へ帰参する望みをもっていたし、たとえそうでなくともこんな山里の、しかも骨のぬけたような男に、妹の一生を託すつもりはなかったのである。つまりそういう意味を籠《こ》めて断わったのであるが、それから一年して去年の冬のはじめに、再び老人が来ておなじはなしをもちだした、――明ければ十八になるということだし見かけのなりかたちも早いとは思えない、今年うちに盃《さかずき》だけでもとり交わしたいから、そう云って即答を求めた。四郎兵衛としてはまえの断わりでこちらに縁組の気持のないことを暗示したつもりだったが、正直に年の長《た》けるのを待っていたと聞いて、ひどく当惑した。それでやむなく苦しい口実を設けた、――実は旧主のもとに約束を交わした者もあるのでせっかくながらこの縁談はご辞退しなければならぬ、いかにも苦しまぎれな口実だったがそう云ってはっきり断わった。権之允老人はひじょうにはらをたてた、――それならどうして初めにそう云わなかったのか、年が若いと申すから一年待ったのに、今になって他に約束があるとは老人を愚かにしすぎる、さような返辞を持って帰れると思うか、膝《ひざ》を叩《たた》かぬばかりの怒りかたで、ついにはこれまでの恩義がどうのということまで云いだした。その言葉は四郎兵衛の自尊心を傷つけた、そしてはげしい口論になり、老人は席を蹴《け》って帰り去ったのである。

その頃はもう売る物もなくなっていたけれど、佐伯家と縁の切れたことは朝夕の心の拠《よ》りどころを喪《うしな》った感じでなんとも侘《わび》しかった、それでもまだ帰参という望みがあったので、かれは人足に出たり賃仕事をしたりして稼《かせ》ぎ、萩尾も縫張り洗濯などをして、兄妹ふたりどうやら粥《かゆ》を啜《すす》って来たのである。すると今年（慶長五年）の六月のことだったが、徳川家康が会津の上杉氏討伐の軍をおこしたという風評が伝わってきた、……いよいよ時節だ、かれは躍りあがるような気持でそう思った、出陣となれば帰参のゆるしが出るに違いない、まわりからも執成《とりな》してくれるであろう、吉報はいつ来るか、今日か、明日か。立ちつ居つ待ったがなんの知らせもない、日は経《た》ってゆき、東へ征《ゆ》く諸将の名が次々と伝わって来る、かれは風説を耳にするたびに元忠の膝下《しっか》へ駆けつけようと思った。幾たびそう決心したことだろう、けれどもあれほど堅く約束してくれた旧友がいるのに、今もって知らせのないのは御勘気がゆりていないからに違いない、そうだとすれば押して駆けつけるのは主人の勘当をないがしろにすることだ、さむらいとして主人の御意志を無視することは道に外れる、それはますます不興を買うことになるだろう、四郎兵衛は生れて初めて神に祈った、――ああ弓矢八幡《はちまん》、しかしその甲斐《かい》はなかった、つい二十日ほどまえに徳川本軍が東へ進発したということがわかったのである、御旗もと本軍が発したとすれば、鳥居元忠が扈従《こしょう》していない筈はない、四郎兵衛はまったくうちのめされた、――やっぱりお赦《ゆる》しはないのか、このまま朽ちてしまえとのおぼしめしか。もはやなんの希望もない、なにもかも絶望である、この軍におくれるくらいなら、いっそ妹を手にかけて割腹すべきだ、この数日はそのことだけを思いくらしていたのであった。

「兄上さま……」萩尾に呼ばれて四郎兵衛はふとわれにかえった。いつか日は昏《く》れかかって、廂《ひさし》をすべってくる光も仄暗《ほのぐら》く、林のあたりで蜩《ひぐらし》の鳴くこえが悲しげに聞えていた、「もうお手もとが暗《くろ》うございましょう、いま夕餉《ゆうげ》のおしたくを致しますから少しお休みあそばしましたら……」「うん休もう」そう云いながらふり返ったとき、厨《くりや》のほうへゆく妹の袂《たもと》から、はらりとなにか落ちるのをみつけた。

三

萩尾なにか落ちたぞ、そう云おうとしてふと四郎兵衛は口をつぐんだ、妹の袂からこぼれ落ちたのは封じ文《ぶみ》だったから、……ながいあいだ帰参の知らせを唯一《ゆいいつ》のたのみとしていたかれには、文というだけで胸を突かれる思いがする、口まで出かかった声を抑え、妹が厨へ去るのを待ちかねてすばやく拾いあげた。みると表には「萩尾どの」とあり、裏には「佐」という字だけが小さく記してあった、そしてその一字は投げられた匕首《あいくち》のように、いきなり四郎兵衛の心をぐざと刺した、文を持つかれの手が震え、鬢《びん》のあたりが蒼《あお》くなった。

「萩尾これへまいれ……」坐《すわ》り直してかれはそう呼んだ、萩尾は濡《ぬ》れた手を拭《ふ》いてすぐに来た。そこへ坐れと云われて不審そうに兄を見ながら座につくと、その眼をひたと見まもりつつ四郎兵衛が云った、「おまえ今日どこへまいった」「酒波寺のお納所へ縫物をお届けにまいりました」「そのほかに立寄ったところはないか」「はい……」「では途中で誰かに会いでもしたか」そう云われると萩尾は眩《まぶ》しげに眼をしばしば叩きながら俯向《うつむ》いた、「はい……帰る道で佐伯さまにお会い申しました」「これまで幾たび会ったた」びっくりしたように萩尾は眼をみはって兄を見あげた、「……これまでお眼にかかったことはございません、佐伯さまはいかがですか存じませぬけれど、お会い申してお言葉を交わしたのはわたくし今日が初めてでございます」「それに相違あるまいな」「はい……」美しく澄んだまぎれのない眸子《ひとみ》だった、かれはその眼をじっと見まもっていたが、やがて封じ文をそこへさしだした、「この文は承知で貰ったのか」「……」萩尾はそれを見やったが、まるで覚えのないようすでそっと頭を振った。「いまおまえの袂から落ちたのだ、知っていたか知らなかったのか」「存じませんでした」「きっとだな」「はい……」よしと頷《うなず》いたかれは、刀を取って立ちあがった。萩尾は色を失い、身を震わせながら兄上さまと呼びかけた、かれはそのまま土間へおり、草履を穿《は》きつつふり返って、「すぐもどって来る、そこに待っておれ」そう云いすてると大股《おおまた》に外へ出ていった。

状態が違っていたらそれほどのいきどおりは感じなかったかも知れない、あらゆる事がゆきづまり、ひたすら死を思っているとき妹に付け文をされた、こちらの状態と付け文ということがあまりにかけ離れすぎていて、無作法というよりも侮辱感のほうがさきにきた。もっと直截《ちょくせつ》にいえば、数十日このかた鬱々と絶望に沈んでいた気持が、堰《せき》を切った濁流のようにどっとその一点へ集注したともいえよう、自分でも制しようのない怒気に拳《こぶし》を震わせながら、かれは黄昏の道をずんずんとあるいていった。……

佐伯の屋敷は丘ひとつ越した川上村の中央にある、日はようやく落ちて、夕靄《ゆうもや》のおぼろな田川では蛙《かえる》の声がしきりだった、松林の間の小径《こみち》をゆき当ると石段があり、登りつめたところが屋敷の表門だった、かれはくぐり門をはいり、椌木《むろのき》の前栽《せんざい》をまわって玄関へ立った。「佐伯又左衛門どの御意を得よう」屋敷じゅうに響くような声でかれは叫んだ、二どめに答えるこえがして、若い家僕があらわれた、「又左衛門どのに会いたい、壱式四郎兵衛がまいったと案内たのむ」「いかなる御用でございますか、わたくしが取次ぎを仕《つかまつ》りましょう」家僕の眼はあきらかに軽侮の色をみせていた、それがさらに四郎兵衛の怒りをかきたてた、「取次ぎではわからぬ主人を呼べ」「この家にさような作法はない」きっぱりはねつける面前へ「……踏みこむぞ」とかれは式台へ足をかけた、家僕ははじかれたように立って狼藉者《ろうぜきもの》と叫んだ、「出会え、狼藉者だ」するとその声を待っていたように、脇《わき》玄関のほうから四郎兵衛のうしろへ、ばらばらと七八人の者がとびだして来た、みんな屈竟《くっきょう》な男たちで、六尺棒を持ち素槍《すやり》をとっている者さえある。四郎兵衛は片足を式台へかけたままふり返り、左手にぐいと刀をひきそばめた。しかしそのとき、廊下を走って来るあわただしい足音が聞え、「しずまれ、しずまれ」と云いながら又左衛門が玄関へあらわれた。

手燭《てしょく》を持った少年をつれて玄関へあらわれた又左衛門は、庭さきの男たちを叱咤《しった》してさがらせた、からだに似げなくきびきびとした挙措である、そして男たちが去るとしずかに向き直って四郎兵衛を見た、「礼をわきまえぬ者ばかりで無作法を仕《つかま》つった、なんの御用か……」「これだ」四郎兵衛は封じ文を相手の鼻さきへつきだした、「そこもとは武士のむすめに付け文をした、落魄《らくはく》しても武士には武士の名聞がある、そこもとも郷士ならそれを知らぬ筈はあるまい」「知っておる」「承知のうえで侮辱したのだな」「侮辱というのは違う、しかしまず云いぶんを聴こうか」「おれの住居へ来い」四郎兵衛は相手の眼をねめつけながら云った、「そして妹の前へ土下座をしてあやまれ、その迎えに来たのだ」

四

又左衛門は冷やかにこちらを見た、それからしずかに微笑さえうかべながら云った、「佐伯又左衛門は、生れてこのかた人に頭をさげたことがない、この文についてはなおさら、あやまる必要などはちっともないよ」「おのれのした事を恥ずかしいとも思わないのか」「いささかも……」又左衛門は再び頬笑《ほほえ》んでそう云った、「萩尾どのを妻に欲しいという気持は潔白だ、萩尾どのこそ佐伯家の妻として恥ずかしからぬひとだ、そう思ったから家扶を遣《や》って作法どおり縁組を求めたのに、いちどは若すぎるといい次いでは他に婚約があるという挨拶《あいさつ》だった、こちらは武士の言葉と信じて待ったが、そこもとの返辞はその信頼を裏切った」「待て、おれの言葉には申し条がある」四郎兵衛は遮《さえぎ》って云った、「縁談などというものは、断わりにくいものだ、若すぎると申したのは辞儀だ、それで縁組の意志のないことは察すべきだった」「なぜ意志がないのだ、萩尾どのが不承知だったのか、そうではあるまい……」又左衛門は打ち返すように詰め寄った、「云われるまでもなく若すぎるという挨拶が辞儀だとは思った、そしてそこもとがこの縁談を嫌っていることも察した、どうして嫌うか、その理由もわからぬわけではない、そこもとにはこの又左衛門が柔弱者にみえた、豪家の奥にあまやかされて育った腰抜けとみえた、自分はあっぱれもののふだが佐伯又左衛門はとるに足らぬ男だ、そう見たそこもとの眼つきをおれはよく覚えている」「……ほう」たったいちど会ったときのこっちの観察をみのがさなかった、それは四郎兵衛にとってかなり意外なことであった、「そこに気づいておればまだしもだ、そしておれの眼ちがいでないこともわかったろう、女に付け文をするような男を柔弱とみたのは当然だぞ」「付け文には限らない、場合によればもっと思い切った手段もとる、男が一生の妻を選ぶのは真剣だ、萩尾どのを欲しいという気持は一時のできごころや気まぐれではないからな、……だが又左衛門が柔弱者かどうかをきめるのは、また別のはなしだよ」色も変えずにそう云う又左衛門の態度は、四郎兵衛にこれまでとは違った闘志を感じさせた。いつかみた憂愁の色や無感動なところはまるでみえない、眉宇《びう》にはつよい意志があらわれ、端正な相貌《そうぼう》はいかなるものにも屈しない不敵なちからが溢《あふ》れている、精気のぬけた男と憐《あわ》れんだ姿が、いま別人のようになって眼前に立っているのだ。「よく申した……」四郎兵衛はまるで快哉《かいさい》を叫ぶように云った、「それでは柔弱でない証拠をみせて貰おう、改めておれから果し状をつけるがみごと受けるか」「念には及ばぬ、どこで、いつ……」「場所は津野神社の境内、時刻はあすの明け七つだ」「心得た、だが一つだけ条件がある」又左衛門はしずかに云った、「場所も時刻もよい、しかし萩尾どのには内密だ、あのひとには断じて気づかれたくない、この条件を守って貰おう」「そうする必要があるのか」「ある……なぜなら、果し合いが済んだらこの家へ迎えるつもりだから」にっと笑いながらそう云う顔を、四郎兵衛は寧《むし》ろ呆《あき》れたように見あげていた。

帰り去る壱式四郎兵衛を見おくってから、又左衛門は奥の居間へもどった、うるさく云い寄る家扶や家僕を遠ざけ、燭をかきたてて独り座につくと、われにもなく太息《といき》といっしょに「困った」と呟《つぶや》いた。かれが萩尾をおのれの妻にと思いきめてからかなり経つ、伝統の城ともいうべき古い屋敷のなかで、女性というものは亡《な》くなった母ひとりしか知らず、男ばかりの召使のなかで成長した明け昏れは、侘しいものだった。豪族のひとり息子に生れたけれど、かれは古武士気質の父から厳しい躾《しつけ》をされ、起き臥《ふ》しから兵法の稽古《けいこ》まで、一般のさむらいと少しも違わぬ育ち方をして来た、一郷を押えるほどの山林田地と家産があり、伝来の勢力があり、人なみには劣らぬ覇気《はき》をもちながら、豪族の動きを極端に警戒する時世に阻《はば》まれて、山里に逼塞《ひっそく》したまま身ゆるぎもできず、二十七歳という年まで憂鬱の日を送ってきたかれは、萩尾をみいだしたとき初めて生きる目的を手にしたと思った、――萩尾が来てくれたら佐伯家にも生命が吹きこまれるだろう、おれも肚《はら》を据えて郷土のためにひと仕事はじめられる、そういう確信さえうまれたのである。それから二年このかた、たとえどのような障碍《しょうがい》があろうとも、必ずこの縁組はなし遂げてみせると、かたく心にきめてきたのであった。

「幾ら思案してもしようがない」又左衛門はやがてそう呟《つぶや》いた、「……萩尾を娶ることと果し合いとは別だ、勝負は男と男との意地だ、勝ってゆこう、すべてはそのあとのことだ」そう思いきる心の内には、ふしぎなほど勝負に対する自信があった、四郎兵衛に向って云ったことがあながち強がりでなかったばかりでなく、独りになって考えても負けはせぬかという疑いは些《いささ》かもないのである、……久方ぶりで酒でも飲むか。そう思いかけたとき、二た間かなたの権之允の部屋で、声だかに誰かの話しているのが聞えた。それは四郎次という家僕の声だった。大坂へ使いにやったのが帰って来たとみえる、ひどくいきごんで話しているので、又左衛門はふと耳を澄ませた。「……石田治部さまが、……伏見城、……鳥居彦右衛門さまと松平……」そんなきれぎれの言葉が二た間とおして聞えてくる、そのなかで鳥居彦右衛門という名が又左衛門をぎくりとさせた、……壱式四郎兵衛はもと鳥居元忠の家来だと聞いていた、それを思いだしたのである。かれは机上の鈴をとって振り、四郎次を呼べと命じた、若い家僕はまだ旅装も解かぬままで来た、「挨拶はよい……」又左衛門は四郎次が坐るのを待ちかねて云《い》った、「伏見城がどうとやら申していたようだが、途中でなにかあったのか」「はい伏見で合戦がはじまろうとしております」四郎次は衿首《えりくび》の汗を押しぬぐいながら答えた、「……徳川どのが上杉征伐に出陣した留守を覘《ねら》って、石田治部どのが兵をお挙げになり、毛利どの御父子、島津どの、蜂須賀《はちすか》、小西、鍋島《なべしま》、長曽我部《ちょうそかべ》、宇喜多、吉川、小早川などという方がたがお味方で、京、大坂を押え、先鋒《せんぽう》は東へ攻めくだって伏見城をとり囲んでおります」「伏見城にはどなたがおる」「徳川どのおはたもとの鳥居彦右衛門、松平主殿助《とのものすけ》、このお二人が主副の大将で、総勢千八百人あまりとうかがいましたし、治部どの軍勢は四万余騎ということでございます」「千八百人と四万余騎か……」「鳥居どのはじめ伏見城では、一人のこらず討死の覚悟でご籠《ろう》城《じょう》という評判でございました」又左衛門は頷《うなず》いた。東征の留守を衝《つ》いた石田三成の挙兵は、まさしく徳川氏にとって興廃を決する大事だ、伏見城の守兵が桁《けた》はずれの大軍を迎え、全滅を期して戦おうとするのは当然である、それは眼に見る如《ごと》くだった。

「……権之允を呼べ」又左衛門はとつぜんそう云って立ちあがった、燭台の火がそれに煽《あお》られてゆらゆらとはためいた。

五

四郎兵衛はふしぎな感慨に耽《ふけ》っていた。夜半を過ぎてずいぶん経つのに、頭も眼も冴《さ》えて少しもねむけがおこらない、囁《ささや》くような筧《かけひ》の水音や、遠い蛙のこえや、ときおり裏の叢林《そうりん》で寝鳥の騒ぎたつけはいなどが、しんかんと更《ふ》けわたる夜のしじまを却《かえ》ってあざやかに感じさせるようだ、…かれは又左衛門のことを考えていた、夕刻でかけてゆくときはあれほどの憎悪《ぞうお》に身を震わせたのが、今はまるで跡かたもなく消えていた。憎悪や怒りが無くなったばかりでなく、どうかすると好意をもちはじめてさえいるようだった。もちろんほかに理由があるわけではない、とるに足らぬ柔弱者と思っていたのがそうではなく、ものごし態度もりっぱだし、云うことも堂々として歯切れがよい、ちからのある眼光、気品の高い挙措など、すべてが快いほど予想をはずれていた。……いいやつだ、そう思う気持を追いかけるように、あれなら萩尾をまかせてもよいという心が動いた、数刻まえまではまるで縁のない人間だったのが、いまはふしぎに身ぢかな、いってみれば十年の知己のような感じさえする、――付け文には限らない、もっと思い切った手段もとる、萩尾どのを欲しいという気持は潔白だ、眉《まゆ》もうごかさずにそう云ったときの又左衛門の顔は、いま思い返しても胸のすく凛《りん》としたものだった。

酒波寺で撞《つ》く鐘が八つを知らせた、四郎兵衛はしずかに夜具をはねて起き、音をさせぬように厨口から裏へ出ていった。とうとう眠れなかったが、心はすがすがと軽かった、かれは津野神社での勝負に自分の死を賭《か》けている、又左衛門がまさしくたのむに足る男だったらかれはよろこんで斬られるだろう、もしまた口さきだけの似非者《えせもの》だったら、そのときは相手を斬《き》ったうえ割腹するつもりだった、いずれにしても、ながいあいだ鬱屈《うっくつ》していた絶望の生活にきりがつく、そのことだけでかれは身も心も軽くなったのである。筧の水でからだを浄《きよ》めたかれが、家の中へもどってみると、行燈《あんどん》に火がいれてあり夜具も片ついていて、きちんと身じまいをした萩尾が坐っていた、四郎兵衛はちょっと驚いた、そこには白い洗いたての肌着と、一枚だけ残っている紋服が揃《そろ》えてある、そういうものが必要だということを推察していたのだ、かれは妹の心根がいじらしくなり、眼をそらせながらしずかに身支度をした。

すっかりしたくが終ると、灯のそばへ坐って妹を呼んだ、「これへまいれ萩尾、申し聞かすことがある……」萩尾は兄の前へ坐り直し、両手を膝《ひざ》に面《おもて》を伏せた、これからなにを云われるかということも察しているのであろう、額のあたりは蒼ざめているし、行燈の光をうつしてほつれ毛が微《かす》かにふるえていた、「おまえにはずいぶん苦労をかけた、この三年、よくぞ貧窮の暮しに耐えて来てくれたと思う、おれはもういちど世の花を見せてやれると信じていた、これまでの艱難《かんなん》を償ってやる時が来ると信じていたが、武運つたなくしてどうやらそれも仇《あだ》に終るらしい、兄としてはとうとうなにもして遣ることはできなかった、どうかゆるしてくれ」「兄上さま……」「いや暫《しば》く黙って聞くがよい、おれはもう少しすると此処《ここ》を出てゆく、どこへ、なんのためかということは話せない、しかしいずれにしても」そこまで云いかけて四郎兵衛はふいに口を噤《つぐ》んだ、深夜の道に戞々《かつかつ》と馬蹄《ばてい》の音がし、それがこの家の表へ来て停ったのである、兄妹は息をのみ耳を傾けた。するとさらに人の足音が門ぐちへ近寄り、たのもうという声がした、「……壱式どのに御意を得たい、たのもう」萩尾は兄の顔を見あげ、すぐに立っていって雨戸をあけた、「……まあ」とおどろきの声をあげる萩尾を押しのけるように、鎧櫃《よろいびつ》を背負った佐伯又左衛門がずかずかとはいって来た。

「壱式どの出陣のお支度だ」かれはそう云いながら、鎧櫃をそこへ置き、むぞうさにあがって来て四郎兵衛の前へ坐った、四郎兵衛は左手に刀をひきつけたまま唖然《あぜん》と眼を瞠《みは》っている、又左衛門は汗の光る額をあげ、一語ずつはっきりと意味をつよめながら、「……徳川どの東征の留守を覘って、治部少輔《しょうゆう》どのが兵を挙げた、いまその先鋒四万余騎が伏見城へとり詰めているという、城兵すべて千八百騎、四万の大軍を相手に、全滅を期しての籠城《ろうじょう》ということだ」「して……」四郎兵衛はぐいと膝をすすめた、「して伏見の大将は誰びとかおわかりか」「大将は鳥居元忠どの、副将は松平家忠どのと聞いた」「それはまことか、伏見城の守将が鳥居……」云いかけて四郎兵衛ははっと喘《あえ》いだ、「たしかに誤りはない、家僕のひとりが大坂からの帰りに、伏見で現に見て来たのだ、壱式どの」又左衛門はひたと、相手の眼を見まもりながら云った、「……おそらく伏見は全滅をまぬかれまい、もはや赦免を待つときではないぞ」四郎兵衛はうむと呻《うめ》きながら両手でおのれの膝を摑《つか》んだ。

六

勘当のゆるしのない理由がはじめてわかった、又左衛門の推測にまつまでもない、御しゅじん元忠が伏見に残ったとすれば、城兵のさいごの一人が討死するまで守りぬくことは必定だ、その決意なればこそ赦免の沙汰《さた》がなかったのだ、士を愛することの一倍つよい元忠は、全滅ときまっている合戦にわざわざ勘当の家来まで呼ぶ筈《はず》がない、――そうだ、おれはみすてられたのではない、そういう理由があったのだ、さればこそ旧友からの信《たよ》りもなかったのだ、ああ。

「果し合いはあずかりだ」又左衛門が押しかぶせるように云った、「……駆けつけるがよい四郎兵衛どの、失礼だが甲冑《かっちゅう》は佐伯家重代のものを背負って来た、馬も逸物《いちもつ》を曳《ひ》かせてある、辞儀なしに受けて頂こう」四郎兵衛はくいいるような眼で又左衛門を見た、又左衛門もその眼をかっちりと受け止めた、そのときふたりの心は紙一枚の隙《すき》もなく結びつくように思えた、「……かたじけない」四郎兵衛は眼と眼をくい合せたままにっと笑った、「なにも云わずに御厚志を頂戴《ちょうだい》しよう」「それで持参しがいがあった、おてつだいをするからお着けなさるがよい」そう云って立ちあがり、鎧櫃を運んで来ながら、「萩尾どの盃《さかずき》のしたくをたのみます」と呼びかけた。……肌着から鎧下まで揃っていた。その一つ一つを着けてゆく四郎兵衛は、頬が赤くなり、眼が輝き、抑えても抑えても微笑が泛《うか》んできた。八重雲をひき裂いて天日がさんらんと光を放ちだしたのだ、神かけて祈り待った時節が来た、よろこびというにはあまりに大きいよろこびが、歓声をあげ足を踏みならして全身をかけめぐる感じだった。「いま拙者がどんな気持でいるか、佐伯どのにはおわかりだろうか……」どうにも抑えきれなくなって、四郎兵衛は泣き笑いに顔を崩しながら云った、「いやおわかりにはなるまい、拙者にも口では云えぬ、たとえるものもない、ただ笑いたい、泣きたい、できることなら思いきり喚《わめ》いて踊ってみたい、……これでさむらいと生れて来たかいがあった、云えることはそれだけだ、さむらいと生れて来たかいがあった、さむらいと生れて来たかいが」「そのよろこびを拙者にも分けてくれぬか……」「分けられるものなら「分けられるものだ、そこもとさえその気持があれば」「云って貰《もら》おう、なんだ」「まず坐ろうではないか……」すっかり身支度のできた四郎兵衛から離れて、又左衛門は表に待っている供の者を呼んだ。「酒肴《しゅこう》をこれへ持ってまいれ」答えるよりも先に、三人の家僕が用意の品を運び入れて来た。本当に盃のしたくだけしかできないでいた萩尾には、涙の出るほどうれしい品々であった、……打あわびがある、かちぐりがある、昆布《こんぶ》がある、貧しい折敷《おしき》にそれを配りながら、萩尾はふと又左衛門の寛《ひろ》い大きな心に抱きすくめられるような感動を覚えた。「そこもとはそれへ」又左衛門は鎧櫃に四郎兵衛を掛けさせ、配膳《はいぜん》が済むと萩尾をその前に坐らせた。座は南面、酒は三献が作法である。式盃が済むと又左衛門が改めて盃を萩尾にまわした、そして四郎兵衛にふりかえって、「……壱式どの、あの盃を拙者が頂きたいがどうだ」「分けてほしいというのはそれか」「いやとは云わさぬつもりだ」「……」四郎兵衛は又左衛門を見ていた眼をしずかに妹のほうへ向けた、「萩尾、佐伯どのはおまえを所望なさる、その盃を受けて頂くがよい」「……」萩尾ははっと面を伏せた、やわらかい豊かな、匂《にお》やかな胸が波をうち、盃を持つ手が微かに顫《ふる》えた、「兄からは新しく申すことはない、佐伯家は由緒《ゆいしょ》ある御家系だと聞いている、小身者のむすめだと嗤《わら》われぬよう、心をこめてお仕え申せ、女のつとめもまた命がけだぞ、忘れるな」「はい……」「佐伯どのふつつか者だ、おたのみ申す」四郎兵衛はそう云って低頭した。

かための盃が終ると、又左衛門は扇子をとりだして坐り直した、「ふたしなみだが祝儀《しゅうぎ》を申そう」そして膝を打ちながら、さびのある美しい声調でしずかに鉢の木を謡《うた》いだした。「……かようにおちぶれては候《そうら》えども、御らん候え、これに物具一領、なぎなたひとえだ、又あれに馬をも一疋《ぴき》つないで持ちて候、唯今《ただいま》にてもあれ鎌倉におん大事あらば……」「ちぎれたりともこの具足」と四郎兵衛がそれに和して謡いながら立った。廃屋の四壁に燈火《とうか》の色は暗かったが、鎧《よろ》って立った四郎兵衛の姿と、うちつれて謡う朗々たる声とは、四隅の暗がりを吹き払って赫耀《かくよう》たる光が漲《みなぎ》りわたるように思えた、「ちぎれたりともこの具足とって投げかけ、錆《さ》びたりとも長刀を持ち、痩《や》せたりともあの馬に乗り、一番にはせ参じ」「さて合戦はじまらば、敵大勢ありとても、かたき大勢ありとても、一番に割って入り、思う敵と寄り合いて死なん、……」声いっぱいに謡いながら、土間へおりた四郎兵衛はそこで「佐伯どの……」とふり返った、「萩尾……」かれは兜《かぶと》の眉庇《まびさし》の下から、じっと二人を瞶《みつ》めたが、さらばと云いさま鎧の袖《そで》をはらって大股《おおまた》に外へ出ていった。

又左衛門と萩尾はそこに坐ったままじっと戸外の物音に聞きいっていた。馬がたかく嘶《いなな》き、逸《はや》りたって地を蹴《け》る、佐伯家の家僕たちの制する声につづいて、すぐ戞々と蹄《ひづめ》の音がおこり、それが道へと出てゆく、……萩尾はつよく眼をつむった、馬上に眉をあげている兄の顔がありありと見える、どんなにご本望だろう、そう思ったとき道のかなたで高だかと大きく四郎兵衛の喚くこえが聞えた、「わあーっ」声いっぱい喚きたいと云ったが、ついにかれは喚いたのである、続いてどっと蹄が大地を打ち、そのままいっさんに疾駆していった。御武運めでたく……萩尾は蹄の音の聞えなくなるまで、心のうちにただそれだけを祈った、「なんと羨《うらや》ましいものだろう」又左衛門がしずかに呟いた、「……ゆき着けば死ぬときまっている戦場へ、あれほどのよろこびを以《もっ》て駆けつけてゆくとは、悲壮でも壮絶でもなくよろこびを以て、さむらいの生きかたとは、なんと羨むべきものだろう」かれは卒然と立って板戸を押しあけた、明けやすき夏の空はほのかに白んで、露を含んだ爽《さわ》やかな風がさっと吹き入ってきた、又左衛門は胸いっぱいの感動を吐きだすように、未明の空をふり仰いで大きく息を吐いた。

（「講談雑誌」昭和十九年六月号発表『鎧櫃』改題）

菊屋敷

一

志保は庭へおりて菊を剪《き》っていた。いつまでも狭霧《さぎり》の霽《は》れぬ朝で、道をゆく馬の蹄《ひづめ》の音は聞えながら、人も馬もおぼろにしか見えない。生垣のすぐ外がわを流れている小川のせせらぎも、どこか遠くから響いてくるように眠たげである、……露でしとどに手を濡《ぬ》らしながら、剪った花をそろえていると、お萱《かや》が近寄って来て呼びかけた。

「お嬢さま、もう八時でございます、お髪をおあげ致しましょう」

「おやもうそんな時刻なの」志保は眉《まゆ》を寄せるようにして空を見あげた、「……霧が深いので刻《とき》の移るのがわからなかった、それでは少し急がなくてはね」

「お支度はできておりますから」そう云《い》いながらお萱は、まじまじと志保の顔を見まもり、まあと微《かす》かに声をあげた、「……たいそう今朝は冴《さ》え冴《ざ》えとしたお顔をしていらっしゃいますこと、なにかお嬉《うれ》しいことでもあるようでございますね」

「……そうかしら」志保は片手をそっと頰に当てた、「そういえば今朝はなんだかよいことがあるような気がして、……そんなことがある筈《はず》はないのだけれどね」

「そのように仰《おっ》しゃるものではございません、虫の知らせというものはあるものでございますよ、それに今日は御命日でございますから、本当になにかよいことがあるかも知れませんですよ」

そうねと笑いながら、志保は花を持って家へあがった。

今日は亡《な》き父の忌日《いみび》である。父の黒川一民は松本藩士で儒官を勤めていた。朱子に皇学を兼ねた独特の教授ぶりを以《もっ》て知られ、藩の子弟のほかにかなり遠くからも教えを受けに来る者があり、それらはみな、城下の南にあるこの栢村《かしわむら》の別墅《べっしょ》の塾で教えていた。……一民が死んだのは二年まえのことだった。不幸にも男子がなく、志保と、その妹の小松という娘二人だけだったし、一民の遺志もあって、家はそのまま絶えることになったが、藩主の特旨で、栢村の屋敷に添えて終生五人扶持《ぶち》を賜わり、志保には村塾を続けてゆくようにとの命《めい》がさがった。妹の小松は五年まえに他へ嫁《か》していた、越後《えちご》のくに高田藩士で、栢村の塾生だった園部晋吾《しんご》という者に望まれてとついだのである。晋吾は塾生のなかでも秀才であり風貌《ふうぼう》もぬきんでていた。小松も幼い頃から美しく、少し勝気ではあるが頭のよいむすめで、二人の結婚はずいぶん周囲から羨《うらや》まれたものであった。そして夫妻は祝言《しゅうげん》をあげるとすぐ高田へ去り、父の葬礼に帰ったときにはもう二歳になる男子をつれていた。……正直にいって、そのとき志保は初めて妹に妬《ねた》みを感じた、ひじょうに激しい妬みといってもよいだろう。妹と違って志保は標緻《きりよう》わるく生れついた。それはまだごく幼い時からの悲しい自覚だった。そしていつからか、——自分は学問に精をだそう、結婚などは生涯しないで、父のように学問で身を立てよう、そう思って一心に父に就いて勉強した。生れつき素質があったのか熱心のためかわからないが、年を重ねるにしたがってめきめき才能を伸ばし、父の一民もおりにふれて、——おまえが男子だったら、と口にするようになった、けれどもそうして志保が十八歳になったとき、父は志保に学問を禁じた、——女としてはもう充分である、これからは筆算とか算盤《そろばん》などでも稽古《けいこ》するほうがよい、それは志保にとって生き甲斐《がい》を断たれるような思いだった。四つ違いの妹が日ましに美しく才はじけて、人の眼を惹《ひ》き、愛されてもゆくのをみるにつけ、かなしいうちにも、——いや自分には学問の道がある、やがては世に知られる学者になるのだ、という慰めがあった。その唯一《ゆいいつ》の望みを禁じられたのである、志保はその後しばらくは、気ぬけのしたような気持で日を過したことを覚えている。だが父の本当の心は間もなくわかった。女が学者になるなどということを父はひじょうに嫌っていたのだ。もし結婚しないで独り身を立てるにしても、手習い算盤くらいを教えることで足りる、それ以上は女にはふさわしくないというのだ。気持のおちつくにしたがって、志保にも父の意志はよくわかった、——女はつつましく、という平凡な戒めが、そのとき身にしみてわかったのである。どんなにすぐれた才能があろうとも、それを表にあらわさず控えめに慎ましく生きるのが女のたしなみだ、女には女の生き方がある、志保はおのれをふり返って、それまでのきおいこんだ気持が恥ずかしくなり、自分でもはじめてむすめらしい心の動きはじめることに気づいた。……だから小松が晋吾に嫁したときも、妹の仕合せをこころからよろこぶほかに、微塵《みじん》も他意はなかったのだが、二歳になる晋太郎という子を抱いて来たとき、そしていかにも睦《むつ》まじそうな夫婦の姿を前にして、生れて初めての激しい妬みを感じた。女としての羨みの情だけではない。自分には望むことのできない「愛児」というものへの強烈な嫉妬《しっと》だったのである。

二

けれどそれからもう二年という月日が経《た》った。栢村のこの屋敷には、志保のほかに姉妹の乳母だったお萱と、老下僕の忠造がいるだけで、城下から一里余も離れた山里の明け昏《く》れは、まるで僧坊のように静かな侘《わび》しい暮しである。ただ月の六日は亡父の忌日に当るので、藩にいる亡父の門下の青年十七人が来て展墓をし、別棟になっている塾で半日ほど、旧師の追憶など語りあうのが例になっている。その日だけは志保も村塾を休み、集まる人々の接待に楽しい日を暮すのだった。

志保が髪をあげ、着替えをして、剪って来た菊を活《い》けていると、もう門人たち十七人が訪ねて来た。……いちばん年長の杉田庄三郎という青年が母屋《おもや》の縁先へ寄って、「今日は少し早めにお邪魔を致しました」と挨拶《あいさつ》を述べた。

「午後から城中に御用がありますので」

「まあそれは」と志保は縁端へ出て残念そうに云った、「さぞお萱が残念がることでございましょう、今日はお昼餉《ひるげ》になにか差上げたいと用意していたようでございますのに」

「それはお気のどくを致しますな、ちょっと欠かすことのできない御用なものですから、それと……」庄三郎はふと眩《まぶ》しそうな眼で志保を見た、「じつはあなたに少々おたのみがあるのですが、塾のほうへいらしって頂けませんか」

「わたくしでお役に立つのでしたらお伺い申しましょう。ただ今お茶を持ってあがりますから、どうぞ皆さまお通りあそばして」

ではご免を蒙《こうむ》りますといって、十七人は庭から塾の建物へはいっていった。お萱と二人して、早熟のみごとな甘柿《あまがき》と茶を運んだ志保は、やがてむりやりに青年たちの上座へ坐《すわ》らせられた。父の門人となって日の浅い者でも五年、杉田庄三郎などはもう十年を越すくらいであるが、一民が亡くなってからは志保をかたみのように思い、みんな必要よりも鄭重《ていちょう》な礼をもって対した。しかしそのように席の上座へ据えるなどということは、そのときが初めてのことだった。

「どうしてこのような無理をなさいますの、父が存命でしたらなんと申すでしょう、わたくしいやでございますよ」

「いやこれがお願いの第一なんです」青江市之丞《いちのじょう》という青年が云った、「……われわれはこれからあなたに師事するのですから」

「まあなにを仰しゃいます」

「青江の申すことは事実です」杉田庄三郎が口を挿《さしはさ》んだ、「……お嬢さまは先生から『靖献遺言《せいけんいげん》』の御講義をお聴きになったと思いますが」

「さあ、そのようなことがございましたかしら」

「お隠しなさることはありません、先生がご自分の勉強のためにお嬢さまへ講義をしていらっしゃる、そう伺ったことを覚えています、その講義を、こんどはあなたからわれわれがお聴き申したいのです」

「なんのことかと存じましたら」と志保は眼をみはった、「……そのようなおはなしでしたらわたくしなどのちからで及ぶことではございません、どうしてまたそんなことをお思いつきあそばしました」

「まあお聞き下さい」庄三郎はみんなの意見を代表するように膝《ひざ》を進めた、「……亡き先生のお教えは、朱子とはいいながら皇学が軸となっていました、いかなる学問も国体を明徴せずしてあることは許されない、すべては国に奉ずる心、義に殉ずる烈々たる壮志を土台として始まらなければならぬ。浅見氏の靖献遺言はその意味において好資料といえよう。先生はたびたびそう仰《おお》せられました。われわれはその先生のお心を継承したいと思うのです。遺言の書冊はこちらの文庫にあるのでございましょう」

「書物はございます。みなさまのお気持もよくわかりました」そう云って志保はふと眼を伏せた、「……それでは二三日考えさせて下さいまし。そのうえでお返辞を申上げましょう」

「結構です。しかしどうか先生の御遺志を継ぐという点もお忘れなく、なるべくわれわれの望みをおかなえ下さい」

それで話は終り、志保は茶を替えに立った。茶菓が済むと、みんなで近くの正念寺へ墓参にゆき、いちど屋敷へ戻って、そこから門人たちは帰っていった。……志保は庭はずれまで送り、菊畑のところに立って暫《しばら》く見送った。菊畑といってもたかだか四五十株の、それも小花の黄菊だけであるが、父は「河内《かわち》」となづけてひじょうに愛していた。河内とは楠公《なんこう》を偲《しの》ぶこころを託したものであろうか、訊《たず》ねたことはないが志保はひそかにそう察し、今でも父の心がその菊に宿っているように思える。また村の人たちはこの家を菊屋敷と呼んでいるが、それも菊のみごとさを云うのではなく、亡き主人《あるじ》の大切にする気持から出たものであった、……どの株も今が咲きざかりで、あたりの空気は噎《む》せるほども高雅な香りに満ちていた。

「……今日はなにかよいことがあるように思った」志保は口の内でふとそう呟《つぶや》いた、「……若い日の望みが還《かえ》ってきたのであろうか」

三

世に知られる学者に成ろう、そう思ったあの頃のひたむきな情熱が、今また志保の胸をあやしく唆《そそ》った。女の身で書を講ずるなどということはおこの沙汰《さた》ともいえよう、けれども父の遺志を継ぎ、身についた学問を生かすことができれば、必ずしも無益とはいえない筈だ。自分は幼少から父のそばにいて親しく教えを受け、その学統の方向もわかっている。あの頃の情熱が残っているなら、これからでも充分にそれを生かしてゆけるに違いない。

「……それに」と志保は自分にたしかめるような調子で呟いた、「あのじぶんのような浮ついた高慢はもう無くなっているから」

浮ついた高慢という言葉には一つの回想があった。小松の結婚する少しまえのことだったが、或日《あるひ》、志保の居間へ文《ふみ》を入れた者があった。披《ひら》いてみると一首の恋歌がしたためてある。自分が美しからぬ娘で、人に愛されるようなことはないと固く信じていた志保は、それを門人たちの嘲弄《ちょうろう》であると思い、屈辱感のためにはげしく身が震えた。そしてその恋歌が、どこかでたしかに読んだ記憶があるように思えたので、歌集をとりだしてきて丹念にしらべた、するとそれが実朝の金槐《きんかい》集のなかにあるものだということがわかった。そこで志保は父のいない折をみて、門人たちの集まっているところへゆき、その歌をよみあげて、——どなたかこの歌をご存じでございますか、と訊ねた。門人たちはなにごとかという顔つきで志保を見まもったが、知っていると云う者はなかった。——このなかにお一人、たしかにこの歌をご存じの方がある筈です、志保は珍しく針を含んだこわねでそう云った。——そのお一人に申上げますが、いまの一首は金槐集にある名だかい歌です。いたずらにしても、金槐集などにある恋歌をひくとは、お智慧《ちえ》のないなされ方だと思います。こんどはもっと稀覯《きこう》の書からおひろいあそばせ。……誰かそぶりでそれと知れる者はいないか、そう思って注意していたがまるでわからなかった。しかし辱《はずか》しめられた怒りもそれでやや解け、これは古歌だとすぐにひきだせる自分の記憶力をもたしかめて、そのときはかなり得意だったのである。もちろん今ではそんなきおい立った気持はない。控えめにつつましくという戒めも、自分で望んだほどは身についたと思える。この謙虚さに誤りがなければ、女として学問の道にわけ入っても、お役にたつことができるのではないか。

若き日に夢み描いたような輝かしさはないが、学問へ還れると思うことは、さすがに心おどる誘惑だった、志保はからだの内に新しいちからが動きだすように感じ、上気した眼をあげて秋空を見た。……そこへお萱の呼ぶこえが聞えた。塾の建物から出て来たところで、手に一通の封書を持っていた。

「いまあと片付けにまいりましたら、このようなお文が置いてございました」

「どなたかお忘れだったのでしょう」

「いいえお嬢さまへ宛《あ》てたお文でございますよ」

そう云って渡された封書を手にして、志保はひらめくようにいつぞやの実朝の歌を思いだした。それはつい今そのときのことを回想していたからかも知れない、――あのときの方だ、という言葉が反射するように頭へのぼった。表には自分の名が書いてあるけれど、署名はどこにもみつからない、

「……まあ、どなたからでしょう」

志保はさりげなく呟きながら、お萱に顔を見られないようにして家へあがった。

その文を披いたのは夜になってからだった。そのまま破いてしまおうかとずいぶん迷ったあげく、やはり披く気持になったのである、あのときの手と同じものかどうかはわからないが、しっかりとしたみごとな筆跡で、墨色もきわめて美しい、志保は宛名の文字を暫《しばら》くみつめていたが、やがて封を切ってしずかに読みはじめた。……果して察しのとおりだった。それは実朝の歌を書いてよこした同じ人で、手紙はまず曾《かっ》ての無礼を繰り返し詫《わ》びる文字から始まっていた。

――自分もまだ年が若く、いちずの気持に駆られてあんなことをしたが、しかし決していたずらとか嘲弄などという意味はなかった、金槐集の歌を書きぬいたのは、あれが日ごろ自分の愛誦《あいしょう》するものであり、あのときの心をいかにもよく伝えられるように思えたからである。

そこまでの文章のすなおさ、飾りのない正直な書きぶりが志保の胸をうった。そしていちがいに嘲弄されたと思った自分の、頑《かたくな》な心ざまをかえりみて脇《わき》のあたりにじっとりと汗を感じた。だが文はそこからしだいに強い語調に変っていた。――あのときの気持は、現在なお同じ強さで自分の心を占めている、こう云うとあなたはまたお怒りなさるだろうか、もしお怒りになるようだったらあなたの間違いである、あなたは冷たいくらい怜悧《れいり》な頭をもっていらっしゃるのに、唯《ただ》ひとつの事だけには愚昧《ぐまい》のように眼がおみえにならない、それはあなたがご自分を美しくないとお信じになっているることだ。

四

なるほど、あなたは世にいう艶麗《えんれい》のおひとがらではない、と手紙は書き続けてあった、――だから人にはたやすくはわからないかも知れない、けれどもあなたに近づき、あなたと言葉を交わしていると、云《い》いようのない美しさ、心の奥まで温められるような美しさにうたれる、そういうときのあなたは、お顔つきまでが常には見られない冴え冴えとした美しさを湛《たた》えるが、おそらくあなたご自身はお気づきなさらぬだろう、そしてそれに気づかぬところがあなたのよいところであり欠点ともなっている。……自分は今でもあなたを家の妻に迎えたいと願っている、この気持は六年まえと少しも変ってはいない、寧《むし》ろながくお近づき申していればいるほど、あなたならではという確信が強まるばかりである、どうか平生のあなたの温かな心で、すなおに自分の申出を聞いて頂きたい、少し考えることもあるのでこの手紙にもわざと署名はしないが、もしこの願いがかなえられるものであるなら、明七日の朝十時、正念寺の先生の御墓前までおはこびを待つ、御墓前でなら亡き先生もそう強くはお叱《しか》りなさるまいと思う、十時までにおいでがなければ、……もしおいでがないとすれば、まだ時期でないものと思って、なお自分はそのときの来るのを待つ決心である。

手紙の文字はそこで終っていた。署名はもちろん、その主《ぬし》を暗示するなんの印も付いていない、志保は心をかき乱された、生れて初めて全身の血が嚇《かっ》と燃えるように感じ、文を持つ手が恥ずかしいほど顫《ふる》えた。六年という星霜を隔てて、少しも変らず自分を愛しつづけてくれた者がある、いちどは愛誦の古歌に託して、こんどはうちつけに、けれどすがすがしいほど率直に心をうちあけている、志保は息苦しいような切なさに胸を緊《し》めつけられた、――どなたかしら、それを知りたかった。これだけ自分に心をよせてくれる方なら、今までどこかにそういうそぶりの見えなかった筈《はず》がない、そう考えてよくよく思い返してみるが、相手が深く慎んでいたためか、自分にそういう意識が無かったからか、おぼろげにもそれと推察のつく記憶はなかった。

臥所《ふしど》にはいってからも、その夜はなかなか眠ることができなかった。二十六年の来し方が夜明け前の朝靄《あさもや》に包まれていたとすれば、いま雲をひき裂いて日が昇り、朝の光が赫耀《かくよう》と漲《みなぎ》りだすような感じだ。望んでも得られないと疾《と》うに諦《あきら》めていたものが、同じ日に二つとも自分のほうへ手をさしのべてきた。ただ「はい」とさえ云えば二つとも自分のものになる、それは考えるだけでも充実した大きな幸福感であった、――

仕合せとはこういうものか、志保には初めてそれがわかるように思えた。「……二十六にもなって」ふとそう呟き、またすぐうち消すように、「いやたとえ三十、四十になっていたとしても、こういう仕合せにめぐり逢《あ》えるとわかっていたら、人間はどんな困難にも克《か》ってゆくことができるだろう」

宵のうちから吹きだした風が、夜半には秋嵐となり、裏にある松林がしきりに蕭々《しょうしょう》と鳴りわたっていた。いつもなら衾《ふすま》の襟《えり》をかき寄せ、息をひそめて聴きいるのだが、今宵はその寒ざむとした松籟《しょうらい》の音までが、自分の幸福を謳《うた》ってくれるように思いなされる、――そのときの心のあり方によって、人間は風を聴くにさえこれだけの違いがある。幾たびも寝返りをしながら、志保はふと自分の気持をそう思い返して、はてのない空想をうち切ろうとした。

よく眠れなかったにも拘《かかわ》らず、明くる朝は早く眼が覚めた。今日から新しい自分の人生が始まるのだ、そういううちから強い感情が胸いっぱいに溢《あふ》れて、家のなかにじっとしていられない気持だった。まだ霧の濃い庭へおり、氷のように冷たい小川の水で洗面した。約束の時刻に正念寺へゆくことはもうきまっている、すべてをあるがままに受けよう。父の忌日にあったことだから、もしやすると父上のお導きかも知れない、相手がたとえ誰であろうと、六年もこころ変らず、こんどの機会がいけなければさらに次の折まで待つという、その真実さにはこたえなければならない、……ただ惧《おそ》れるのは、自分のものでない幸福を誰かから偸《ぬす》むような不安な感じのすることだ。それはうち消してもうち消しても胸につかえてくる。

「こんな風に裏を覗《のぞ》く気持はもうやめなければならない」志保はそっと頭《かぶり》を振りながら呟いた、「……これからはなにもかもあるがままに、すべてをすなおに受け容《い》れて生きるのだ、それが志保の新しい生活だ」

食事が済むと、お萱に髪をあげて貰《もら》い、着物を着替えた。お萱は訝《いぶか》しがりもせず、志保がそんな気持になったことをよろこんで、いそいそと着附けを手伝った。

「ごらんあそばせ、ちょっとお着替えあそばすだけでこのようにお美しくおなりなさるではございませんか、少しは髪化粧をあそばすのも婦人のたしなみでございますよ」

五

「……飾り甲斐《がい》があればねえ、お萱」

「それがお嬢さまのたった一つの悪いお癖です」お萱は心外そうに云った、「……あなたはご自分でお美しくないときめていらっしゃる、それはご謙遜《けんそん》というよりも片意地と申すものでございます、小松さまはお美しいお生れつきです、誰だってそう思わない者はございません。それに比べますとお嬢さまのお美しさは、本当に美しさを見る眼のある者にしかわからないお美しさです。お信じになれなかったらこれからよく鏡をごらんあそばせ、お嬢さまは鏡さえお手になさらないのですもの」

「それが本当であってくれたらと思います」志保はいつになく穏やかにそう頷《うなず》いた、「……そしてこれからは美しくなるように努めましょう、いまの片意地という言葉は……」

そこまで云いかけて志保は口を噤《つぐ》んだ。門に誰かのおとずれる声が聞えたのである。お萱も聞きつけたとみえ、足早に立って玄関へ出ていったが、「まあこれは」とおどろきのこえをあげ、すぐにひき返して来た。

「小松さまがお越しあそばしました」

「ええ小松が」志保も眼を瞠《みは》った、「……小松が高田から……」

云いかけて玄関へ出ると、そこに小松が赤子を負って立っていた。そして良人《おっと》の園部晋吾と、二人の間に晋太郎であろう、五歳くらいにみえる男の子もいた。みんな旅支度で、頭から埃《ほこり》にまみれている感じだった、——まあ、と云ったまますぐには言葉も出ず、姉妹は暫く涙を湛えた眼でお互いを見いるばかりだったが、「まことに御無沙汰を仕《つかまつ》りました」という晋吾の挨拶《あいさつ》でわれに返り、ともかくもお萱と老僕に洗足をとらせ、親子の者を座敷へあげた。

昨夜は松本城下に泊り、朝餉《あさげ》は済ませて来たという。茶を淹《い》れ、菓子を出しなどするあいだも、小松は殆《ほと》んどやすみなしに独りで話した。晋吾はなにか屈託ありげに黙しているし、志保は正念寺へゆく時刻が気になっておちつけなかった。しかしそんなことには遠慮もなく、まるでとりとめのないことを次から次へと話しかける。口数の多いのは小松の生れつきであるが、そのときはどこやら追われる者のようなせかせかした調子で、態度にもおちつきがなかった。

「こんどはなんでいらしったの」志保は妹の饒舌《じょうぜつ》を抑えるように口を挿んだ、「……なにかこちらに御用でもあってなのですか」

「ああ忘れていた」小松は慌《あわ》てて向き直り、「……お乳をやる刻《とき》だったのに、つい話にまぎれてしまって」そう云いながら、寝かしてあった赤子を抱きあげて衿《えり》をひろげた、「大きい赤子《あか》でしょう姉上さま、これで百五十日ですのよ、もう片言を云いますの、名は健二郎、たしかお知らせ申しましたわね」

「いいえ今日はじめてですよ、知らせて下さればお祝い申しましたのに」

「あらそんなことはないと思いますけれど、でもそうね、つい忘れたかも知れませんわ、ちょうど主人が学堂の御用で江戸へ出たりしてごたごたしていましたから、……ああそうそうそれに就いて姉上さまにお願いがありますの。健さんお乳はもう沢山ですね、おたあさまはお話があるからおとなに待っていますのね、さあまたおねんねですよ」

云うことも態度もひどくそわそわして、少しも同じところに止《とど》まっていない。それも気懸りだし、相対してよく見ると小松は窶《やつ》れが眼立っていた、着ている物も粗末だし、自慢の髪道具もみえない。美しいことはやはり美しいが、眼のまわり鬢《びん》のあたりに疲労の色がしみ附いて、肩つきなどぐっと瘦《や》せているようだ。――産後のせいなのだ、志保は初めそう思っていたが、妹のようすを見ているうちに、この夫妻がなにか困難な立場にいるということを察しはじめた。

「うちあけて申しますとね姉上さま、園部は高田藩から退身してまいりましたの」小松はひじょうな早口でそう云った、「……おいとまになったのではなく、こちらから願った退身ですの。理由は園部の才能のためですわ。この塾の秀才といわれ父上もあれほど認めていらっしゃいましたわね」

「さようなことを申して」晋吾が堪《たま》りかねて妻を制した、「……聞き苦しいではないか小松、姉上がお嗤《わら》いなさるぞ」

「わたくし本当のことを申しているのですもの、ええ本当のことですとも、そして世間で認めなければ、こちらで認めさせるより仕方がございません。まして肉親の姉上ではございませんか、わたくし思っているとおりを申上げますわ」

「そうですとも、姉妹の仲ですもの、遠慮なしに聞かせて下さらなければ……」

「ええすっかり申上げますわ、そうでなければお願いの筋だってとおりませんもの」

小松は勢を得たように坐《すわ》り直した。

六

園部晋吾は藩の学堂助教として、二十石三人扶持《ぶち》を給されていた。気は弱いが自分の才能には確信をもっていたかれは、そんな僅《わず》かな扶持で、いつまでも田舎の学堂などに埋もれているつもりはなく、やがては第一流の学者として名を挙げる野心をもっていた。それで江戸藩邸にいる知友をとおして絶えず書物を買い求めたり、また筆写を依頼したりする費用が意外に嵩《かさ》み、どんなに倹約しても家計は苦しくなるばかりだった。――これではどうにもしようがない、晋吾よりさきに小松がそう思った、――なんとかこの状態を打開しなければ、なにか方法はないだろうか。そう思案していたとき、たまたま学堂の用で江戸へ出た晋吾は、そこで蘭学《らんがく》というものが学界で珍重されはじめているのをみた。勿論《もちろん》まだ専門家はいないし、研究する者も極めて少数だが、多少とも新しい方向を見る者は、ごく近い将来に大きな勢力をもつだろうということを認めていた。表向きには幕府の禁圧があるけれども、それが却《かえ》って珍重されるちからともなり、大藩諸侯のなかにはひそかに手をまわして、蘭学をまなぶ者のために補助を与えようとするものが少なくなかった。晋吾はこのありさまをよくみて帰藩したのである、

「……わたくしには学問のことはわかりませんが」と小松は続けた、「姉上さまなら理解して下さるでしょう。わたくしたちは長崎へゆくつもりなんです。期間はだいたい三年ときめておりますけれど、五年でも六年でも、主人が蘭学を卒《お》えるまでは辛抱します。そのあいだ縫い針洗濯の手仕事をしても、どんな事をしてでもきっと辛抱しとおしてみせます」

「ではこれから新しく、蘭学の勉強をお始めなさるというのですね」

「そして石に嚙《かじ》りついても、蘭学者として天下に名をあげて貰いますわ、お願い申すというのはそこなんです」小松はじっと姉の眼に見いった、「……長崎へまいればわたくしその日から生活《たつき》の手仕事を始めるつもりですの。それにはこの晋太郎が、……この子がどうしても足手まといになります。それで、ずいぶん我が儘《まま》なおたのみです

けれど、晋太郎を預かって頂きたいと思いまして」

そのとき志保は頭からすっと血の消えるような感じがした。

――これで昨日からのことはすべて終った、そう思った。学問の道へ還《かえ》ることも、正念寺の墓前へゆくことも、みんな一夜の夢として終った、あのような幸福はやはり本当に自分のものではなかったのだ。

「よくわかりました」志保は自分の蒼《あお》ざめてゆくのがわかるようで、面《おもて》を伏せながらしずかに頷《うなず》いた、「……わたくしに養育ができるかどうか不安ですけれど、任せて貰えるならお預かりしましょう」

「まあ、承知して下さいますの、有難うございますわ、きっとそう仰《おっ》しゃって下さると思いました」小松はそう云ってふと眼を輝かした、「……けれど姉上さま、いま思いついたのですが、いっそ晋太郎を貰って頂けませんかしら」

「だってあなた御長男ではないの」

「長男でも健二郎が男の子ですから、家の跡取りには少しも差支えませんわ、姉上さまこそこれまでご結婚あそばさなかったのだし、これからだってもうお輿入《こしい》れなどはあそばさないでしょう。それならこの子を育ててお跡を取らせて下されば」

「それはわたくしのほうはどうせお育てするのだからよいけれど、あなたはご自分の身をいためたお子ですよ、今はそうお考えでも、いつかはきっと後悔すると思いませんか」

「そんなことは決してありません、そうして頂ければ気持もずっと楽ですし、こころ残りなく長崎へもまいれますわ、ねえ姉上さま、ご迷惑でなかったらそうきめて下さいまし……」

そう願えればぜひ、と晋吾もそばから言葉すくなに云い添えた。

相談はそれできまった、志保がなにを考える必要もなく、小松は自分の思うままに事を運んでゆき、てきぱきと締め括《くく》りをつけた、「今日からはこの伯母さまのお子になるのですよ」子供にもそう云いきかせた、「……いつも話すとおりお祖父《じい》さまは他国にまでお名を知られたりっぱな方でした。あなたも伯母さまのお訓《おし》えをよく守って、お祖父さまに負けないすぐれた人にならなければいけません。あなたの成人ぶりに依《よ》っては、黒川の家名を再興して頂けるかも知れないのですから、わかりましたね」まる四歳の子には無理なことをきびきびと云い聞かせ、なおせきたてるように志保との母子のかための盃《さかずき》を促した。

志保は云われるままになっていた。今頃はちょうど正念寺の父の墓前で、手紙の主《ぬし》が空《むな》しく自分を待っているに違いない、——どうぞお赦《ゆる》しあそばして。志保は胸苦しいほどの思いでそう念じた、——こうなることが亡《な》き父の意志だと存じます。あなたもそう思召《おぼしめ》して、わたくしのことはどうぞこれぎりお忘れ下さいまし。そしてなお志保は自分に誓うのだった。

——これで生涯の道がきまった。自分は晋太郎の養育になにもかもうち込もう、あらゆるものを抛《なげう》ってこの子を生かすのだ。

七

園部夫妻が立っていった日から三日めに、杉田庄三郎が三名の青年たちと訪ねて来た。用件はむろん靖献遺言の講義のことだった。志保ははっきりと断わった。

「よく考えてみましたが、あの書は宝暦年中、竹内式部どのが京で公卿《くぎょう》がたに講義をあそばして、幕府から厳しいお咎《とが》めを受けたものだと伺いました。父がみなさまに授講しなかったのも、そこを憚《はばか》ったのではございますまいか、わたくしそう存じますけれど」

「仰しゃるとおりだと思います。しかしわれわれが遺言を講じて頂きたい理由の一もそこにあるんです」庄三郎は声を低くした、「……わたくし共は幕臣ですけれども、ただ幕府に仕えているだけで本分を尽したとはいえません。亡き先生の教はつねにそれを示して下すった、ぎりぎりにつき詰めればわれわれはみな朝廷の兵《つわもの》である、大義とはその一点をさし、身命を捧《ささ》ぐるところもそのほかにはない、直接のしゅくんたる幕府へ忠節を尽すのは云《い》うまでもないが、万一にも幕府に非違《ひい》があれば、敢然と起《た》って朝《ちょう》の御盾《みたて》とならなければならぬ、忠とはそのことの謂《いい》だと仰《おお》せられました、……靖献遺言がまことに義烈の精神をやしなう書であるなら、幕府の忌諱《きい》を怖《おそ》れる要はない、先生の時代にもし憚らねばならなかったものなら、われらの時代においてその蒙《もう》を啓《ひら》くべきだと思うのです、おそらく先生もこれに御異存はないと信じます」

「それこそ父の望むところだと存じます、わたくしにはどうしても御講義などはできませんけれど、皆さまでご一緒にご講読あそばしてはいかがでございますか。毎月の忌日《いみび》には此処《ここ》へいらっしゃるのですし、その日なら塾もあいておりますから」

庄三郎はそれでもなお志保の講義を望んだ、それは志保を通じて亡き一民の精神に触れたいからである。しかしどうしても志保が承知しないので、ついには仕方なく、忌日に塾へ集まって自分たちで講読することにきめ、話が終るとすぐに座を立った、……このあいだ志保は、注意を凝らせて杉田庄三郎の挙措を視《み》た。理由はなにもないが、相対しているうちにふいと、——この方ではないかしら、そういう気持がしはじめたのである。なぜそう思いついたのかまったくわからないし、相手のそぶりに変ったところがあるわけでもなかった。ただふいとそういう気持に襲われ、同時になぜ今までこの方に気づかなかったのかと自分が訝しくさえ感じられた。……杉田は藩の書院番を勤めている、二百七十石余の筋目正しい家柄で、父はすでに歿《ぼっ》し、家族は母親とかれの二人きりである。年は三十一になるがまだ娶《めと》らず、「嫁の代りです」などと云いながら、ずいぶんまめまめしく母に仕えているという。一民の旧門下十七人のなかでは古参だし、条件を考えると志保がそう思いついたのは寧《むし》ろ遅すぎたくらいかも知れない。けれどそう思ってよくよく注意してみたが、庄三郎のようすには些《いささ》かも変ったところはなかった。

「では考え違いかしら」志保はかれらを送りだしてから、思い惑ったように呟《つぶや》いた、「……もしあの方なら、あれほど平気な冷淡な応対はなされない筈《はず》だ、ではいったい誰だったのだろう」

すべてを諦《あきら》めたと思い切ってから、却って志保の心は手紙の主に惹《ひ》きつけられるようだった。むろんその主がわかったとしても、今はもうどうするすべもない。晋太郎を育てあげることに一生を捧げるほか、自分の生きる道はない。かたくそう決心しているにも拘《かかわ》らず、却ってこころ惹かれるのはなぜだろうか、——こういう気持をみれゝんというのであろう、恥ずかしいことだ。志保は自分を責め、できるだけそういう感情からぬけ出ようと努めるのだった。

晋太郎は温順な子だった。父母と別れてから四五日は、燈《ひ》ともし頃になると悲しそうで、独り庭へ出ていっては、涙の溜《たま》った眼でじっと遠い山脈《やまなみ》を見ていたりした。寝床のなかで微《かす》かに噎《むせ》び泣いている声も二三ど聞いた。志保の胸は刺されるように痛んだ。かき抱《いだ》いていっしょに泣きたいという烈《はげ》しい衝動がつきあげてきた。けれど志保はじっとそれをがまんした、——つまらぬ慰めなどでまぎれる悲しみではない、好きなだけそっと泣かせて置くべきだ、悲しさ辛《つら》さに堪《た》えるところから、人間の強く生きるちからが生れるのだから。歯をくいしばる思いでけんめいに自分を抑えつけ、できるだけ見て見ぬふりをしとおしたのであった。……だがそういう悲しみもやがて薄れてゆき、少しずつ志保やお萱にも馴《な》れはじめた。

「晋太郎さまはきっとたいそうなご立身をあそばしますよ」お萱は自信ありげにたびたびそんなことを云った、「……眉《まゆ》つきとお口許《もと》が尋常でいらっしゃらない、これは人の頭に立つ方の御相です。まあみておいであそばせ、いまにお萱の申すとおりにお成りですから」

八

子を生《な》さぬ者に子は育てられぬという。志保はその言葉を自分への戒めにした。不可能なことを可能にするためには、人なみなことをしていたのでは及ばない。そのうえ志保はかれを武士に育てようと思っていた。ただ自分だけの子にするのではなく、御国の役にたつ人間、りっぱに御奉公のできる武士にしたい。そしてもしできるなら松本藩で黒川の家名を再興させたい。そう考えたので、育てかたの困難さは一倍だったのである。

妹の躾《しつ》けかたによるのだろう。温順な性分とみえるのに少し神経質で、おどおどしりごみするところがあった。志保はまずそれを撓《た》めることから始めたのである、……晋太郎はすなおにその気持をうけ容《い》れた。なかなか笑わない子だったのが、時には声をあげて笑うようになり、志保をもごく自然に「お母さま」と呼びはじめた。初めてそう呼ばれたときの感動を、ながいあいだ志保は忘れることができなかった。どういう感じだったか、的確に云い表わすことはできないが、ただこれまでに覚えたことのない歓《よろこ》び、それも身内が疼《うず》くような大きな歓びであったことはたしかだ、――子のためにはどんな辛労も厭《いと》わないという、母親の愛とはこういう感動のなかから生れてくるのに違いない、志保はそのときそう思った。

けれども後から考えると、はじめの一年ほどは子供を養育するというより、寧ろ志保のほうが教えられ勉強した期間のようであった。――母とはどういう存在であるか、子供とはどういうものであるか、明け暮れ晋太郎をみとりながら、瑣末《さまつ》な事の端はしに、びっくりするほど子供から教えられることが多い。志保のすること、志保の考えること、それがみんな子供の上に現われる。まるで鏡のように、母親の挙措言動がそのまま子供の上に反映するのである、――子供を育てるということは自分が修業することだ、志保が心からそう悟ったのは明くる年の秋の頃だった。子供は教えられることよりも、教えまいとすることのほうをすばやく覚える。こちらが膝《ひざ》を正して訓《さと》すことは聞きたがらない。しかしたとえば寝そべって話す気楽な話はよく聞く。あらわれたところよりも隠れてみえないところに興味をもつ。だから事のよしあしは、訓《おし》えるよりもまず自分で示すほうがすなおに受け容れられるのだ。

「養育するのではない」志保はつくづくとそう思った、「……自分が子供から養育されるのだ、これが子供を育てる根本だ」

母子の愛情というものもしぜんに結ばれてゆき、性質も少しずつ志保の望むほうへと根をひろげた。質素に、勤倹に、剛毅《ごうき》に、云ってしまえば簡単であるが、じっさいにはなかなか困難なことを、自分から身を以《もっ》て示しつつ導いていった。……厳寒の未明に起こし、裏の小川へいって、薄氷を破って半挿《はんぞう》へ水を汲《く》み洗面させる。いかに寒くとも肌着に布子、半袴《はんばかま》よりほかには重ねさせない。それらの品もみな幾たびか洗濯をし、破れたところには継ぎをし縫いかがって着せる。食事は一菜か一汁にかぎり、物日《ものび》に干魚を焼くのが精ぜいだった。こういうことをきちんと励行するのは、子供よりもこちらが辛いものである、「ああ寒かろう」「ああ冷たかろう」「さぞ甘いものが欲しいであろう」事毎《ことごと》にそう思う。子供がおとなしく従えば従うほど、いじらしいという感情がはげしく心を責める。もっとも怖《おそ》れたのはそれだった。可哀《かわい》そうにと思うあまりついあまやかしたくなる。しかしそれは子に対する愛にはならず寧ろ自分の感情に負けるだけなのだ。子供はそれほどには思わないものを、親が自分で自分をあまやかすに過ぎない、……ここでもまた「しっかりしなければならぬのは親だ」ということを悟らされたのであった。

こういう反面に志保は子をもつ歓びをつよく感じていった、「女は子をもってはじめて本当に女となる」という、それがしみじみとよくわかった。寝ても起きても、絶えず自分にたより自分の愛を求める者がいる。「お母さま」と呼びかける声、じっと見あげるつぶらな、汚《けが》れのない大きな眸子《ひとみ》、まとい付く柔らかな温かい手、それはみな紙一重の隙《すき》もなくじかにこちらの血肉へ触れるのだ。志保は夜なかにいちど、必ず晋太郎の寝所をみまうならわしだったが、平安にねいっている子の寝顔を見ると、そのまま去ることができず、惹きつけられるような眼で、ながいあいだじっと見まもっていることがしばしばだった。

「お嬢さまはお変りあそばしました」お萱はよくそう云うようになった、「……この頃のように活《い》き活《い》きとした、お仕合せそうなごようすは拝見したことがございません。お顔も艶《つや》つやとしてきましたし、いつもお楽しそうで、本当にお人が違ったようでございます」

「自分でもそう思いますよ」志保はすなおに頰笑《ほほえ》んでそう答えた、「……毎日まいにちがこんなに生き甲斐《がい》のあることは初めてです。本当に女は子供をもってこそ生きるはりあいがあるものですね」

「そんなにお思いなすって、もし晋太郎さまとお離れなさるようなことがあったらどうあそばします」

「この子と別れるのですって……」

「実の親御がいらっしゃるのですもの、無いことではないと存じます」

九

深い考えがあって云ったのではない。なんの気もなくふと口に出たのであろう。しかしお萱の言葉は志保にするどく突き刺さった。――そうだ、この子には実の親がある。たとえあのときの約束がどうであろうと、返せと云われれば返さないわけにはいかない、もしそんなことになったとしたら……。志保は全身の血が氷《こお》るように思った。本当になにかで突き刺されたように、心臓のあたりがきりきりと痛んだ、――いいえできない、晋太郎を離すことはできない、もしそんなことになったとしたら、おそらく自分には生きるちからが無くなってしまうだろう。もうその時が来たかのように、志保が色を喪《うしな》って考えこむのを見たお萱は、却《かえ》ってうろたえたように急いでうち消した。

「そんなにお考えなさることはございませんですよ。小松さまにはご二男がおありですし、あんなに堅くお約束をあそばしたのでございますもの。あまりお嬢さまがお仕合せそうなので、お萱がつい心にもないことを申上げたのです。決してそんなことはございませんからご安心あそばせ」

そうだ、そんなことがあってよいものか。志保はお萱のうち消しに縋《すが》りつく思いで、不安な想像を忘れようとつとめた。けれどもいちど心に刺さった苦痛の感じは決して去らず、それからもときどき襲ってきては志保の胸をかき紊《みだ》すのであった。

毎月の忌日に塾へ門人たちの集まることは、あれ以来ずっと欠かさず続けられていた。かれらのあいだでは、いちばん年長でもあり黒川門の先輩でもある杉田庄三郎が、いつか指導者のようなかたちになり、青江市之丞がその補助者とでもいう位置で、みんな固く結びついているようだった。

「靖献遺言」の講読にはかなり時日を費やして、ときには激しい議論のこえが母屋《おもや》のほうまで聞えてくることなどもあった。

「みなさまたいそうご熱心でいらっしゃいますのね」或《あ》るとき志保がそう云った、「……わたくしが父からお講義をして頂いたときは、たしか半年ほどで済んだと思いますけれど」

「いや遺言だけではないのです」庄三郎はそのときふしぎな微笑をうかべながらそう答えた、「……遺言の講読をはじめてから暫《しばら》くして、わたくしはふとこういうことを考えたのです。ご存じのとおりこの書は、楚《そ》の屈平《くっぺい》、漢の諸葛亮《しょかつりょう》、晋の陶潜《とうせん》、唐の顔《がん》真卿《しんけい》、宋の文天祥《ぶんてんしょう》、宋の謝枋得《しゃぼうとく》、処士《しょし》劉因《りゅういん》、明《みん》の方孝孺《ほうこうじゅ》、以上八人を選んでその最期《さいご》の詞《ことば》をあげ、義烈の精神をあきらかにしたものです。そしてそれはむろんわれわれを感奮せしむる多くの内容をもってはいますけれども、しょせんはみな海を隔てた異邦の歴史であり異邦の人の詞です。もちろんそれだからといってこの書の価値を云々《うんぬん》しようとは思いませんし、異国の事蹟《じせき》をとって参考とする必要もよく認めます。だがそれと同時に、いや寧ろそれよりさきに、わが日本の国史を識《し》り、われわれの先祖の事蹟からまなぶべきではないか、そう思ったのです」

庄三郎はそこでふと口を閉じ、溢《あふ》れてくる感情を抑えるもののように、暫く黙って自分の手を見まもっていた。そう云いだすまえの、かれのふしぎな微笑の意味が、そこまで聞くうちにおぼろげながら志保にも推察できるような気がした。それは志保が講義を聴いたとき、亡《な》き父の一民が、――絅斎《けいさい》先生がこれを編まれたのは時代の歎《や》むべからざるためだ、そうでなければおそらく我が日本の靖献遺言を撰《せん》せられたであろう。そう云ったことを思いだしたからである。いま庄三郎はじめ門人たちが当面した観念も、おそらくは父の志したところへゆき当ったのに違いない。そうだとすれば、庄三郎のもらした微笑は危険の自覚である。

「わたくしたちはいま遺言と並行して太平記を講読しています、そして別の時間に神皇正統記を読みはじめました」庄三郎はやや声をひそめる感じでそう云《い》った、「……まず国史です、異国の思想にも禍《わざわ》いされず、時代の権勢にも影響されない純粋の国史を識らなければならない、同時にわれわれ日本の先人たちの遺した忠烈の精神、われわれが享《う》け継ぎ、子孫《こまご》へと伝えるべき純粋の国体観念、これをあきらかにしなければならぬのです、だが……ひじょうに悲しいのは、この国の民ならおよそ十歳にして知らなければならぬことを、今はじめて、しかも戸を閉《さ》してひそかにまなぶということです、しかもその戸は、おのれ自身の心にもあるのですから、自分の心の一部にさえ戸を閉《さ》さなければならない、……悲しいというよりは嗤《わら》うべきことかも知れませんが」そう云いかけてふと、他をかえりみるように「山崎闇斎《あんさい》が——藩国に仕えず王侯に屈せず、といった言葉を、わたくしはいま身にしみて羨《うらや》ましく感じますよ」

志保は黙って頷《うなず》きながら聞いていた、なにも云うことはなかった、ただ心のなかで、——この方たちも成長してゆく、ということを呟いていた、この方たちも……。

十

それは一種の云い表わしがたい感動であった。自分のふところで晋太郎が成長してゆくように、亡き父の志した方向へと門人たちが成長してゆく、二つのものが、この菊屋敷のなかで逞《たくま》しく成長してゆきつつある、しかも両者とも志保と深い絆《きずな》につながれているのだ、晋太郎が志保の子であるように、門人たちのなかに一人、いまもなお志保に心をよせている者がある、……そう思うと身内が熱くなるような、よろこびとも顫震《せんしん》とも云いようのない感動がこみあげてきて、志保はわれにもなく胸をかき抱く気持だった。

三年めの冬にかかり、初めての雪がちらちらと舞いはじめた日の午後に、とつぜん園部夫妻が帰って来た。そのとき志保は家塾のほうで、村の児女たちの手習をみていたが、――夫妻が帰った、とお萱から聞くなり、

「子供は、健二郎どのは」とうち返すように訊《き》いた、「健二郎どのも一緒ですか」

「はいご一緒でございます」お萱には志保がなぜそんなことを訊くのかちょっとわからなかった、「……お可愛《かわい》らしくまるまると肥えて、お丈夫そうに育っておいでなさいます、すぐおいであそばしますか」

「もう少しお稽古《けいこ》があります、済んだらすぐにゆきますから」

志保はおちつきをとり戻してそう答えた。健二郎が丈夫に育っているならよい、これでもう晋太郎を取り返される心配はない、つねづね頭のどこかに、棘《とげ》の刺さっているような感じだったのが、さっぱりときれいに抜け去った、そういう気持だったのである。……児女たちの稽古を済ませて母屋へゆくと、夫妻は健二郎と晋太郎を前に坐《すわ》らせ、なにか菓子のような物を出して与えているところだった。

「わたくしたち明朝おいとましますのよ」挨拶《あいさつ》が終るとすぐ小松が云った、「……園部がこんど伊勢の藤堂家へお召抱えになりましたの、それも江戸詰めで、まっすぐ下《くだ》らなければならなかったのですが、いちどお逢《あ》い申さなければと思ってお寄り致したのですわ、どうぞなにもお構い下さいませんようにね」

「それはようございましたこと、では長崎でのご修学が実をむすんだのでございますね」

「いやまだなかなかです」晋吾は控えめに眼を伏せた、「……僥倖《ぎょうこう》とでも申すのでしょう、紹介する人があって、二百石という過分の禄《ろく》で召抱えられましたが、蘭学《らんがく》のほうは殆《ほと》んどまだ覗《のぞ》いたという程度にすぎません」

「こういう謙遜《けんそん》ぐせが主人のいけないところですわ」小松が歯痒《はがゆ》そうに遮《さえぎ》った、「……必要もないのにへりくだってご自分で損をなさる、これまでにもたびたびそれが禍いをなしてきました、もうこれからはそんなお癖はおやめなさらなければね、だってこんどは高田のときとはご身分が違うのですから」

志保はつくづくと夫妻を見まもっていた。あのときとは人が違ったようである、二人とも活き活きとして、希望を達したよろこびに溢れてみえるし、衣装も髪道具も、なかなか高価な品を用いている、小松は少し肥えたようで、血色のよい顔はむすめ時代の美しさをとりもどし、眉のあたりには権高《けんだか》な、誇らしげなものさえあらわにみえる、――環境に依《よ》ってこうまで変るものだろうか、志保は眼をみはる思いだった、妹の気質はもともと華やかさ豊かさを好み、いつもひとに勝っていなければ承知できないほうだった。晋吾を長崎に遊学させ、二百石という出世をさせたのは、おそらくその気質が良人《おっと》をひき立てたからに相違ない、そしてその望みのかなった今は、このように誇りかに活き活きとしている、しかし人間は世の転変からまぬがれることはできない、こういう生き方を押し進めていって、もしまた蹉跌《さてつ》するようなことがあったらどうするか、――環境の善《よ》し悪《あ》しに依って生きる気持まで左右されるようでは、良人の事業を大成させることはできないだろうに。……だがそれをいま注意したところで妹にはわかるまい、志保はそう思った、妹は妹なりに、自分の身を以てそれを知るほかはないであろう。

「まあ晋太郎さんは」と小松がはじめて気づいたように声をあげた、「……ずいぶんご質素な物を着ておいでなさるのね、着物もお袴《はかま》も継ぎが当っているではありませんか、それにお袴はどうやらお祖父《じい》さまの物のようね」

「そう、父上のおかたみを仕立て直しました」志保はことも無げに云った、「……かなりお着古しになった筈《はず》だけれど、やはり昔の物は品がよいのですね、直せばまだ二年くらいは使えそうですよ」

「でもこれでは可哀そうですわ、幾ら山里にしても子供がこんな柄のお袴ではね」

「そんなことはありません、どこでだってみな親たちの着古しを直して用いますよ、晴着はべつですけれど……」

「お百姓や町人ならそれでもよいでしょうけれど、晋太郎さんは武士の子ですものね」小松は子供の顔を覗《のぞ》くようにして云った、「……長崎からなんのお土産もなかった代りに、着物とお袴を調えてあげましょう、明日いっしょに御城下までいらっしゃい、ねえ晋太郎さん」

十一

夕餉《ゆうげ》のときも、済んでからも、殆んど絶え間なしに小松の話しごえが続いた。往復の旅のこと、長崎の生活、異様な風俗や言葉、そして山河の景色など、次から次へと語って飽きない、それがみな志保には興味のないことなので、ようやく妹の饒舌《おしやべり》が終り、おのおの臥所《ふしど》へはいったときはすっかり疲れていた。

「あんなに浮ついた妹ではなかったのに」夜着の中で志保はそう呟《つぶや》いた、「……あれでは心もとない、あの気性はこれまで園部どのをひき立てたかも知れないが、あのままではやがて良人を誤らせないとも限らない、どうかそんなことのないようにしたいものだ」

園部夫妻は翌日の朝はやく出立した、そして志保が辞退するのを押して、晋太郎を松本の城下町へともない、衣服ひと揃《そろ》えを買い求めて与えた。……晋太郎にはお萱が付いていったのであるが、帰って来るとお萱はひどく感心したようすで、「まあごらんあそばせ、こんなによいお支度を頂きました」とすぐにその品々をとりひろげてみせ、晋太郎を呼んで着付けさせた。なるほど高価なよい品だった、妹の好みらしく、染め色も縞柄《しまがら》もおちついた、ひんの良い選《えら》みで、少しはでだというほかには難のない支度である、すっかり着付け終ると、晋太郎はおどろくほどおとなびて凛々《りり》しくみえた。

「ああおりっぱにみえます」志保はしずかに見あげ見おろしして云った、「……あなたも嬉《うれ》しいとお思いでしょう、晋太郎」

「ええ嬉しゅうございます、でもなんだか少し、少しよすぎて恥ずかしいようですね」

「そう、よすぎて恥ずかしいの」

「だってこんな物を着ていると、きっとみんなが笑うだろうと思いますよ」かれはたいそうまじめな調子でそう云った、「……ただ新しいだけだって笑うんですからね、いつか足袋をおろして頂いたときなんか困ってしまいましたよ」

　本当に困ったらしく眉をひそめるのが可笑《おか》しくて、お萱はつい声をあげて笑ってしまった。志保はそのとき座を立って、「ちょっとこちらへいらっしゃい」と晋太郎を呼び、いっしょに仏間へはいっていった。

「あなたは本当にその着物を頂いて嬉しいと思いますか」ほの暗い部屋の中に相対して坐ると、志保は穏やかな声音《こわね》でそう訊いた、「……正直にお返辞をなさい、本当に嬉しいとお思いですか」

「はい、お母さま、そう思います」

「でも母さまはそう思って貰《もら》いたくないのですよ、晋太郎、これまで母さまが教えてきたことを覚えておいでなら、あなたもそうは思わない筈ですがね」

　晋太郎はびっくりしたようにこちらを見あげた。志保はその眼を穏やかに見まもり、寧《むし》ろかれの同意を求めるような調子で続けた。

「着せてあげてよいものなら、それくらいの支度を調えることは母さまにもできます、でもお忘れではないでしょう、あなたは武士の子です、やがてはあなた自身も武士として御奉公をするのです、さむらいというものは、いついかなる時にも身命を捧げる覚悟がなくてはならない、暫《しば》しという間はない、召されればその場で死ななければならぬものです、……こう云うだけではやさしく思えるでしょうが、その覚悟をやしなうのは一朝一夕のことではありません、ごく幼少の頃から粗衣粗食を守り、寒暑に耐え、身も心も鍛えつづけてこそ、はじめて、どんな困難にであっても撓《たゆ》まぬ人間となれるのです、おわかりでしょう、晋太郎」

はいと晋太郎は頭を垂れた、志保はその額のあたりを見まもって、「ではその着物は納《しま》って置きましょうね」と云った。

その前後から、忌日《いみび》に集まる門人たちのなかに、江戸詰めになって去る者があり、新しく加わって来る者がありして、かなり顔ぶれが変っていった。杉田庄三郎はやはりおなじ位置にいたが、青江市之丞が去って吉岡助十郎という者が代り、そのほかときおりは他藩の者も来るようにみえた、……そういう人の異動を知るたびに、志保はいつもあの手紙の主を思わせられた。いちどは庄三郎に違いないと考えたが、そうきめる根拠がないために、やっぱり十七人のなかの誰かというよりほかになく、去ってゆく者のあるたびに「もしやあの方ではないか」という気がしたり、「……いやあの方はお若すぎる」と否定したりする、そういうときの気持は、しかしもうずっとおちついたものになっていて、どうかすると物語でも読んでいるような、現実から離れた美しさをさえ感ずるのだった。

園部夫妻が長崎からの帰りにたち寄った、その明くる年の二月のことである。珍しく鶍《いすか》が五羽も到来したので、志保とお萱とで手料理を作り、忌日に集まった門人たちに馳走《ちそう》をした、これまでにもおりおり食事くらいは出していたが、料理に酒まで付けたのは初めてのことで、みんなよろこんで膳《ぜん》に就いてくれた。

「晋太郎さんもお呼び下さい」庄三郎がそうせがんだ、「……もう八歳だから時には男のなかへ出さなければいけません、あなたはずいぶん厳しく躾《しつ》けておいでのようだが、婦人はやっぱり婦人ですからね」

「いやそうでもないですよ」と脇《わき》のほうから若い門人のひとりが顔を覗けて云った、「……ちょっとみると温和《おとな》しそうですが、わたくしなどはかなり虐待《ぎやくたい》されたものです、いや本当にひどいめに遭っているんですよ」

十二

「それはまたどういうことでございますか」

「表の道から門へはいる途中に晋太郎さんが立っていましてね、——ここは関所だ、旅切手を持たない者は通さない、そう云って立塞《たちふさ》がるんです、はじめはごまかして通ろうとするんですが、そうするといきなり、隠して持っていた木刀でやっと打たれるにはおどろきました」

「ああそれか、これならおれもやられたよ」別の青年が笑いながら口を挿《はさ》んだ、「……おれは初めてのとき蜜柑《みかん》を持っていたので、これが切手でござると出したんだ、すると、――喰べ物などとは卑《いや》しいやつだ、そう云ってやっぱり木刀でぽかりさ」

すると次々におれも自分もと云いだして、たいていの者がおなじめに遭っていることがわかり、みんなどっと笑いだしながら、「こうなったらぜひ此処《ここ》へ呼んで、いっぺんに仇討《あだうち》をしようではないか」などと云い囃《はや》した。志保はにわかに信じられなかった、気性だけは自分の望むほうへと育ってくれるようだし、ときどき子供には意外なほどはっきりした態度をみせることもあったが、そういう腕白なところはまるで無い、寧ろ無さ過ぎるのがもの足らぬと思っていたくらいである、――それが本当ならどんなに嬉《うれ》しかろう。志保はそれが事実であるようにと祈りながら、晋太郎を呼んでその席へ坐らせた。

「やあ関守どのの御出座だな」

一人がそう云うと、みんないっせいに晋太郎のほうへ向き直って呼びかけた。

「今日はこちらが関守でござるぞ」

「この関所の切手は酒だ、酒をまいらなければその座は立たせませんぞ」

「そのうえ木刀でぽかりだ」

晋太郎は黙ってにっと微笑したきりだった。そしてかれらがなおやかましく叫びたてるのを聞いていたが、ふと志保のほうへふり返って、「お母さま、おとなというものは妙ですね」といかにも侮り顔に云った。

「なにが妙なのですか」

「ふだんはみんな温和しいけれど、酒を飲むと急に元気がでるのですもの、みんないつもあんなに威勢がよくはありませんよ」

「まあ晋太郎、あなたは……」

門人たちはまさに面へ一本くった感じで、ひとりが「まいった」というのといっしょにみんなどっと笑い崩れた。志保は眼をみはった、晋太郎がそのようなもの云いをしたことはない、こんな大勢の青年たちからいちどに詰め寄られれば、赤面してものも云えないと思っていた、それがいま平然として、子供らしいが辛辣《しんらつ》な批評をさえ投げつけている、——こんな臆《おく》さないところがあったのか、志保はふしぎな感動にうたれながら、そっとわが子の横顔を見まもるのだった。

「……子供の言葉は怖《おそ》ろしいな」庄三郎がふとそう云った。晋太郎が去り、かなり盃《さかずき》がまわってからのことである、声の調子が違うのでみんなかれのほうへ眼を集めた。

「酒に酔うと元気が出るという、常にはあんな威勢がないという、……われわれはこうして月に一回この塾へ集まり、国史の勉強から始めて、現在では幕府政治の検覈《けんかく》にまではいって来ている、こうして集まっているときは慷慨《こうがい》の気に燃え、大義顕彰の情熱に駆られるが、塾を去って独りになるとき果してその情熱が持続しているかどうか、……われわれの血にながれている伝統のちからは根づよい、父祖代々、幕府の扶持《ふち》を食《は》んで来て、相恩の御しゅくんというものを観念の根本にもっているわれらは、それを飛躍して大義に奉ずる精神をつかむことだけでも容易ではない、こうして同志が相集っているときには火と燃える決意も、おのれ独りとなり、百年伝統のなかに戻るとその火は衰え、決意は決意だけの空疎《くうそ》なものになり易《やす》い、おれはいまそれを痛いほど感じた、われわれのこの情熱が、あい寄ったときの酔いでないようにありたいと思う」

「とつぜん変なことを云《い》うようですが」端のほうにいた青年のひとりが、ひどくまじめな口調でそう問いかけた、「杉田さんが妻帯なさらないのはその意味からなんですか」

「わたしが妻帯しない意味だって」

　思いがけない質問なので庄三郎はまごついたらしい、それよりもなお志保はどきっとした、そしてわれにもなく、庄三郎の返辞に耳を惹《ひ》かれる気持だった。

「どうして今そんなことを訊《き》くんだ」

「わたくしは先日からこんなことを考えていたんです、禅家が家を捨て親族と絶つのは、生死超脱の道を求める前提です、つまり道を悟るためにまず肉親俗縁と離別するわけですね、妻子親族と絶つことは、つづめて云うと自己の生命の存続を否定することでしょう、親から子、子から孫へと続く生命の系列を自分で絶つ、そこではじめて生死超脱の道を求めるわけです、……わたくし共のめざす道が、大義に殉ずるということを終局の目的にするとすれば、禅家の求道どころではなくもっと直接に生死を超越してかからなければならない。……現に杉田さんはいま、百年伝統のなかに独りいて慷慨の情熱を持続できるかどうか、ということを仰《おっ》しゃった、そういう意味から、つまり係累《けいるい》をもたぬという意味で妻帯なさらないのではないかと思うのですが」

十三

「いまの言葉がそんな風に聞えたとしたらわたしの誤りだ」庄三郎は苦笑しながら、

「……わたしが結婚しないのは理由があるわけじゃない、ひと口に云えば縁が無かったので、あれこれと迷っているうちにこんな年になってしまった、ただそれだけのことなんだ」

「それは嘘《うそ》だな」と吉岡助十郎が笑いながら云った、「……ずいぶん羨《うらや》ましいような縁談がたびたびあった、拙者の知っているだけでも」

「よさないか、つまらぬことを……」

庄三郎が慌《あわ》てて遮ったので、青年たちは手を拍《う》って笑いだした。志保はそのときまた胸がきりきりと痛むのを感じた、そんなことを思ってはいけないと叱《しか》りつつも、手紙の主が庄三郎ではなかったかという疑いが、再びはげしくこみあげてきたのである。しかし庄三郎は眉《まゆ》も動かさず、平然とさっきの青年のほうへ呼びかけた。

「いまの生死超脱のことはいちおう尤《もっと》もに聞えるが、その考えは少し違うと思う、禅家が生死超脱を追求するのは個人の問題だ、すなわちおのれが大悟得道すればそれでよい、生死の観念を超越するために肉親を捨てる、まず生命の存続を絶つことに依って生の観念の転換をおこなう、それはそのとおりだ、けれどもかくして大悟の境に到達すれば、そこですでに目的は終ってしまうのだ。生死関頭を超克したことに依って、現実にはなにものをも齎《もたら》しはしない、……われわれが死を決するところはそれとは違う、大義を顕彰するということはわれわれ自身の問題ではなく、この国民《くにたみ》ぜんぶの系体に関するのだ、われわれが生命を捨てるだけで終りはしない、われわれの子も孫もあとに続かなければならぬ、つまりわれわれのばあい生命は存続しなければならぬのだ」

「お言葉ですが、禅家の悟りが個人の問題で終るというのはどうでしょうか」

脇のほうからそう問いかける者があって、話題は宗教のほうへ変った。志保はそこでしずかに座を立った。……かれらの集まりが死を問題にするところまできているということはそのとき初めて知ったのである。正しい国史を識《し》ることは、やがて現在の幕府政体の批判に及ばざるを得ない、「忠義」という観念でさえ、つきつめればおなじ点へゆき当る、宝暦六年に竹内式部が譴責《けんせき》され、明和四年に山県大弐《やまがただいに》が刑死したのも、つづめていえばその一点が原因であった。したがってかれらがやがてここへ達するであろうことは、当然わかっていなければならなかった筈《はず》だ。

――そうだ、そのことは予期しなくはなかった。自分の居間へはいった志保は、しずかにこれまでの自分の想《おも》いをふりかえってみた、――ただあの方たちの口をとおして聞いたことが自分をおどろかせたのだ。そして、……大義顕彰のためには自分が死ぬだけでは終らない、子も孫もあとに続く、生命の存続がなければならぬと云った杉田の言葉が、ひじょうに強い意味をもって志保の心を叩《たた》いたのである、「命を捨てる覚悟だから今まで娶《めと》らないのか」という問いに対して、「自分が死ぬだけでは目的は達せられない、続くべき子孫が必要だ」と云う、子々孫々をあげて大義顕彰の道へ進もうというのだ、ではなぜ今日まで結婚しずにいるのか、吉岡助十郎のふと口にした、――羨ましいような縁談がしばしばあった、というのがもし事実なら、それを断わって娶らずにいる理由がなくてはなるまい。

「……ああ」志保は緊《し》めつけられるように声をあげた、「それではやはり杉田さまだったのかしら、いいえ、そんなことはない、杉田さまならうちつけに仰しゃれる筈だ、父上が在世のときにだって、じかに父上にお望みなさることもできた筈だ、……そんなことはない、決して杉田さまではない」

かれではないと否定することは、かれだという疑いをたしかめるためだったかも知れない、その夜からのち、志保の耳には「杉田さまだ」と囁《ささや》くこえが絶えず聞え、そのたびに遽《あわ》てて「いいえ違う、あの方ではない」と心にうち消すことが続いた。それはもう物語を読むような美化されたものではなく、追い詰められるような胸ぐるしい感じだった。……かつて主《ぬし》の知れない手紙に書いてあったように、自分は美しくないというかたよった感情、女でこそあれ学問の道で名をあげようと思いあがった気持、男性などには眼もくれなかった傲慢《ごうまん》、そういうむすめらしからぬ態度が、杉田の求婚をよせつけなかったのだという、はげしい自責の念さえつきあげてくる、「このままではいられない」志保はやがてそう思うようになった、「……もうこのままうやむやにはして置けない、善かれ悪しかれ、はっきりさせなければならない、それも早くしないととり返しのつかぬことになりかねないから」

十四

そう心はきめたものの、いざとなると気臆《きおく》れもし、またその方法にも迷った。もちろんじかに逢《あ》って話す勇気はない、といって手紙を遣《や》るのはふたしなみのようである、いっそお萱のちからを借りようか、そんな風に考え惑いつつ徒《いたず》らに日は経《た》つばかりだった。ながい年月《としつき》そっと秘めてきた心の手筐《てばこ》ともいえよう、蓋《ふた》を明けたい気持はあっても、むざと鍵《かぎ》に手をかけられないのは当然だったかも知れない、こうして春も過ぎ、夏も終りかけた或日《あるひ》のことだった。……夕餉《ゆうげ》の膳に向おうとしているとき、訪れる人の声がしてお萱が立っていった。そして戻って来ると一通の封書をさしだしながら、

「お江戸の小松さまからお使いです」と云った。

「小松から、……手紙だけですか」

「お使いの者が持ってまいったようです」

「そう、晋太郎はさきへ召上れ」

志保はそう去って居間へはいり、妹の手紙を披《ひら》いてみた。胸騒ぎを抑えながら読みすすめると、健二郎が死んだという文字にゆき当った、……志保はそこでひしと眼をつむった、それは次にくる文字を読みたくないという本能的な動作だった、そのあとになにが書いてあるか直感でありありとわかる、石を投げられると無意識に手をあげて防ぐ動作をする、志保が眼をつむったのはそれとおなじものだった、そしてそのまま暫《しばら》くじっと息を詰めていた。

「どうあそばしました」お萱が気遣わしげにはいって来た、「……なにか悪いお便りでもございましたか」

「健二郎どのが亡《な》くなったのです」

「まああの、ご二男さまが……」

お萱のおどろきの声もひどくよろめいたものだった、志保はしずかに眼をあけて、手紙の文字を読み継いだ。――今年の夏は江戸に悪い時疫《じえき》がはやり、できるだけ注意したがついに健二郎も冒され、僅《わず》か七日ほど患《わずら》っただけではかなくなってしまった。そういう意味が、妹には珍しくすなおな筆つきで書き記してある、――できるだけ注意したとは書いたが、正直に云うと自分が悪かったのである、良人《おっと》に禁じられていた巴旦杏《はたんきょう》を、せがまれるままに喰べ過させた、それが原因だということは医師も認めているくらいで、それを思うと夜なかなどに、つい叫びだしてしまうほど、恐ろしい後悔に責められる、自分は良き母ではなかった、けれど健二郎の命に代えてそれを思い知らされたと考えると神をも怨《うら》みたくなる、……自分はいま子が抱きたい、この石のように空虚で冷たくなった胸へ、ちからいっぱいわが子を抱き緊めたい、どうか晋太郎を返してくれるよう。

志保はからだじゅうの血が凍るような悪寒《おかん》に襲われた、怖《おそ》れに怖れていた文字がとうとうそこへ出てきたのだ、しかし志保はけんめいに自分を抑えつけた、――こんなことを云っては申し訳がないけれど、と手紙はさらに続く、――健二郎が死んだ今は晋太郎が跡継ぎである、しかし自分が返して欲しいのはそのためではない、理窟《りくつ》なしの愛情である、わが子を抱きたいという母親の愛だけである、姉上は子を生《な》したご経験がないから、こういう母の愛の烈《はげ》しさはおわかりにならぬかも知れない、この烈しさはいかなるものも拒むことができないのである、怒られてもよい罵《ののし》られてもよい、どうか晋太郎を返してくれるよう、使いの者といっしょに早く、一日も早く晋太郎を返してくれるように、……懇願というより叫びのような文字で、その手紙は終っていた。

「使いの者はさぞ疲れているでしょう」志保は声のおののきを隠しながら、つとめてしずかにそう云って立ちあがった、「……今宵はここへ泊めてあげなければなりません、忠造に洗足や食事の世話をしてやるよう申し付けて下さい」

「でもお嬢さま、そのお手紙はいったいどういうことが書いてあるのでございますか、もしや……」

「あとで話します、とにかく御膳を済ませましょう」

さきへ食べるように、そう云ったのに晋太郎は待っていた。そして志保が戻って来ると、もの問いたげな眼でじっとこちらを見まもった、志保にはその眼を見るちからがなかった、そして殆《ほと》んどかたちばかりに箸《はし》をつけ、終るとすぐにまた居間へはいってしまった。

——どうしよう。

机の前に坐《すわ》り膝《ひざ》に手を置いて、志保はかたく唇を嚙《か》みしめながら頭を垂れた。……妹の手紙は殆んど悲鳴である、そのかなしみは尤《もっと》もだと思う、子を喪《うしな》った母の気持がどのようなものか、今の志保にわからないわけがない、身をいためこそしないが四年のあいだ晋太郎を育ててきて、子の可愛《かわい》さいとしさというものを、骨にしみるほど味わっているのだ、小松の悲鳴をあげる苦しさはよくわかる、しかし、それほど自分が悲しさにまいっているのに、姉の気持をどうして察しようとしないのか、健二郎に死なれて自分がそれほど悲しいなら、晋太郎をとり返される姉の気持も察しられる筈だ、……それほどの思い遣りもないのか。

「勝手すぎます」志保はわれ知らずそう云った、「……それではあまり勝手すぎますよ小松」

十五

晋太郎を返してしまう、志保はそれを考えてみた。あの賢《さか》しい眼がもう自分を見なくなる、この頃とくに凜《りん》としてきた動作、つい過《あやま》ちをして叱《しか》られるときの悄《しょげ》気た顔つき、なにやら独りで力んでいる可愛い唇《くち》もと、それが再び見られなくなるのだ、おっとりとして明るい声も聞けない、かれのものに当ててある部屋は空《から》になるのだ、夜半に見まわってもそこはもうがらんとして誰もいない、いつまでも見飽きないあの寝顔もなくなってしまう、そのほか晋太郎に付いていたもの、晋太郎だけしか与えてくれなかった有らゆるものが、すべてが跡方もなく拭《ぬぐ》い去られてしまうのだ。

「それはあんまりだ、あんまりですよ小松、だからわたしは初めに云ったではないか、くれてしまって大丈夫ですか、あとで悔みはしないかって、……あなたはあのときあれほどきっぱり約束したでしょう、晋吾さんもお萱もちゃんと聞いていました、それなのに今になって、わたしがこんなに晋太郎を失いたくない今になって、あなたは酷《ひど》すぎます、あんまりです小松」

ずいぶん更《ふ》けるまで、志保は妹を眼の前に見るような気持でかきくどいた。そんなことは志保には似合わしくない、そんなにみじめにとりみだすのは志保の性質にはないことだ、返したくなければ「返さない」と云うべきである、そしてこれまでの志保ならそう云った筈なのだ、それがそう云いきれず、そのように哀《かな》しくかきくどくのは「返さずに置きたい」というみれんがあるからだった。悲しむだけ悲しみ、怨むだけ怨んで、やがて志保はその「みれんな気持」ということに気がついた。晋太郎を返せという妹のねがいが母親の無条理な愛なら、ただ返したくないという、感情にひきずられる自分の気持も無条理である、どちらも自分の愛、自分の感情に囚《とら》われているだけで、晋太郎というものをまるで考えていない、——それでよいのか、志保はそこに思い到《いた》って、はじめて自分のうろたえた姿に眼を向けた。

「そうだ、妹もわたしも二の次だ、肝心なのは晋太郎の今後だ」少しずつ鎮《しず》まりかけた気持で、しずかに志保はそう呟《つぶや》いた、「……晋太郎がものの役に立つ武士に成ってくれるなら、自分の失望や悲しみなどは問題ではない、大切なのは晋太郎だけだ、晋太郎をもっとも良く育てる方法、それが第一だ」

そしてそれを中心にしてもういちど考え直してみた。自分は今日まで質実に剛毅《ごうき》にと育ててきた、衣服も食事もできるかぎりつつましく、起居の行儀も正しく、常に「武士」という観念を基礎づけるよう注意を怠らなかった。万全をつくしたとは云えないまでも、その努力を忘れたことはないと信ずる。……小松は実の母親である、いかに自分がけんめいになっても、血を分けた母子の愛には及ばない、自分が百の努力をしても実の母親の愛の一には及ばないだろう、しかしそれはその愛が正しくある場合のことだ、実母の愛がいかに強く真実であろうと、正しい方向のない、盲《めし》いたものであったら却《かえ》って子を誤るだけである、――晋太郎を返して、という小松の叫びは悲痛だ、誇りも意地もかなぐり棄て、素裸になった母の哀訴である、しかしそれが晋太郎を正しく育てる愛であるかどうか、子の将来を想《おも》うよりも、おのれの愛に溺《おぼ》れているのではないかどうか。

「……まだお眼ざめでございますか」襖《ふすま》の向うでお萱のこえがした、「お邪魔いたしましてもよろしゅうございましょうか」

「いいえもうやすみます」志保はそう云って断わった、「……話は明日いたします、今夜はなにも聞かずに、どうかさきに寝ておくれ」

「……でもお嬢さま」

お萱はなお心のこりらしかったが、志保が黙っているので、やがて自分の部屋のほうへ去っていった。

自分のことは自分がよく知っている、小松のことも知ってはいるが、批評の眼でみては正しい判断はできない、志保は不公正な考え方できめたくなかった、それで結局は「晋太郎の気持で決定するより仕方がない」と思った。幼いということは、それ自身ひとつの正しさをもつ、成長しようとする本能は純粋だから、選択も迷いがなく、たしかであるかも知れない、……そうきめたときは心もすっかりおちついていた。それからしずかに立って、いつものように晋太郎の寝所を見にゆこうとしたが、それではまたみれんが起こるかも知れないと思い、

「起きておいでかお萱」とばあやの部屋へ声をかけた、「……まだ起きておいでなら、お茶を淹《い》れたいと思うのだけれど」

「はいお嬢さま、唯今《ただいま》お支度をしてまいります」

お萱の返辞を聞いて志保は居間へ戻った。

十六

明くる日は父の忌日《いみび》であった。

門人たちが集まるまえにと思い、晋太郎を仏間へ呼んで相対した。膝と膝とを接して坐り、さてどう云いだそうかと思うと、そしてかれの返辞に依っては、もうかれを子と呼ぶことができなくなるのだと思うと、あれだけ考え悩んで決めた心がふがいなくもよろめきだし、どうか「ここにいる」と云って欲しいと祈りたいような気持さえこみあげてきた。

「江戸から昨日お使いがあったのはあなたも知っていますね」志保はやや暫くしてそう口を切った、「……あれは悲しい知らせでした、あなたには弟に当る健二郎どのが、この夏のはやり病にかかって亡くなったのです」

「健二郎が、……死んだんですか」かれは大きくみひらいた眼で志保を見あげた、「それは可哀《かわい》そうだったなあ、あんなに肥《ふと》って可愛らしかったのに、……ねえお母さま」

「本当に可哀そうなことです、でもそれより残ったご両親もずいぶんお気のどくですよ、健二郎どの一人のお子でしたからね、それであなたにご相談なのだけれど……」

志保がそう云いかけると、晋太郎はなにを思ったかびくっと頬肉をひきつらせ、眼を伏せてじっとからだを固くした。——察しているのだ、そう思うと志保は胸がふるえた。続けようとした言葉も喉《のど》に閊《つか》え、早くも眼に涙が溢《あふ》れそうになる、しかし自分で自分に鞭打《むちう》つような気持で、「江戸の母が呼んでいる」と告げた。できるだけ感情を混えないように、少しでも子供の気をひくような言葉を使わないように、つとめて平静にわかり易《やす》く事情を語った。

「……そういうわけで、江戸にいる本当の母があなたに帰って欲しいと願っています、わたしにすれば、これまで育てて来たのだからこれからもそばに置いてお世話をしたい、そしてあなたがりっぱな武士になるゆくすえを拝見したいのですが、……どちらになさいともわたしは云いません、あなたご自身でよく考えて、こうしたい、こうするほうがよいと思うところを云ってごらんなさい、わたしはあなたのお考えどおりにしたいと思いますから」

晋太郎は俯向《うつむ》いたまま身動きもせずに聴いていた、志保の言葉が終ってからも、からだを固くし、拳《こぶし》をきつく握って、……よく見ると破れるほど強く唇を嚙《か》みしめている。

——どう答えるだろう。志保は眼まいのしそうな気持だった、江戸へ帰ると云《い》うか、それともここにいると云うか、ああ。

晋太郎はまだ黙っている、志保は息ぐるしさに耐えられなくなった。すると、そのときお萱が、「……ご門人衆がおいでになりました」と襖の向うから告げた、志保には、救いの手のように思えたので、「……ちょっとご挨拶《あいさつ》にいって来ます、よくお考えになって、戻って来たらお返辞を聞かせて下さい」そう云って仏間から出た。……庭へ下りると、ちょうど門人たちがはいって来たところで、八月はじめの強い日光を浴びながら、みんな一斉に志保のほうへ会釈《えしやく》を送った。

「どうかなすったのですか」先にはいって来た庄三郎が、抱えていた書物の包みを持ち直しながら問いかけた、「……なんだかお寒そうなごようすにみえますよ、おからだの具合でもお悪いのですか」

「いいえなんでもございませんけれど」志保はそっと頰を押えた、「……急に日の下へ出たので顔色が悪くみえるのでしょうか、今日はお人数が少ないようでございますのね」

「いろいろ故障があって珍しく小人数です、それに今日は早くしまう筈《はず》ですから……」そう云いながら、庄三郎はまじまじとこちらを見て首を傾けた、「やっぱりごようすが違う、いつもとはまるでお顔つきが違いますね、具合がお悪いなら大切になさらぬといけない、どうか構わずおやすみになっていて下さい」

いかにも気遣わしげな、心の籠《こも》った云い方だった。志保はわれ知らず縋《すが》りつきたいような衝動に駆られた、逞《たくま》しい庄三郎の肩、意志の勁《つよ》そうな眉、豊かな線をもつひき緊《しま》った唇《くち》つき、なにもかもが親愛な、温かくじかに心に触れてくる感じだ、——こんなにも自分に近いひとだったのか、そういう気持がぐんと志保をひき寄せるように思えた。

かれらを塾へ送って仏間へ戻ると、晋太郎はさっきの姿勢をそのまま坐っていた。はいっていっても、眼の前へ坐っても、じっと俯向いたきり顔をあげなかった。そして志保がながいこと辛抱づよく待っていると、やがて眼を伏せたままかれは云った。

「晋太郎は江戸へまいります」

「…………」

「江戸へゆくほうがよいと思います」

志保はからだから何かがすっと抜け去るように思った、「そう」と云いたかったが声が出ず、一瞬あたりが暗くなるように感じた。

十七

晋太郎は黙っている志保の気持がわからなかったのだろう、しずかに眼をあげて、どう云ったら自分の考えを伝えられるかと、幼い頭で言葉を拾い拾いこう続けた。

「本当はここにいたいんです、友達もいるし、いろいろな物があるし、……お萱だって、晋太郎がいなければ寂しがるでしょう、でもそれは、それはわがままだと思います」

えっと志保は面《おもて》をあげた。

「いつもお母さまはこう仰《おっ》しゃっていましたね、りっぱな武士になるには、子供のうちから苦しいこと、悲しいことに耐えなければいけない、からだも鍛え心も鍛えなければいけない、……そう仰しゃっていました、本当はここにいたいんですけれど、そんな弱い心に負けてはりっぱな武士になれませんから、……ですから、晋太郎は江戸へまいります」

言葉も足りないし表現も的確ではない、けれどもおのれの好むところを抑えようとする意味はよくわかる、志保はぐっと喉が詰った。この際になって、自分がまだみれんな考えにつきまとわれているのに、かれは幼い身でそれだけの反省をし、けなげにもおのれに克《か》っている。——よくそこに気がついておくれだった。志保は抱き緊めてやりたい気持だった。——これまで育ててきた甲斐《かい》があった、これなら小松の手へ返しても大丈夫だ、もう悲しんだり失望することはない。

「あなたの云うとおりです」志保はしいて心を鎮めながら頷《うなず》いた、「……辛《つら》いこと苦しいことに耐えてゆく、幼いうちからそういう忍耐をまなぶことが、なにものにも負けない武士のたましいをつくる土台です。よくそこに気がおつきでした。母さまもうれしゅうございますよ」

「本当は……こっちにいたいんですけれどねえ、お母さまだって寂しくなるし、それに……」

「いいえ母さまは寂しくはありません、たとえ寂しくとも、あなたが人にすぐれた武士になって下されば満足です、ただ江戸へいったら、いまの気持を崩さないように、しっかりと心をひきしめて勉強して下さい、まえにもたびたび申上げたように、さむらいというものは……」

云いかけて志保はぴたっと口を噤《つぐ》んだ、襖を明けてお萱が顔をだしたのだ、「どうぞお玄関まで……」と囁《ささや》くように云う、なにごとかしらんお萱の顔は紙のように白かった、志保は再び座を立った。……玄関へいってみると、常には見慣れない武士が三人立っていた。一人は以前この塾へも通って来たことのある者で、五浦なにがしとかいい、そののち目附役になったとか聞いた。

「失礼いたします」五浦なにがしが軽く会釈をして云った、「……塾のほうへ家中の者が集まっている筈ですが、何人ほどおりましょうか」

「よくは存じませんが、たしかお十人ほどではなかったでしょうか」

「……十人、そうですか」

かれは伴《つ》れの二人にふり返り、なにかすばやく囁き交わしたのち、しずかに前へ進み出て云った。

「これにおられるのは江戸公儀の大目附から差遣わされた方がたです、あなたはご存じのないことでしょうが、塾へ集まっている者たちに御不審があって、これから拘引しなければならぬのです、場合に依《よ》っては争闘が起こるかも知れませんから、あらかじめお断わり申して置きます」

「それは、それはあの」志保は自分が蒼白《そうはく》になるのを感じた、「……この家でなく、この家でなく外でお願いできませんでしょうか」

「いや外ではとり逃《に》がす惧《おそ》れがあります、もはやお屋敷まわりに手配りもできていますから、ではごめんを蒙《こうむ》ります」

「お待ち下さい」志保は反射的に立った、「……それではわたくし、ご案内を致しましょう、そのほうがご穏便にまいると存じます」

「たしかですか」公儀大目附の者だという中年の小柄な武士が、するどい眼でこちらを睨《にら》んだ、「……まさか逃がす手引きをするようなことはないでしょうな」

「わたくし黒川一民のむすめでございます」

殆《ほと》んど夢中でそう云った、そしてそのひと言が自分で自分の支えになった。がらがらと何かのむざんに崩壊する音が聞えるようだ、すべてを押し倒し揉《も》み潰《つぶ》す雪崩《なだれ》のように、なにもかもを志保の手から捥《も》ぎ去ってゆく、――だが狼狽《ろうばい》してはならない、こうなることはわかっていた、真実をたしかめるためにはいつでも多少の犠牲は必要なのだ、みぐるしいふるまいをしてはならない。震えてくる手足にちからをこめ、そう自分を訓《さと》しながら、志保は先に立って廊下伝いに塾のほうへゆき、しずかに入口の引戸へ手をかけた。

「……ごめんあそばせ」

そう云って返辞を待とうとしたとき、うしろにひき添って来た大目附の者が、志保を押しのけざま引戸を明け、五浦なにがしと共につかつかと中へ踏み込んだ。

「上意である、神妙になされい」

そう叫ぶのと同時に、だだと総立ちになる物音が起こり、「みんな逃げろ」「斬《き》ってしまえ」と絶叫の声があがった。志保はああと身をひき裂かれるように呻《うめ》き、どうしようという考えもなく、ただ夢中で明いている戸口から塾の中へはいった、門人たちは一斉に立って刀を抜いた、しかしそれより疾《はや》く、杉田庄三郎がとびだし、両手をひろげてかれらの前に立塞《たちふさ》がった。

「刀を置け、なにをうろたえるか、抜いた者は同志を除くぞ」かれの声は塾の四壁へびんと響いた、「……今日あることはかねて期していた筈だ、たとえ捕縄《ほじよう》をかけられようと、拘引されて首をはねられようと、われらの志す道には些《いささ》かのゆるぎもない、生きてこの道を天下に顕彰するのはむつかしいが、われらが死ねばあとへ続く者は必ず出る、大やまとの国びとはあげてわれらのあとへ続くのだ、逃げたり隠れたり、生きのびようなどと考えるのは恥辱だぞ」

肺腑《はいふ》から迸《ほとばし》り出る叫びだった、みんな蒼白になって面を伏せ、ひきそばめた刀をしずかに下へ置いた。庄三郎は役人たちのほうへ向き直って、まず自分の大剣をさしだしながら云った。

「ごらんの如《ごと》く、みな慎んで上意をお受け致します、お役目ご苦労に存じます」

「神妙なことだ」幕府大目附の者は庄三郎の刀を受取って、「……本来なれば腰縄をうつべきであるが、一存をもって御藩の役所までさし許すとしましょう、必ず手数をかけぬように」

このあいだに庭へ、十七八人の下役人が集まって来ていた、五浦なにがしは部屋の中にあった書物や筆記類を包み、なお門人たちの大剣をまとめて下役の者に預けた。……すっかり始末ができると、十人の者は左右を警護されて庭へ下りたが、そのときはじめて、庄三郎が志保のほうへ向き直った。

「……ご迷惑をかけました、志保どの」かれはこちらを燃えるような眼で見た、「ながいあいだお世話になりましたが、たぶんこれでもうお眼にかかることはないでしょう、ほかに心残りはありませんが、今年の菊を見られないのが残念です、……では、ご機嫌よう」

志保は全身を耳にしてかれの言葉を聞いた、全身を眼にしてかれを見た。もっと、もっと云って下さい、なにもかも残らず、お心にあることをすっかり仰しゃって下さい、今こそ志保はどんなことでもお聞きします、杉田さま、胸いっぱいにそう叫びたい気持で、火のような庄三郎の眼に見いっていた。……しかし庄三郎はそれで口を閉じ、会釈をしてさっさと歩きだしてしまった。

「……晋太郎」志保は廊下を走った、「晋太郎いらっしゃい」

仏間から子供が出て来た。志保はその手を取って庭へ下り、枝折り戸《しおど》まで出て、曳《ひ》かれてゆく青年たちのほうを指さした。

「あの方がたのお姿に礼をなさい、わけはあとで話してあげます、母さまといっしょに、心から礼をするのですよ、さあ……」そして子供の肩に手を当て、いっしょに低く敬礼をしてから、志保はおののく声を絞るようにしてこう云った、「あなたも成長したら、あの方がたのようにりっぱな武士になるのですよ、命を捨てて正しい忠義の道を守りとおす、あなたはあの方がたの跡を継ぐのです、忘れないように、よくよくあのお姿を拝んで置くのですよ」

十八

曇るというほどでもなく晴れもしない、どんよりとものがなしげな秋の日が、朝だというのにまるで昏《く》れ方のような侘《わび》しい光を湛《たた》えている、四五日まえから咲きだした菊のひと枝を剪《き》ろうとして、鋏《はさみ》を手に庭へ下りた志保は、菊畑の前まで来てふと足を止め、そのままなにか忘れ物でもしたように惘然《ぼうぜん》と立ちつくした。

菊はどの株も濃い緑色の厚手の葉をいきおいよくみっしりと重ね、それを押し分けるようにしていっせいに花枝を伸ばしている、今年は季候がおくれたのか、いつもなら見頃なのにまだようやく咲きはじめたばかりで、けれど清高な香気はそれだけ鮮やかに、重たさを感ずるほど密に匂《にお》っている、――志保はその香に酔ったような気持で、そのままなおじっと佇《たたず》んでいたが、やがてふと放心したように「鶍《いすか》は松の実だけ喰べる……」と呟《つぶや》いた、そしてそのこえで我に返った。

「……鶍は松の実を喰べる、なぜこんなことを云いだしたのだろう」そう云ってみてはじめて、いつぞや塾で青年たちに鶍の馳走《ちそう》をしたときのことを、回想していたことに気づいた、「そうだ、あのとき話そうとして忘れていたことを思いだしたのだ、杉田さまが晋太郎を呼べと仰しゃったので、云おうと思ったことを云いだす折がなかった。……鶍は、あのくいちがった喙《くちばし》を松かさの弁の間へ挿《さ》しこんで巧みに実を啄《ついば》む、あの肉があんなに美味なのは好んで松の実を喰べるためだ、……そう聞いたことを話そうと思ったのに、とうとう云いだせずにしまった」

庭はずれの垣の外を、城下へ荷を積んでゆくのだろう、四五人の農夫たちが通りかかった、「ああよく匂うな、菊屋敷の菊が咲きだしたぞ」ひとりがそう云うと、老人とみえるひとりが間をおいて、「今年はどこでも遅いだ」と云った、「……陽気がおくれてるだからな、けれどもこういう年は雪が多いもんだ、つまり来年は豊作ということになるだよ」そしてゆったりとした馬の蹄《ひづめ》の音が、道を曲ってしだいに遠く去っていった。

——あの朝もこの菊畑のなかで、垣の外を通る馬の跫音《あしおと》を聞いていたっけ、いつまでも霧の霽《は》れない朝だったが……、志保はふとそのときのことを思いだした。――なんだかひじょうに幸福なことがあるような気持で、露に手を濡《ぬ》らしながら菊を剪っていた、お萱も「たいへん冴《さ》えざえとしたお顔つき」だと云ってくれた、そのあとであの主《ぬし》の知れない手紙を受け取ったのだ、正念寺へゆこうと思いきめるまでの、唆《そそ》られるような気持は今でも忘れられない、……あのとき父上のご墓前へいって、手紙の主に会っていたら、……自分の運命はどうなっていたことだろう、ああ、本当に自分は今ごろどういう身の上になっていたことだろう。けれども小松が訪ねて来て、とうとう正念寺へゆくことはできなくなった、そして自分は一生を晋太郎の養育に捧《ささ》げる決心をしたのだ。

――なにか仕合せなことがあるように思った、あのときの予感は、偶然にではあろうが当った、はじめの幸福は、手にとることもできなかったが、晋太郎をわが子と呼んだ明け昏れの仕合せは、自分のものだった。……正念寺へはゆかなかったが、あの手紙の主も自分の身のまわりから離れなかった、その主が誰であるかというたしかなことは、遂《つい》に知る機会がなかったけれど、その人がいつも自分のことを案じ、見まもっていてくれると思う、あのひそかなよろこびも自分のものだった。……二つのものはこの菊屋敷で成長した、自分は絶えずその成長をみつめて来たが、その二つとも今はもう自分のものではなくなってしまった。

——あの朝のように、自分はまた独りでこの菊畑に立っている、幾春秋《いくはるあき》、自分を慰め、ちからづけてくれたもの、生き甲斐を与えその日その日を充実させてくれたもの、それはもう再び此処《ここ》へは帰って来ない、おそらく永久に帰っては来ないだろう、そして来る秋あき、自分はただ独りでこの菊の咲くのを見るのだ。

そこまで思い続けてきて、志保はふと眼を空へあげた。……去っていった二つの幸福はかえらない、けれどもその二つは、どちらもこの菊屋敷で育ったのである、この家で成長し、この家から出ていった、江戸へ送られたという門人たちの道も、小松の許《もと》へ去った晋太郎の道も、まっすぐにこの菊屋敷の門へ、志保の心へと続いているのだ、門人たちは罪死するかも知れないが、跡を継ぐ者によってその道の絶えることはあるまい、晋太郎は自分のさし示した道を逞しく生きてくれるだろう、両方ともそれぞれに生きてゆく、……自分は決して独りではないのだ。空をふり仰いだ志保の胸に、新しい、力づよい感慨がこみあげてきた、そして鋏をとり直し、菊の花枝を剪ろうと身を跼《かが》めたとき、母屋《おもや》のほうからお萱の呼ぶ明るいこえが聞えてきた。

「……お嬢さま、お髪をおあげ申しましょう、お支度ができましたから」


（昭和二十年十月講談社刊『菊屋敷』初収）

山だち問答

一

追手門を出ると、遠い空でかみなりが鳴りだした。午《ひる》さがりからむしていたし、雲あしがばかに早くなったので、これはあぶないなと思っていると、桜の馬場をぬけたところでとうとう降りだした。郡《こおり》玄一郎はちょっとあたりを見まわしたが、向うに昌光寺の塔があるのをみつけてそっちへ急いだ。

石段を登るところでざっと来た。そして彼が山門へ入るのといっしょに、侍女をつれた武家の娘がうしろから駈《か》けこんで来た。玄一郎はそちらを見ないようにしながら、濡《ぬ》れた頭や肩裾《かたすそ》を拭《ふ》いた。……いちめん雲に掩《おお》われて暗くなった空から、斜めに銀の糸を張ったように落ちてくる大粒の雨は、激しい音をたてて地面を叩《たた》き、霧のように飛沫《しぶき》をあげた。道を隔てた向うは矢竹蔵《やたけぐら》の長い土塀《どべい》になっているのだが、あまり強い降りでそれさえ今は見えなかった。

「困ったねえこれは」とうしろで娘の声がした、「……おまえが通り雨だと云《い》うから来てしまったのだけれど、これではちょっとあがりそうもないじゃないか、こんなことなら待っているか傘を持って来るんだった」

ひどく権高《けんだか》な調子だし、言葉つきがまるで男のものだった。玄一郎はわれ知らずふり返った。娘はそれを予期していたらしい、そのくせそ知らぬ風を装《よそお》っているのがよくわかった。年はまだ十七くらいだろう、うわ背のある肉付きゆたかな体で、横顔だからよくはわからないが、線のはっきりした肯《き》かぬ気らしい眉《まゆ》つき口もとをしている、かたくひき緊《しま》った頬と、くくれたような顎《あご》に特徴があった。

「宗田でも気が利《き》かないねえ」娘は玄一郎を無視した態度で続けた、「……私が途中で降られているくらいわかるだろうに、雨具を持たせてよこす気にもならないのかしら、こうしてぼんやり雨宿りをしているくらいばかげたかたちはないよ」

これはたいへんな者だと、玄一郎は驚いた。

宗田といえばこの大垣藩の老職を勤める戸田采女正《うねめのしょう》を指す、戸田に三家あるので、宗田という処《ところ》に屋敷のある采女正をそういうのだが、宗田と呼捨てにできるのは国家老だけの筈《はず》だ、たとえ公《おおやけ》の席でないにしてもそこにげんざい家中の侍がいるし、然《しか》もまだ年若の少女の身で平然とそう呼ぶのはなみ外れて聞える、——いったい誰のむすめだろう、玄一郎はもういちどそっちを見た。

「ひどい飛沫じゃないか」と、娘は片手で裾前をつまみながら云った、「……こうしていては雨をよけても飛沫で濡れてしまう、おまえ宗田までいって雨具を借りておいで」

侍女は「はい」と答えたが、どしゃ降りの空を見あげて、ちょっと足が出せないようすだった。娘はまったく無関心に、「なにをしているの」と促す、侍女は思いきったように両方の袖《そで》を頭の上へ重ねてとびだそうとした。玄一郎は見かねて、「ちょっとお待ち」と呼びかけ、着ていた羽折《はおり》をぬいで侍女の手へ投げ与えた。

「それを冠《かぶ》っておいで、幾らか凌《しの》ぎにはなるだろう、いや遠慮はいらない持っておいで」

「では……」と、侍女はなにか云おうとしたが、殴りつけるような雨なので、軽く会《え》釈《しゃく》をするとそのまま、羽折を頭から冠って駈けだしていった。

娘は初めてこちらを見た。こんどは玄一郎がすばやく顔をそむけた、それでもなにか云いかけそうなそぶりだったので、彼はくるっと踵《きびす》を返して山門の裏がわへ来た。意地を張る積りではなく、話しかけられるのがうるさかったのである、……するとそのとき昌光寺の庫裡《くり》のほうから、寺の印のある傘をさした一人の若侍が出て来て、向うから玄一郎に声をかけた、それは、彼と同じ書院番を勤める矢内又作という同僚だった。

「雨宿りかね、こう激しくては雨宿りも風流とはいえないな」

又作はそう云いながら近寄って来た、「……こいつはなかなかやみそうにもない、どうせ途中だから家まで送っていこう、入らないか」

頼もうと云って、玄一郎は傘の中へ入った。山門を出ようとしたとき、又作はそこにいる娘をみつけた、そしてたいへん吃驚《びっくり》したようすで低頭した。玄一郎は見向きもしなかった、石段を下りて左へ、半町あまり来てから、又作はなにか秘密なことでも告げるように、「勘斎老人のお嬢さんだよ」と云った。勘斎老人とは老職戸田内記のことで、その老人に小雪というずぬけて男まさりの女《むすめ》があるということは、玄一郎もいつか聞いた覚えがある。小太刀、弓、薙刀《なぎなた》なども達者だし、殊《こと》に馬にはひじょうに堪能《たんのう》で、しばしば独りで遠く城下外れまで乗りまわすという評判が高かった。

「老人はまるで、眼の中へでも入れたいような可愛《かわい》がりようさ、それだもんですっかり野放図になってしまった、立ち居ふるまい言葉つきまで男そっくりだよ、いつかなんぞ客のいる部屋の前を風呂《ふろ》からあがった素裸のまま平気で通ったというからな」

「世間の噂《うわさ》は無責任なものだよ」

「然《しか》しあの女の場合は噂以上さ、現におれがこの眼で見ているんだから、それに」

「有難う」

曲り角へ来たので、玄一郎は傘の中から出て別れを告げた、「……もうそこだから駈けていこう、おかげで助かったよ」

二

玄一郎はそれなりその日の事を忘れた。小雪という娘のことも、侍女に貸してやった羽折のことも、……それというのが間もなく彼に縁談が始まったし、書院番から馬廻り扈従《こじゅう》に役替えになったりして、なにやかや身辺が忙しくなったからである。縁談の相手は槍《やり》奉行を勤めている佐田権太夫の女《むすめ》で、権太夫が自分から玄一郎をみこんでの話だった。仲人《なこうど》には老職の大高半左衛門が立つことになっていた。郡の家がらにすれば破格のことである。はじめ玄一郎は躊躇《ちゅうちょ》した、彼はごく平凡な人間でとりたててこれという能才もない、「おれのとりえはただ出しゃばらないのと口数が少ないことだけだ」自分でそう信じているくらいだった。然し世間は妙なもので、あまり口数もきかず、必要でない限りいつもしんと自分の座を守っている彼の挙措をたいへん高く評価し始めた。或《あ》るとき誰かが「郡は人物だ」と云った、それが人々の眼をいっせいに彼へ集め、「なるほど郡にはなにかがある」と頷《うなず》かせた、そんな程度だろうと玄一郎は推察している。書院番のときにもいつかしら肝入《きもいり》役に推されていたし、馬廻り扈従に擢《ひきぬ》かれたのも番がしらが眼をつけたからだった、そして槍奉行の女との結婚には老職が仲人に立つという、もちろん式だけの役ではあろうが、――然しこれはかなり不相応だ、彼はそう考えた。ことさら自分を卑下する気持もないが、不相応に買いかぶられるのは迷惑である、それでかなりためらったのだが、おそらくそれを察したのだろう、佐田権太夫が再三やって来て、

「人間は謙虚であることもよいが、然るべき場合には堂々と自分を主張することも大切だ。才分というものは備わっていると同時にみずから認めなければ萎縮《いしゅく》してしまう、今そこもとに必要なのは自分が千人にすぐれた人物だという自信をもつことだ」

繰り返しそう云った。単にそれだけが原因ではなかったが、その言葉から思い当ることもありまた権太夫の熱心さにうたれて、結局その縁談を承知したのであった。

佐田のほうで知己に語ったのであろう、はなしが纏《まと》まるとすぐ、同僚たちが、入代り立代り祝いに来た、「いよいよ時節が来たな、おれは以前からそう思っていたんだ、いまに郡は出世するぞってさ」「この機会を外さずひとふんばりやってくれ、おれで役に立つことがあったら犬馬の労をとるぞ」「うしろにおれたち昔の仲間が控えていることを忘れないように頼む」みんなたのもしげに、或《ある》いはかなり追従《ついしょう》めかして、それぞれに友情の籠《こも》った言葉を述べていった。……式は霜月にあげられる約束だった。

その八月中旬のことである、玄一郎は御しゅくん左門氏西の仰付《おおせつ》けで、急に彦根の

井伊家へ使者に立った。

家を出たのはもう午に近かった。供は弥九郎という下僕ひとりである、秋とはいっても日中はまだ暑く久しく雨が無かったので、乾ききった道からは歩くたびに埃《ほこり》が舞い立ち、それが流れもせずにそのまま元の地面におちつくほど風もなかった。……垂井《たるい》でちょっと休んだだけでそのまま道を続けた、不破《ふわ》の関趾《せきし》のあたりで昏《く》れかかったが、宿をとるようすがないので供の弥九郎が注意した。

「そう、ちょうど宿あいになったな」と、玄一郎はちょっと立止った、「……昼は暑いし、山を越すには夜のほうがいいだろう、今夜は月もいいだろうから」そしてまた歩きだした。

「大丈夫でしょうか、伊吹越えには時どき悪い狐《きつね》が出るという噂でございますが」

「狐は困るなあ、然し、御用も急ぐからな」

山にかかると夜になった。幸い山峡《やまあい》に月が出たし、気温もこころよく冷えてきたので登りには楽だった。峠の路《みち》高みへ出たところで、岩清水《いわしみず》を井にしてあるのをみつけ、そこへ腰を下ろして夜食の弁当を遣った。月はすでに中天へ昇っていた、どこか遠くで渓流の音が聞え、杉や檜《ひのき》や欅《けやき》などの亭々と生い茂っている森の奥で、なにかに怯《おび》えたようにとつぜん鳥たちの鳴き叫ぶ声がしたりした。ゆっくりひと休みしてから、二人はそこを立った。……道はつづら折りになって、片側に森、右側に谷を見ながら、近江《おうみ》のくにへはいった、ちょうどくに境を越したあたりの山蔭《やまかげ》になった処で、とつぜん二人のゆくてへ四五人の男が現われて立ち塞《ふさ》がった。左側の叢林《そうりん》の中からとびだして来たのである、……そこだけ月の光が明かあかとさしているので、男たちの風態は鮮やかなほどよく見えた。みんな小具足を着け、武者草鞋《わらじ》を穿《は》き、いかめしい武器を手にしている、その一人の持っている素槍の穂尖《ほさき》が、月光をうつしてぎらぎらと光っていた。

「旦那《だんな》、賊です、賊です」と、下僕の弥九郎はなかば悲鳴のように叫びながら、玄一郎の背後へ身を隠した。

玄一郎は左手で刀の鍔元《つばもと》を掴《つか》み、眼前にいる男たちよりは、左側の叢林の中と背後にある暗がりのほうへすばやく眼をやった。叢林の中にも十四五人いるようだし、月光の届かない背後の暗がりにも十人以上の人数が見える。玄一郎は鍔元を掴んでいた手を放した。

「なんだ、貴公たちはなんだ」

「見るとおりさ」と、玄一郎の問いに対して一人のずぬけた巨漢が答えた、「……それとも駕籠《かご》舁《か》き馬子《まご》とでも思うかね」

「こちらはべつに馬子とも駕籠舁きとも思わないが、それで、……なにか用があるのか」

「大した用ではない、金品はもちろん、身ぐるみ脱いでいって貰《もら》いたいのだ」その巨漢はひどくおちついた声で云った、「……然し断わって置くがわれらは野盗でも山賊でもない、みんな志操高潔な武士だ、志操高潔なるがゆえに汚《けが》らわしい世間と交わることを欲せず、同志あい求めて山中に隠れ清浄なる自然のなかで身心を鍛錬しているのだ、伊吹山はすなわちわれらが城地、この峠はわれらの関所だ」

「さむらいにしてこの関を通る者は」と、巨漢の脇《わき》にいた一人が、大地に槍を突き立てながら喚《わめ》いた、「……たとえ大名諸侯、将軍たりともわれらに貢《こう》しなければならぬ、清浄の地を汚濁の足で踏む代価だ、所持の金品は云うまでもない、大小衣服のこらず置いてゆけ、不承知なら論には及ばぬ、ひと戦《いくさ》だ」

「やるか」と叫びながら、叢林の中から背後の暗がりから、合わせて凡《およ》そ三十人ばかりの人数がばらばらと前後へと詰めた。……玄一郎は動かなかった、眼の前にいる巨漢の顔をみつめながら、黙ってかれらの云うことを聞いていた。おそろしく時代な、芝居めかした言葉つきだなと思った。尤《もっと》も芝居めかすからいいので、これが日常ふつうの挨拶《あいさつ》でやったら却《かえ》って妙なものかも知れない、などとも思った。そして、賊どもがぐるっと前後をとり囲んだとき、彼はしずかに巨漢に向って云った。

「話はよくわかった、貴公たちの申し分はよくわかった、それが掟《おきて》というなら身ぐるみ脱いでゆきたいが、自分は御しゅくんの御用で彦根までまいる途中だ、ここで裸になっては御用をはたすことができない」

「人にはそれぞれ用のあるものだ。これはそんな斟酌《しんしゃく》をする関ではないぞ」

「そこで相談をしたいのだ」玄一郎はふところから金嚢《かねぶくろ》を取り出し、巨漢の手に渡しながら云った、「……この中に二十金ほど入っている、まずこれを渡すから衣服大小はみのがして貰いたい、もしみのがすことがならぬというのなら、彦根から帰るまで自分に貸して貰えまいか」

「貸して欲しい、それはどういうわけだ」

「御用をはたせばすぐこの道を帰って来る、おそくも明後日の夜には戻って来る、そのとき衣服大小を渡すと約束しよう」

「ばかなことを云うやつだ」槍を持った男がわっはっはと哄笑《こうしょう》した、「……そんなたわごとを真にうけて、おおそうかと貴様の帰りを待っていられるか、そんな子供だましに乗るわれわれではないぞ」

「子供だましかどうか自分は知らない、然し約束は約束だ」と、玄一郎はしずかに云った、「……御用をはたした帰りには必ず身ぐるみ脱ぐ、志操高潔だという貴公たちがさむらいならわかるだろう、武士に二言はない」

「やかましい、裸になるかひと戦か二つに一つだ、文句はぬきだ」

「武士なら武士らしくきっぱりしろ、抜くか、脱ぐか」

「ええ面倒だ片付けてしまえ」

段だん気合いが乗ってきた。かれらは自分たちの呶号《どごう》に自分たちが昂奮《こうふん》し、おのおの得物をとり直して、まさに打ちかかるようすだった。すると例のずぬけた巨漢が、

「待て待て」と大きく手を挙げて仲間を制止した。

「いいからみんなちょっと待て、こんなばかげた話は初めてだが、武士に二言はないという言葉が気にいった、それに嘘《うそ》がないかどうか試してみよう」

「それでは承知してくれるか」

「待とう、但《ただ》し断わって置くが、約束を破ったり変なまねをしたりすると、この始終を天下に触れて笑いものにするぞ」

「念のいったことだ」

玄一郎は微笑しながら頷いた。

「……では借りてまいる」

そして主従はそこを通りぬけた。……峠を越えて下りにかかると、月光の下に坂田郷の山々の美しい起伏が展開し、道の左右にもちらほら人家がみえだした。供の弥九郎はそれまでものも云《い》えず、足も地に着かぬようすだった、然し明り障子に灯影のさしている家などがみえはじめると、ようやく生気をとり戻したとみえ、急にわっはっはと笑いだした。彼は急に能弁になり、「あんな間の抜けた山賊は伊曽保《いそほ》物語にもあるまい」とか、「あいつらが今日か明日かとばかな面《つら》をして待っている恰好《かっこう》が見たいものだ」とか、「それにしてもあれほどうまくかれらを言いくるめた旦那の奇智《きち》と胆力はすばらしい」とか、たいそうな元気で饒舌《しゃべ》りたてた。玄一郎は黙って饒舌らせて置いたが、さいごにひと言こう云ってたしなめた。

「そんなことをむやみに口にしてはいけない、人に聞かれたら恥になるぞ」

彦根に着いて用事をはたしたのはその明くる日のことだった。用事が済むとすぐ、彼は弥九郎ひとりを伴《つ》れて帰途についた。むろん道を違えるか、さもなければ所の役人に訴えて警護の人数を同伴するものと信じていた下僕は、訴え出たようすもなく、然も同じ道を帰るのはどうする積りかと、主人の気持を量りかねて疑い惑うようだった。……玄一郎はそんなことに頓着《とんじゃく》せず、ずんずん道を早めて、まるで夜半の刻《とき》を計ったように、元の峠へさしかかった。

三

月は高かったが雲があるので、道は明るくなったり暗くなったりした、谷のほうからはしきりに冷たい風が吹きあげて来た。……ちょうど十二時ごろであろう、一昨夜の場所まで来ると玄一郎はそこで立止った。左の手で刀の鍔元を掴み、暫《しばら》くあたりの物音を聞きすますようだったが、やがて「おーい」とすばらしく大きな声で叫んだ。

「おーい山だちどの、おーい」

「旦那なにを」弥九郎はびっくりして蒼《あお》くなりながら手を振った、「……そんな乱暴なことを仰《おっ》しゃって、待って下さい、とんでもない」

「山だちどのはいないか」と、玄一郎は構わず叫び続けた、「……一昨夜ここを通った者だ、山だちどのはいないか」

おうと答えるのが聞えた。下僕は妙な声をあげ、刀の柄を握りながらうろうろと玄一郎の背後へ身を隠した。右手の杉林の中でがさがさという音がして、松の火がこちらへ下りて来た。見ていると、そこへ現われたのは例の巨漢と十人ばかりだが、やっぱり道の向うの暗がりへ十四五人、うしろ備えというかたちで身をひそめるようすだった。

って来た、

「これはこれは」と、道へ下りた巨漢は要心ぶかくこちらの態度に注意しながら近寄
「……まさに先夜の御仁だな」

「約束をはたしにまいった。御用が済んだから借りた物を返してゆく、取ってくれ」

「なるほど二言なしという言葉どおりか、よろしい脱いでゆけ」

そう云いながらも巨漢はゆだんなくこちらの動作を注視している、玄一郎は無ぞうさに大小をとって渡し、くるくると思い切りよく裸になった。それをひと纏めにするのを待ち兼ねたように、片方から賊の一人が手を出して奪い取った。

「そこでひとつ頼みがある」裸になった玄一郎は下帯を緊《し》め直しながら云った。

「……おれは約束だから脱いだが、供の者は気のどくだから、みのがして貰いたい」

「いかんいかん、だいいち主人が裸になったのに下郎が着物を着ていては義理に欠ける、いっしょに裸になれ」

弥九郎も裸になった、主従とも下帯ひとつきりのまったくの素裸である。それで安心したのだろう、暗がりに隠れていた賊たちもぞろぞろとそこへ現われて来た。玄一郎は笑いもせずにかれらを見まわし、「これでいいか」と云った、そして供を促して歩きだした。……巨漢はじっとそのうしろ姿を見送っていた、そして主従が森蔭《もりかげ》の暗

がりへ入ると、感に堪《た》えたというように低く呻《うめ》いた。いかにも心をうたれたというようすだった。

「さても世の中はひろい、妙な人間がいるものだ」

峠を下った玄一郎は松尾という村で朝になるのを待ち、通りかかった村人に頼んで駕籠を雇って貰った。むろん供の分と二挺《ちょう》である、そしてその日の午さがりに家へ帰った。

決して他言してはならぬと、かたく口止めをしたが、おそらく下僕がもらしたのだろう、その噂がたちまち人の口にのぼり始めた、「なんということだ、武士たるものが」「ひと太刀も合わせるどころか、手を突かんばかりに命乞《ご》いをしたそうだぞ」「見そこなった、そんな腰抜けとは思わなかった」「なにおれはちゃんと知っていたよ、あれはあれだけの男さ、正体を出したというだけだよ」

そしてその評判は野火のように大垣藩の隅ずみまで弘《ひろ》がっていった。

確たる根拠もなく「郡は人物だ」と云って彼を推し挙げた世評が、今や事実を遥《はる》かに飛躍して彼を叩《たた》きのめしにかかった。それは圧倒的であり辛辣《しんらつ》を極めた、知る者も知らぬ者も、彼が昔から臆病者《おくびょうもの》で、小心で、然《しか》も人にとりいることが上手だなどと云った。いつか地震が揺すったときには竹藪《たけやぶ》へ入ったまま三日も出て来なかったとか、道で馬子に喧嘩《けんか》を売られて一言もなくあやまったとか、常づね上役に袖《そで》の下を遣うので、いつかさる老職に面罵《めんば》されるのを見たなどと証言する者もあった。……そしてしきりに郡の家の門へ、落首や嘲罵《ちょうば》の文句を書いた紙が貼《は》られた。

二十日ほど経《た》った或日、佐田権太夫がいかめしい顔をして訪ねて来た。ふきげんに眉《まゆ》をしかめ口をへの字なりにして、相対して坐《すわ》った玄一郎をじろじろと見上げ見下ろした。

「世間の噂があまりひどいのでたしかめに来た。伊吹山で山賊に遭い、手をつかねて身ぐるみ剝《は》がれたというのは事実か、おそらく嘘であろうがどうだ」

「嘘ではございません殆《ほと》んど事実です」

「そうか、事実か」権太夫は口をねじ曲げ、噛《か》みつきそうな眼でこちらを睨《にら》んだ、「……では念のために訊《き》くが、どうしてさようなみれんなまねをしたか、なにか所存があってしたことかどうか説明して貰おう」

四

「特に所存というほどのこともございませんが」と、玄一郎は悪びれた風もなく答えた。

「……お上の御用を仰付《おおせつ》かってまいる途中のことで、御用をはたすまでは大切な軀《からだ》ですから、できるだけの争いは避けたいと思いました」
「それが身ぐるみ脱いだ理由か」
「そうです、争いを避けるためには、どうしても衣服大小を渡すと約束しなければなりませんでした」
「それは往《ゆ》きのことであろう、御用をはたした帰りには他にとるべき手段があった筈《はず》だ」
「然し帰りには衣服大小すべて渡す約束でしたから」
「約束、約束、約束」と、権太夫は我慢を切らしたように叫んだ、「……正しい人間に対してならかくべつ、山だち盗賊を相手になんの約束だ、そんなたわ言は申し訳としても通用はせんぞ」
「そうかも知れません、けれど私はたとえ相手が山だち強盗でも、武士としていったん約束したことは守るのが当然だと信じます」
「信じたければ信ずるがよい、人間にはそれぞれ考え方のあるものだ、見解の相違を押し付けるわけにもゆくまいからな」
然しと権太夫はそこで開き直った、「……然しこのように見解の相違があっては婿《むこ》舅《しゅうと》になってもうまくはまいるまい、幸いまだ祝言《しゅうげん》まえのことだし、女《むすめ》との縁組はいちおう破談にしようではないか」

「それがお望みなれば致し方がありません、どうぞ宜《よろ》しいように」

玄一郎はさすがに額のあたりを白くした。権太夫は、また改めてその使いをよこすと云って去った。……その事のあった翌日、下僕がふいと出奔した。自分の口から不用意にもれたことが意外な騒ぎに発展したので、たぶん居たたまれなくなったのだろうが、「こんな主人をもっていては世間へ出られないから」という置き手紙を残していった。これを知ると三人の家士も暇を取った、ごうごうと、なにもかもいっぺんに崩壊し去るような具合である。……あとには古くからいる老年の下婢《かひ》と玄一郎の二人だけになった。

「出たい者は出てゆくがようございます」下婢は老年のおちついた態度で、若い主人を慰めるように云った、「……世間の評判を気に病んで主人を袖にするような人間は、どこへいっても芽の出るわけはございません、旦那さまも気になされますな、たかが七十五日のご辛抱でございますよ」

「いい時はよく悪い時は悪いものさ」と玄一郎も苦笑するだけだった、「……どっちにしてもたいした事はないよ」

そんなことを話し合っていた或夜、厨口《くりやぐち》に女のおとずれる声がした、老婢が出ていったが、不審そうな顔をして戻り、「若いお女中が旦那さまにお眼にかかりたいと申しますが」と伝えた。

「お眼にかかってお返しする品があるとか申しております、いいえわたくしもまるで知らないお女中でございます」

「なんだろう、とにかく会ってみようか」

老婢に案内されて入って来たのは武家に仕える侍女という状《なり》かたちで、凡そ十七八になる大柄な娘だった。つつましく会釈《えしやく》をして坐るのを見たとき、玄一郎はどこか見覚えのある顔だなと思った。

「もうお忘れかと存じますが」と、娘は眼を伏せたまま云った、「……わたくしなつと申しますが、今年の春の終り頃、昌光寺の山門で雨宿りを致しましたとき、お羽折を貸して頂いた者でございます」

「ああ思いだした」やっぱり見覚えがあった筈だと、玄一郎はわれ知らず声をあげた、「……そんなことがあった、すっかり忘れていたがひどい夕立のときだったな」

「さようでございます、あのときお羽折を拝借いたしまして、戻ってまいりましたら貴方《あなた》さまはもうおいであそばさず、お所もお名前も存じあげませんので、お大切な品を今日までお返し申すこともかなわずまことに申し訳ございませんでした」

「そんなことは構わないでよかったのに」

「先日さるお方に伺いました、ようやくこなたさまとわかりましたのでお礼にまいりました、まことにながいあいだ有難うございました」どうぞお納め下さいと云って、包みにした羽折を老婢のほうへ差出した。

「つまらぬ品をわざわざ却って迷惑だったろう」玄一郎はなにやら明るい気持を感じながらそう云った、「……なにも無いがあちらで茶でも服《の》んでゆくがいい、かね、もてなしてやれ」

　はいといって老婢もいそいそと娘を促して立った。玄一郎は久方ぶりに胸のすがすがしくなるような、明るく楽しい気持を感じた。あの激しいどしゃ降りの日から百四五十日も経っている、こちらがすっかり忘れていたのに、向うではそのあいだ捜し求めていた、その気持が云いようもなく嬉《うれ》しかったのである、殊《こと》に世間の軽薄な評判に叩きのめされていた時なので、感じ方もいっそう強かったのだろう、彼はしぜんと眉がひらくように思い、「やっぱり世の中に絶望することはないな」と呟《つぶや》いた。……半刻も経ったであろうか、老婢のかねがなにか浮かぬ顔つきで入って来た。

「あの娘を使ってやって頂けませんでしょうか」と、かねは主人の気を兼ねるように

云った、

「……できたらぜひわたくしからもお願い申したいのでございますが」

五

「然しあれは戸田老職の家に仕えている筈ではないのか」

「それがお暇になったのだそうでございます。お羽折を拝借しましたとき、お所も名も伺わなかったのが戸田さまのお嬢さまの御きげんを損じ、そのように作法を知らぬ者は使っては置けぬと間もなくお暇が出たのだと申します」

「それはお気のどくだな」あの豪雨の中では所も名も訊くひまはない、悪いのは先に立去ったこちらで侍女のおちどではなかった、もしそれが原因で戸田家を追われたとすれば、その責任の幾分かは自分にもある筈だ、「……いいだろう、おまえが置いて差支えないと思ったら使ってやるがいい」

「それは有難うございます、さぞ娘もよろこぶことでございましょう」

「だが念のために身許《みもと》などはよくたしかめないといけないな、すべておまえに任せるから頼むぞ」

老婢は、自分のことのように喜んで立っていった。

悪評の嵐はなおやまなかったが、こちらがまるで平然としているため、さすがに張合いがないのだろう、あまり手厳しいことは少なくなっていった。そして郡の家の日常はまるでそういうものの影響の外にあるかの如《ごと》く、少しの変化もなく静かに明け暮れしていた。……当然お役替えになるものと覚悟していたが、幸いその沙汰《さた》はなく、勤めのほうもとにかく無事に過ぎて、季節は冬を迎えた。

ひっそりと時雨《しぐれ》の降る宵だった。茶を運んで来た侍女のなつが「火をみましょう」といって火桶《ひおけ》をひき寄せ、なにやら仕にくそうに炭をつぎ足しにかかった。玄一郎はなにげなくなつの顔を見た、こちらへ横顔を向けている。その眉もと口もとが、ふと玄一郎の胸をどきっとさせた。彼は自分の眼を信じ兼ねるように、改めてなつの顔かたち体つきをじっと見直した。……彼の眼はするどく光り、唇はぎゅっとひき緊《しま》った、その注視のはげしさに気づいて、なつがちらとこっちを見あげた、玄一郎はその眼をひたと覓《みつ》めてから、机上に披《ひら》いてある書物のほうへ向き直った。

明くる朝のことだった。非番に当るのでゆっくり朝食を済ませた玄一郎が、雨あがりの暖かい日のさす縁側に出て庭を見ていると、向うの物置の蔭にある菜園で、なつが、鍬《くわ》を持ってしきりに畝《うね》の土を柔らげていた。彼もそれで土を打ったことがあるが、並よりは大きくてかなり重い鍬である、なつはそれをいかにも軽がると使っていた、腰の据えようも足の踏み方も正しい、さくっ、さくっと鋤《す》き返す手ぶりのたしかさは寧《むし》ろ楽しげにさえみえた。……玄一郎は庭へ下り、気付かれぬように物置の脇《わき》へ近寄っていったが、やがてそこから出てなつの前へぐいと出た。

「薙刀《なぎなた》も鍬も、扱う心得はつまり一つか」

「……まあ」なつはふいを衝《つ》かれて大きく眼を瞠《みは》った。

「……びっくり致しました」

「まあ鍬を置かないか、少し話がある」玄一郎はじっとなつの眼を見まもった、

「……おまえはこの家へ来るまえにおれの評判を聞いていた筈だ、そうではないか」

「はい」なつは眩《まぶ》しそうに眼を伏せながら頷《うなず》いた、玄一郎は続けた。

「山だちに遭ってひと太刀も合わせず、身ぐるみ脱いで命乞いをした臆病者、小心で、人にとりいることが巧みで、上役に袖の下を遣うことが上手で」

「おやめ下さいまし」なつが堪《たま》りかねたように叫んだ。

「……どうぞそんなことは、どうぞ、お願いでございます」

「だが世間ではみなそう云《い》っている、そしておまえもそれは知っている筈だ、それなのにどうしてこの家へ住みこむ気になったのか、いやごまかさないで正直なことを聞きたい、なぜだ」

「わたくし、戸田さまを、お暇になりましてから」なつは喉《のど》に痞《つか》えるような声で、吃《ども》り吃り云った、「……他《ほか》にこころあてもなし、お羽折をお借り申した縁で、もしや使って頂けたらと存じたものですから」

「私は正直なことが聞きたいのだ、小雪どの」玄一郎は冷やかに云った、「……どうして郡玄一郎の家へ来る気になったのか、なぜ侍女だなどと偽らなければならなかったのか、それをはっきり聞かせて頂きたいのだ」

「……」娘はふかく頭を垂れた。

「答えては貰《もら》えませんか」やや暫《しばら》く待ってから玄一郎はそう促した。

「お答え申します」

娘はようやく心を決めたように、しずかにその眼をあげて云った、「……そのまえにひと言お伺い申します、郡さまはわたくしに就いて世間にどんな噂《うわさ》があるかお聞きではございませんでしょうか」

「聞いたと云えるほどは聞いていません」

「なみはずれた男まさり、気が荒くて、我が儘《まま》で、馬を乗りまわし言葉も動作も男そっくりだし、客のいる部屋の前を湯あがりの裸で通る、……こういう評判をお聞きではございませんでしたか」

六

「噂のことは云いますまい」玄一郎は無遠慮に娘を見た、「……然し私は昌光寺であなたに会った、あなたの言葉を聞きあなたの態度を見た、そしてあれが身分正しい大家の息女の作法とは思えなかったということを告白します」
「そう云って下さる方があったら、もし五年まえにそう云って下さる方があったら」と、小雪は訴えるような調子で云った、「……そうしたら小雪は違った育ちようをしたと存じます、わたくしは負け嫌いの生れつきでした、我が儘でもございました、けれどもそれを好んでいたわけではございません、自分では恥じて、撓《た》め直そうと努めました、ずいぶんそう努めたのですけれど、まわりの見る眼はもうそれを許しませんでした、小雪はなみ外れていなくてはならないのです、娘らしくふるまったり優雅であってはいけないのです、馬を乗りまわしたり、小太刀を遣ったり男のような口をきかなければならないのです、不幸なことには、父親さえもそれが小雪の本身だと信じていることでした、……美しい衣裳《いしょう》を着たい年ごろ、お化粧をしたり、髪かざりをすることがなにより楽しい年ごろの娘に、そうするのが嬉しいことだとお考えになれましょうか」彼女はつよく玄一郎の眼を見あげた、「……そんなになみ外れた娘であるほうがよいならそう成ってみせましょう、負け嫌いの性分がそう決心させました、その結果小雪がどんな者になったかは昌光寺の山門で郡さまもごらんのとおりです、でもあのとき、……郡さまが侍女にお羽折をお投げになった、あのとき、……わたくしは背から水を浴びたように慄然《りつぜん》と致しました、自分の暴《あら》あらしいふるまいと郡さまのやさしい思遣《おもいや》りとが、あまりにはっきり対照されたからです、あなたが矢内さまとごいっしょに先へおいでになったあと、わたくしは山門の蔭《かげ》に隠れて侍女の戻って来るまで泣いておりました」

小雪は矢内又作から彼の名を聞いたと云った。彼に会って礼も云い、自分の苦しい気持をうちあけたいという激しい欲望を感じて、その機会の来るのを待っていたと云った。然しその機会もなく決心もつかないうちに時日が経って、「山だち騒ぎ」が起こった。そしてたちまち玄一郎に対する悪評が彼女の耳にも伝わった、それはそれまで彼女が聞いていた玄一郎評とは似ても似つかず、およそ無責任な悪意に満ちたものだった。小雪はここでも世評が人を殺そうとしていると思い、どうか玄一郎だけはそんな世評に負けないで欲しい、小雪のように自分を失わないでくれるように本当に心から祈ったと云った。だが悪評はなかなか歇《や》まず、縁談はやぶれるし、家士、下郎までが反《そむ》き去ったと聞いた。

「わたくし、息が詰るように思いました」と、小雪は苦しげに声をおとして云った、「……郡さまがどんな気持でいらっしゃるか、自分でその苦しみを味わったわたくしにはよくわかります、その苦しみを知っている小雪なら、いって郡さまの、心の支えになってさしあげることができる、そう考えましたとき、佐田権太夫さまがみえて、あなたとの問答を父に話すのを伺いました、武士の約束に相手の差別はない、たとえ山だちの強盗なりとも約束した以上その約束を守るのが武士の義理だ、……そう仰《おっ》しゃったと伺って心がきまりました、このようにおりっぱな方を無責任な悪評で殺してしまってはならない、お側へあがって心の支えになってさしあげなければ、そして、わたくし父に願いました、侍女だと偽ったのは素性を隠すという父との約束ですけれど、そうしなければお側へあがることができなかったからでございます」

玄一郎には、彼女がどのようにして父親を説き伏せたか見えるようだった。そしてそういう決心をさせた原因は玄一郎に対する同情もあろうが、根本的には自分が救われたかったのだ、世評のためになみ外れた者になってしまった自分を、同じ境遇にある玄一郎の許で、彼といっしょに生き直したかったのだ。それはこの家へ来てから百日あまりの生活でよくわかる、柔らかいしとやかな立ち居、つつましい言葉つきや表情、侍女ということが不自然でない控えめなしずかな態度、……小雪は玄一郎の心の支えになろうと思いながら、実はこうして自分がむすめらしく生きはじめたのである、然《しか》もそれがどんなに彼女に似つかわしかったことだろう。

「よくわかりました」玄一郎はやがてそう頷いた、「……そこまで案じて頂いたことは忝《かたじけ》ないと思います、然し、あなたが老職の御息女とわかった以上は、このまま此処《ここ》にいて頂くわけにはまいらない」

「お待ち下さいまし」

「いやいけません、どんな事情があるにせよこのままいて頂くことは」

そう云いかけて玄一郎はふり返った。誰か門を明けてとび込んで来た者がある、「郡うじ、郡うじはいないか」と叫びながら、すぐにこっちへ走って来た。矢内又作であった。

「此処にいる」玄一郎は出ていった。

「大変なことがもちあがったぞ」又作は駆け寄りながら片手を振った、「……槍《やり》、薙《な》刀、鉄砲などを持った十四五人の野武士どもが城下へ踏込んで来た、いま追手先で徒《か》士《ち》組の者がとり鎮《しず》めようとしているが、火縄のついた鉄砲を振り廻していて近寄れない、なにしろ追手先のことでたいへんな騒ぎになっているぞ」

七

そこまで聞くと玄一郎は足早に家の中へ入ってゆき、すぐに身支度をして出て来た。又作はあっけにとられた、

「貴公どうするのだ」

「徒士組が出たというのに馬廻りの者が黙ってもいられないだろう、他の場所ならいけれど追手先だからな」

「然しもうその手配はしたんだし、一人や二人にんずが殖《ふ》えたところで」

だが玄一郎はすでに門のほうへ歩きだしていった。

騒ぎは予想以上だった、追手の広場のまわりにはぐるっと人垣ができ、徒士組の者や足軽たちが右往左往している、馬に乗った番がしらが四五人、なにか指揮したり怒鳴ったりしている姿も見えた。……問題の野武士たちは広場のまん中にいた、みんな鬚《ひげ》だらけで、小具足を着け武者草鞋《わらじ》を穿《は》き、槍、薙刀、棒、鉄砲などの得物を持って、いかにも傲然《ごうぜん》とふんぞりかえっている、そしてそのなかの一人が、二尺に五尺あまりの高札のような物を押立てていた、それにはかなり達者な筆つきで左のような文字が書いてあった。

売申す身命の事

一騎当千のつわものども十五名一党、食禄《しょくろく》千石にて身命を売りたし、但《ただ》し頼みがたき主には当方より断わり申す事

天和三年吉月

伊吹山住人　赤松六郎左衛門

玄一郎がそれを読んでいるとき、その一党のほうへ馬上の侍が近寄っていった。槍奉行の佐田権太夫である、彼は右手に素槍をかいこみ、馬上からのしかかるような姿勢で、「このあぶれ者ども、退散せぬか」と絶叫した、「……素槍、鉄砲を持って城下に押入り、追手先を騒がせるとは重罪に当るぞ、おとなしく退散すれば見のがしてやる、さもなければ押包んで討ち捨てにするぞ」

「面白いやって貰おう」一党の中からずぬけて巨《おお》きな体軀《たいく》の男が立ちあがった、彼は五尺もありそうな野太刀を背にかけ、手には筋金入りの六角棒を持っていた、「……戸田殿は徳川家の名門だ、その本城の追手先でひと合戦できれば、面目といえよう、遠慮は無用さあお掛りあれ」彼はそう喚《わめ》き返すなり、片手をあげて仲間を呼びかけた。

「火縄をかけろ、ひと戦《いくさ》だ」

「おのれ申したな」権太夫はぐっと馬の手綱をひき絞った、「……さらばその首十五

討ち取って曝《さら》し物にしてくれるぞ、咆《ほ》えるな」

吸号《どごう》して馬を返そうとする刹那《せつな》だった。人垣の中からとびだして来た郡玄一郎が、

「そのあぶれ者おひきうけ申す」と叫んで、権太夫と、一党の間へ割り込んだ。……

彼は襷《たすき》はち巻をし、袴《はかま》の股立《ももだち》を取り、左手で大剣に反《そり》をうたせながら、巨漢の前へ大きく踏み寄った。

「赤松と名乗るのはそのほうか」

「赤松六郎左衛門、いかにもおれだ」

「伊吹山の住人と書いてあるがそうか」

「念には及ばぬ、勝負だ」赤松と名乗る巨漢はそう喚いた、「……みんなぬかるな」

応と答える十四人はすでに充分殺気立っていた。玄一郎はにっこと笑った。彼はうしろへ一歩さがり、刀の柄《つか》に手をかけながらこう云った。

「よく聞いて置けよ、おれはそのほう達に貸しがある、去る八月の月の夜半、伊吹越えの峠路《とうげみち》でそのほう共に身ぐるみ剝《は》がれた、あのときの侍はこのおれだ」

「や、や、や」彼等はあっと眼を瞠った。

「御しゅくんの御用を帯びていたから恥を忍んで裸になった、然し今日はその必要がない、こんどこそはそのほう達の番だと思え、さて勝負だ」

「ああ八幡《はちまん》、なむ八幡」巨漢は棒を投げだし、仲間のほうへふり返って狂喜の声をあげた、「……みんな聞いたか、みつかったぞ、弓矢の神のおひき合せだ、この人だ、とうとうわれらの主人がみつかったぞ、みんな坐《すわ》れ」

かれらは武器を投げ、巨漢といっしょにそこへ土下座をした。玄一郎も驚いたが、佐田権太夫はじめ広場を埋めた群衆の驚きはひじょうなものだった。……巨漢は大きな眼を子供のように輝かせながら、

「あなたを捜していたのです」と玄一郎に向って云った、「……あのときから今日まであなたを探しながら廻国《かいこく》していたのです、あなたを捜しながら」

「でそれは、いったいどういうわけだ」

「正しく武士に二言のないという、あのときの純粋な御態度にまいったのです、あのように生きることができたら、いや人間ならあのように生きなくてはならぬ、そう思いました、そしてあなたを捜し当てたうえ、御家来の端に使って頂こうと相談をきめたのです、それだけを目的に今日までお捜し申しました、お願いです、どうかわれわれの望みをお協《かな》え下さい、お願いです」

「命がけのおたのみです」と、みんな口を揃《そろ》えて云った、「……どうか御家来にして下さい、われわれを人間らしく生かして下さい、このとおりおたのみ申します」

世の中には、いつどこでなに事が起こるかもわからないものだ。この「山だち騒ぎ」は藩主の耳に聞えた、左門氏西は事の珍しさに声をあげて笑い、「面白い、志もなかなか奇特だ、その者たちを玄一郎の家士にしてやれ、扶持《ふち》は身から遣わそう」と云いだした。こうして玄一郎は、扶持付きで山だちあがりの家士を十五人持つことになったのである。……その後、騒ぎが鎮まったとき、佐田権太夫が郡の家を訪れた。老人はかなり具合の悪そうな顔つきで、坐ってからも暫く咳《せき》をしたり膝《ひざ》を撫《な》でたりしていたが、やがて、「実はさきごろの縁談のことだが」と口を切った。「まことに申しにくいのだが、あの縁談を破約したのはわしの粗忽《そこつ》で」

「ちょっとお待ち下さい」玄一郎は相手の言葉を遮《さえぎ》った、「……お話を伺うまえにおひき合せ申したい者がございますから」

そして、「小雪まいれ」と呼んだ、すぐに襖《ふすま》を明けて小雪が来た。玄一郎はその坐るのを待って、権太夫にこう云った。

「私の妻、小雪でございます」

（「講談雑誌」昭和二十一年六月号）

「こいそ」と「竹四郎」

一

本堂竹四郎は廊下の角でちょっと立停った。そこからこいその姿が見えたのである。棟のべつになっているその座敷に、こいそは一人で涼しげに坐《すわ》っていた。小さく草花を染めだした青っぽい単衣《ひとえ》に、くすんだ色の地味な帯をしめ、膝《ひざ》の上の手には小扇を持っている。色の白い、ふっくらとした顔に、残暑の午後の陽をあびた庭の、葦《あし》の葉の色がすがすがしく映っていた。

——大丈夫か。

彼は自分に慥《たし》かめた。ほんの少しばかり良心が咎《とが》めた、しかし気後れはなかった、彼はその座敷へ入っていった。こいそはけげんそうな眼をした。彼のことは知っているので驚きはしなかったが、どうして此処《ここ》へ来たのかは、判断がつかないようであった。竹四郎は目礼して、こいそと斜交《はすか》いに坐った。

「まずお赦《ゆる》しを願わなければなりません」彼は低頭して云《い》った、「あの手紙は私が書いたもので、吉村のお嬢さんは此処へはいらっしゃいません」

こいそはもっと訝《いぶか》しそうな眼をした。

「吉村さんがいらっしゃらないのですって」

「そうです、吉村さんはなにもご存じはないのです、貴女《あなた》に来て戴《いただ》いたのは私なんです」

「それはどういうわけですの」

「つまり貴女がいちばん親しくしていらっしゃるのは、吉村のお嬢さんだということがわかっていたものですから、それであのような手紙を書いて此処へ来ていただいたのです」

「それではわたくしをお騙《だま》しなさいましたのね」こいそ、の表情が固くなった、「どうしてそんなことをなさいましたの」

「こうしなければならなかったのです、これが急でなければほかに方法もあったでしょうが、事情が切迫しているもようだったので、お怒りになるだろうとは思いながら」

「ご用事を仰《おつ》しゃって下さい」こいそ、は遮《さえぎ》って云った、「わたくし此処でこんなふうに、男の方とご一緒にいるわけにはまいりません」

「わかっています、もちろんすぐに、簡単に申上げます」竹四郎はちょっと口ごもって、こいそ、の顔を眩《まぶ》しそうに見た。

「それで、あれですが、はっきり云ってしまいますが、西ノ辻《つじ》の岡田家から貴女に、いま縁談があるそうですね」

こいそは黙ってこちらを見返していた。竹四郎は感嘆した、さすがだと思った。背丈も五尺とちょっとくらいだし、容姿もぬきんでて美しいというのではない、ぜんたいに小づくりで、ひと口にいうと「可愛《かわい》い」といった感じであるが、今きちんと端坐《たんざ》し、黙ってこちらを見返している姿勢には、城代家老の娘という、身についた威厳が、かなりはっきりと現われていた。

「諾否は貴女の心しだいだと、お父上、いや御城代は仰しゃっているそうですが、もし貴女の御意志がとおるなら、この縁談はお断わりになるほうがよい、ぜひ断わっていただきたいのです」

「ふしぎなことをうかがいますわね」こいその頬のあたりが硬《こわ》ばった、「わたくし貴方《あなた》が父の助筆を勧めていらっしゃるということは存じておりますけど、わたくしの縁談のことまで心配していただこうとは思いませんでした」

「もちろん差出がましいことです、不躾《ぶしつけ》でもあるでしょう、お怒りになるのは当然かもしれないが、どうしても申上げずにはいられなかったのです」

「どうしても、という意味を仰しゃって下さい、父でさえわたくしの考えどおりにと云ってくれました、それなのに貴方はわたくしの考えを縛ろうとなさる、なぜどうしてもそうなさらずにいられないのか、その理由を聞かせて下さいまし」
「この縁談が貴女にふさわしくないからです、相手の人物をお知りになったら、御城代も貴女の意志に任せるとは仰しゃらなかったでしょう」
「貴方は人を誹謗《ひぼう》なさるのですか」
「いや貴女にふさわしくないと申上げているんです」
「どのようにですの」
「どのようにもです、すべての点でふさわしくない人物です」
「それは貴方のご意見でしょう」こいそは冷やかに云った、「貴方がふさわしくないとお思いになるだけで、わたくしがそのご意見に従わなければならないのですか」
「そうです、ぜひそうしていただきたいんです」
「わたくしにはまるでわかりませんわ」こいそは苛立《いらだ》たしげに小扇をもてあそんだ、「いったいどうしてこんなことをなさるんですの、なんのために、偽《に》せ手紙で呼び出したりこんな押付けがましいことを仰しゃったりするんですの、わたくしの縁談と貴方となにか関《かか》わりがあるのでございますか」
「それは」竹四郎はじっと娘の眼を見ながら云った、「私が貴女を愛しているからです」

竹四郎の言葉はあまりに突然で、こいそはちょっとわからなかったらしい。そして、それがわかったとき、彼女は怒りのために顔色を変えた。

「貴方は、貴方は」こいそは吃《ども》った、「そんな野卑なことを云って、わたくしを辱《はずか》しめようとなさるんですか」

「私は貴女を愛しているんです」

「まあ失礼な」

「その扇をそっとしてお置きなさい、そう開いたり閉じたりすると見苦しいですよ」

「そんな指図は受けません」こいその声は震えた、「いったい貴方になんの権利がありますの、なんの権利があってこんなにわたしを侮辱なさいますの、貴方はご自分がなに者だか知っていらっしゃるんですか」

「私が足軽の出だということを仰しゃりたいんじゃあないでしょうね」

「貴方は足軽の出です」こいそは嚇《かっ》となって云った、「去年の春まで貴方は足軽の組頭でした、父がそこからひきあげて助筆にしたのです、貴方は掛札になってから僅《わず》か一年半にしかならない筈《はず》です」

「貴女のお家はどうですか、藤川家はいまこそ御城代だが、御先祖は五石足らずの御《お》徒士《かち》だったんですよ」竹四郎は云った、「藤川さんばかりではない、御主君伊《い》勢守《せのかみ》さまの御先祖も、関ケ原の合戦までは野武士にすぎなかった、それなのに私が足軽の出だということを恥じるとでも思うんですか」

「決して」とこいそは首を振った、「貴方にそんな謙遜《けんそん》な気持があろうなどとは思いもよりませんわ」

「どうも有難う」

「わたくし帰ります」

こいそはすっと立った。竹四郎は廊下の角まで送っていった。こいそはそこでふと立停り、こちらへ振返って、刺すような皮肉な眼で竹四郎を見た。竹四郎はにこっと笑って一揖《ゆう》した。

「今日のことは内証にして差上げます」こいそが云った、「父にも云わずにいてあげますわ、ですから二度とこんなことはなさいますな」

「私も他言はしないことにします」

「なにをですの」

「いつか貴女を妻に迎えたい、という事をです」彼は笑って頭を下げた。

「どうぞいらしって下さい、お見送りは遠慮致します」

二

男の口から、（それも侍の口から）愛するなどということが、そうたやすく云えるものではないし、またむやみに云うべきことでもなかった。

――こいつはやり過ぎたかもしれない。

竹四郎は自分に舌打ちをした。

――だがやりとおすほかに手はない。

彼の気持には嘘《うそ》はなかった。「やり過ぎる」ことを惧《おそ》れるゆとりもなかった。方法に多少の過誤があったとしても、そうせずにいられなかったからしたのであった。「そうだ」と竹四郎は自分に云った、「弦《つる》はしぼれるだけしぼったんだ、今こそ矢を射放つときだ」

彼は独りで挑むように微笑した。

本堂竹四郎は足軽組頭であった。それが去年の春、藤川平左衛門にみいだされ、城代家老である平左衛門その人の助筆に任命された。「助筆」とはつまり秘書官に当る役目で、その頃としては稀有《けう》な抜擢《ばってき》であり、家中の耳目を驚かしたものであった。なかでも若侍たちの一部は、半ば嘲笑《ちょうしょう》的な悪評でわき立った。

――御城代は気でも狂ったのか。とかれらは云った。あの舞い舞い剣術になにをさせようというんだ。

舞い舞い剣術というのは、若侍たちのあいだで名高かった。それはまた竹四郎の出世の端緒にもなったのであるが、……竹四郎は剣術が上手で、十九歳のときに藩の精明館の代師範にあげられた。これも異例であるが、師範の内藤秀之進が保証し、藩侯へ上申までして決定したものであった。おそらく無類の腕前なのだろう、門下の人たちは妬《ねた》みながらも、相当な期待をもった。ところがその期待はたちまち裏切られてしまった。

――身じまい、服装、作法正しい挙措。

竹四郎の教授要目は右の三条であった。髪毛《かみ》が少しでも乱れている者、無精髭《ぶしょうひげ》の伸びている者、爪《つめ》に垢《あか》を溜《た》めている者など、みなだめである。汗臭かったり綻《ほころ》びたりしている稽古着《けいこぎ》や袴《はかま》もいけないし、着方のぞんざいなのもいけない。道場への出入り、控えているときの行儀、稽古の態度。これらのことを戒律のようにきびしく守らなければならなかった。

――衿《えり》をきちんと合わせて。と彼は容赦なく云う。袴をもっと短く。紐《ひも》が緩い。その指の爪は切らなければいけない。

ざっとこんなぐあいである、そうして、いざ立合いとなると簡単に済んでしまう。撓刀《しない》を構えじっと相対して、呼吸が合ったとみると、「それまで」と云って撓刀を引いてしまうのであった。打ち合うことなど殆《ほと》んどなかった。

——なんだこれは。と門下の人たちは云いあった。身だしなみだの行儀のことなんぞばかりうるさく云って、これではまるで舞いの稽古でもするみたようじゃないか。そして「代師範の舞い舞い剣術」という陰口が一般的になった。

師範の内藤秀之進が藤川城代に竹四郎を推挙したのは、この教授ぶりに眼をつけたからであった。話を聞いて平左衛門も頷《うなず》いた。そして竹四郎を引見し、二三の問答をして、すぐに抜擢したのであった。話に聞いて予想したものと、その人物とがぴったり一致したらしい、こうして竹四郎は無札から百二十石の掛札に出世した。……この藩には階級が四つに分けてあった。無札というのは下士、掛札というのは中士、その上に持札という上士と、重臣の御預りという順である。札というのは自分の名札で、登城するばあいに各自の詰所の掛盤というのへ掛ける。持札というのは奉行職などで、これは掛盤へ掛けずに持っている意味であり、重臣の御預りというのはお上に預けてある意味。また無札は名札を持たないということであった。

城代家老の助筆はむずかしい役であった。それはちょうど藩主と側用人の関係に似て、老職席と諸役所との、取次ぎと周旋に当るわけである。相当以上にめはしが利《き》き、すばやい判断と、洞察力がなければならない。しかも、そのときは勘定奉行が空席であって、城代の兼任になっていたから、通常のばあいよりはるかに多忙であり、精神的な負担もひろく重かった。竹四郎はしばしば、下城のあと藤川邸に詰めて、事務を執らなければならないくらいだった。そして、それがこいそを知る機会になったのである。

世間は彼の出世に眼をみはったが、彼自身はさして気にとめてはいなかった。足軽組頭であることを恥じなかったように、国老助筆が偉いとも思わなかった。それは彼の性格のためだろうが、助筆の席に坐れば、いかにもぴったりとその役を身に付けた。もちろん、周囲の反感や嫉視《しっし》にもへこたれなかったし、こいそを知って、いっぺんに彼女が好きになりできることなら妻にもらいたいということも、自分ではごく自然に考えついた。自分が成上り者だなどというひけめや、少しでも卑下した気持などはまったくなかった。

藤川平左衛門には市郎兵衛という長男があり、これはすでに妻帯していた。こいそは兄より八つ下の十八歳で、明るくはっきりした気性の、見るからに愛くるしくすがすがしい娘であった。二年ほどまえから縁談がたびたびある、ずいぶん熱心な求婚者もあったが、平左衛門は娘の意志に任せているし、こいそはずっと断わりとおして来た。

――これといって相手に不満があるわけではないが、ゆかなくともいいのならゆかないほうがいい、もう少し娘のまま暢《のん》びりしていたい。

こいそはそう云っているそうであった。そこで竹四郎は、「強気に押せば成功するかもしれない」と思い、ついで「よし、断じて初志をつらぬいてみよう」と決心した。ところがつい最近になって西ノ辻の岡田金之助が彼女に求婚している、ということを耳にした。岡田は持札の家柄であるが、金之助はまだ普請《ふしん》奉行所出仕で、そこの仕切方に勤めている関係から、竹四郎はもうたびたび会っていた。

――冗談じゃない、とんでもないことだ。

求婚の話を聞いて、竹四郎はむきになった。金之助は風采《ふうさい》こそ良家の育ちらしいが、眼におちつきのない、軽薄な人間であり、おまけに役目の上で不正なことをしていた。まだ竹四郎だけしか知ってはいないが、そして、不正は金之助一人でなく、同じような者が他《ほか》に三人いるし、これは役所の機構の不備に乗じた、ごく単純なものではあるが、そんな人間がこいそに求婚するなどということは、竹四郎としては仮にも赦すことはできないのであった。

万一ということがある、なにも知らないこいそが、もしかして承諾するようなことがあったら。こう思って、彼はもっとも直截《ちょくせつ》な手段をとった。しかし、どうやらそれは逆効果を招いたらしい。彼の手段はこいその反発心を唆《そそ》った。そんなこともないだろうが、（あのときのようすでは）こいそは彼をへこませるために却《かえ》って金之助に承諾を与えるかもしれない。

「むろんそんな愚かな娘ではないだろう」と竹四郎は独りで云った、「ないだろうとも、が、それはそれとして、できるだけ早く、なんとか手を打たなくてはなるまい、できるだけ早く……」

三

こいそと「湖畔亭」で会ってから三日めのこと、城中の竹四郎の役部屋へ当の岡田金之助がやって来た。彼は勘定奉行の払方へ出す請求書を持って来て「ひじょうにいそぐからすぐ捺印《なついん》してもらいたい」と云った。

金之助は蒼白《あおじろ》い品のいい顔だちである。おも長で鼻が高い。けれども眼は絶えず（なにかを警戒しているかのように）おちつきなく動いているし、薄い唇は形がいいくせに、どこかしら卑《いや》しかった。これまで彼は竹四郎に対して、おまえとは身分が違うぞ、と云《い》いたげなようすをみせた。あからさまにではなく、その気持をできる限り抑制している、というわざとらしい技巧を使って、……それが彼の軽薄な性格をよく表わしていた。

「預かって置きます」

竹四郎は請求書にざっと眼をとおして、こう云いながらそれを机の上に置いた。

「それはいそぐんです」金之助は穏やかに注意する調子で云った、「うっかりして後れていたものなんで、早く出してやらなければならないんです」

「わかりました、なるべく早くするようにしましょう」

「それでは困るんです、今すぐ必要なんですよ、日附を見ればわかりますがね、待っていますからどうか御印を捺《お》して下さい」

「もういちど云いますが」竹四郎は相手の顔を見た、「これは預かって置きます、今すぐでなければまにあわないのなら、どうか持って帰って下さい」

「どうもふしぎだ、私にはわからない」

竹四郎は黙っていた。

「そこもとの係りになってから、いったいに事務のはこびが渋滞する」と金之助は皮肉な口ぶりで云った、「これは私ばかりではない、どこの役所でも聞く不平です、こんなふうでは急を要するものはどうにもならない、どうかもう少しわれわれの立場も考えてもらいたいと思う」

「ではっきりさせましょう」竹四郎は請求書を取って相手に返した、「これには捺印はできません、持っていって下さい」

金之助はびっくりした。彼にはまだ竹四郎の態度が理解できない、彼はやはり竹四郎を軽侮しているし、そのために怒りだけがふくれあがった。

「それはどういう意味です」

「受付けられないということです」

「――独断でか」

「貴方のためにですよ」

こう云って竹四郎は相手から眼をそらした。金之助は五拍子ばかり沈黙した、彼は初めて、竹四郎の態度になにか意味があるらしい、ということに気づいた。さもなければそんな不敵なことは云えない筈であった。

竹四郎はなにか感づいたにちがいない、こう思うと金之助は逆上した。黙ってひきさがるべきであった。それがわかっているのに、相手が成上り者であるということで激昂《げっこう》し、殆んどわれを忘れた。

「無礼なことを云うな、私のためにとはなんだ、私がなにか不正なことでもしているというのか」

「大きな声を出さないがいい」竹四郎は微笑しながら遮った、「貴方《あなた》はいま告白をした、私がそれには触れもしないのに、自分の口から不正うんぬんと云った、いつもそれが頭にあるからだ、まさしく、貴方は不正なことをしている、私はすっかり調べあげてあるんですよ」

「侮辱だ、勘弁ならんぞ」

「此処《ここ》で騒ぎを起こすつもりですか」竹四郎は抑えた声で静かに云った、「私はどうしたらいいかを考えていた、貴方のほかにも同じような不始末をしている者が二三ある、それほど悪く企《たくら》んだのではない、若気のあやまちという程度だと思う、できるなら表沙汰《おもてざた》にしないで、無事におさめるようにしたい、まあお聞きなさい、一つの方法は頼母子講《たのもしこう》のようなものを作る、貴方がたの費消した金額を、勘定方が貸与のかたちで」

「黙れ、無礼者、黙れ」金之助は蒼くなり、ぶるぶると震えながら立った、「きさまはおれを侮辱した、おれが不正をはたらいたと云った、武士として赦《ゆる》すべからざる侮辱だ、まさかきさまも覚悟なしに云ったわけではないだろう、本堂竹四郎、あとで挨《あい》

「拶をするぞ」

そして乱暴に部屋から出ていった。

「なんというばかだ」竹四郎は苦笑し、頭を振りながらもういちど独り言を云った、「なんというばか者だ」

岡田のほかに、具足奉行所の大野又三郎と古林角之丞、御山奉行所の荒木太兵衛という三人が、同じような不始末をしていた。内容は単純なもので、商人たちへの手払い勘定を操作して、勘定方から二重に金を引出しているのである。方法はごく幼稚なもので、少し注意して検簿すればすぐにわかる。要するに専任の勘定奉行がいず、城代家老の兼務になっているための、機構の隙《すき》に乗じてやったものだし、全部を合わせても百二三十両ほどの額であった。

――商人の中には情を知っている者もあるらしい、幾割かは商人たちにも負担させ、残額は勘定方から貸与のかたちで頼母子講を作って、四人の者に済《な》し崩しで返却させる。

竹四郎はそういう方法を考えた。誰かに肩替りをしてもらうこともできるかもしれないが、それでは不始末が知れてしまう。かれら自身に責任をとらせれば、そういう心配もないし良心のつぐないにもなるであろう。この方法がいちばんいい、と思ったのであった。

——岡田のばか者がうろたえたことをしてはまずい、なるべく早く他の三人と会って話をつけよう。

そう思っていると、午後になって金之助から使いが来た。それがなんと、古林角之丞と荒木太兵衛の二人であった。

「岡田からこれを預かって来た、すぐに読んで、返辞を聞いて帰りたい」

竹四郎は拒絶しようと思った。二人が持って来たのは「はたし状」にちがいない、岡田からそんなものを受ける筋はないので、突っ返そうとしたが、ふいに怒りがこみあげてきた。

——よし、それが望みなら応じてやろう。

封をあけてみるとやはりはたし状で、「明朝五時、青野ケ原にて」と書いてあった。

「承知したといって下さい」竹四郎はそれをひき裂きながら云った、「そのときは貴方がたお二人もみえるのでしょうな」

「介添えに頼まれたのでね」太兵衛が冷笑するように答えた、「介添えだけで済ませるかどうか、その場になってみないとわからないが、私も古林もまちがいなくゆくよ」

「もう一人来てもらいたいんですよ」竹四郎は云った、「大野又三郎さんにね、そう云えばわかるでしょうが、どうか大野さんに来てもらって下さい、お願いしますよ」

二人は虚を突かれたようであった。けれどもなにも云わず、肩を張った姿勢で去っていった。

「子供みたような連中だ」竹四郎は太息《といき》をついて云った、「はたし合いなどして片がつくと思うのかしらん、哀れな南瓜《かぼちゃ》頭が揃《そろ》ったものだ」

日が詰っているので、竹四郎が起きたときはまだ外は暗かった。彼の住居は御蔵筋のずっと下のほうにある、支度を済ませて家を出ると、あたりはいちめんの霧だった。三町ばかりも歩いてゆくと着物がしっとりと湿った。

青野ケ原は城の西南にあった。そこは台地になっている城下町の端で、西のほう青野湖に向ってなだらかな斜面をなしていた。原のほぼ中央に、御濠《おほり》からおちて青野湖へ注ぐ水の流れがあり、そのおち口のあたりは鴨《かも》が寄るので、藩侯の狩猟のための「御止め場」に指定されていた。竹四郎が原へ入ってゆくと、かれらはその流れの近くに待っていた。町の中ほどではないが、まだ霧がたなびいていて、四人の姿もおぼろであり、向うにある雑木林も鼠色《ねずみいろ》ににじんで見えた。

「四人ともお揃いですね」

竹四郎は近よっていって声をかけた。岡田金之助が前へ出て来た、他の三人は左右にひらいた。すでに身支度を済ませているかれらの額に、白い鉢巻が際立《きわだ》って見えた。

「加勢の人数はどうした」金之助はぺっと唾《つば》をしながら云った、「まさか一人ではあるまい、伏せておいて不意を突こうとでもいうのか」

「まさかね」竹四郎は支度をしながらかれらを眺めまわした、「貴方がたならそうするかもしれないが、私にはそんな必要はありませんよ」

「たいそうなものだ」荒木太兵衛が冷笑して云った、「精明館で代師範をしただけある」

「舞い舞い剣術か」

「抜いたとたんにそれまでと云うつもりさ」

かれらは声をあげて嘲笑《ちょうしょう》した。大野又三郎は笑わなかった、彼は色が黒く、筋肉質の逞《たくま》しい軀《からだ》で、いやらしいほど濃い眉毛《まゆげ》をつりあげ、初めから射抜くように竹四郎を睨《にら》んでいた。彼は半槍《やり》を持っていたが、三人が笑いだしたときその鞘《さや》をはらって、おそろしく太い声で喚《わめ》いた。

「まちがえるな本堂、これははたし合いだぞ、きさまは成上り者の分際でわれわれを侮辱した、武士の面目にかけて生かしてはおけぬ、断じて生かしてはおけぬのだ、断じてだ、わかったか本堂」

「まあいい、そうつきつめて考えるな」竹四郎は襷《たすき》を掛けながら云った、「おれは粗暴なことは嫌いだ、まして血などは見たくない、自分にしろ他人にしろさ、むろんおまえさんたちにも怪我《けが》はさせないつもりだから、安心してかかるがいい」

「舌で決闘をする気か」

「支度はできたよ」

竹四郎は草履をぬいで、すっと刀を抜いた。黄ばんだ秋草が霧に濡《ぬ》れて、しっとりと冷たく足袋に感じられた。四人もさっとうしろへひらいた、半槍の穂尖《ほさき》と三本の白刃が、たなびく霧の中で鈍く光った。

「断わっておくが」竹四郎は刀を正眼にとりながら云った、「これまでおれは舞い舞い剣術という評を黙って聞きながして来た、今日はその舞い舞い剣術がどんなものかをみせてやる、みんな遠慮なくかかって来い、さあ」

絶叫して大野又三郎が突っかけた。殆んど同時に金之助も、……又三郎の半槍が伸び、金之助の刀が真向から来た。竹四郎は爪尖《つまさき》立ちになりくるっと廻った。彼の手で刀がきらっと光ったが、又三郎は穂尖を切られた半槍を持ってのめってゆき、金之助は横のほうへすっとんで倒れそうになった。

かれらは肝を消した。みんなの眼に愕然《がくぜん》とした色があらわれた。代師範を勤めるくらいだから、舞い舞いそのものでないことは想像していた。しかしそれほどずばぬけた腕があろうとは夢にも知らなかった。

——これは段違いだ。

四人が四人そう思ったらしい。が、かれらは退《ひ》くに退けない立場だった。かれらは竹四郎に不正の事実を握られている、此処で竹四郎を片づけなければ、かれらは破滅しなければならないのである。

「岡田、荒木、古林」大野又三郎が嗄《しわが》れた声で喚いた、「こいつを斬《き》るか、われわれが斬られるか、みちは二つに一つしかないぞ、絶体絶命のばあいだぞ」

三人は黙ったままで、「わかった」というように少しずつ位置を変えた。

「そう固くなるな」竹四郎が云った、「あとで話があるんだ、決して怪我はさせないから稽古《けいこ》のつもりでかかれ、……大野、いくぞ」

竹四郎の軀がくの字なりに曲り、跳躍する足の下で秋草が千切れた。すばらしく迅速な動作だった、揺れ返る霧の中で五人の軀がさっと寄り、それが崩れるとみるまに、二人倒れた。金之助は左へ、太兵衛は右へ。古林角之丞は首を竦《すく》めてうしろっ跳びに逭《のが》れ、又三郎は抜き合せた刀を持って、肩で息をしながら、辛うじて立っているというようすだった。竹四郎は刀を下げ、まじめな顔でかれらを眺めまわした。

「もういいでしょう、これ以上は同じことです」彼は平静な声で云った、「岡田さんと荒木さんをみてやって下さい、それからひとつ相談をすることにしましょう」

「黙れ、そうはいかんぞ」又三郎が叫んだ、みじめに乾《ひ》上《あが》った声であった、「おれはきさまを斬らずにはおかぬ、どうしてもだ、おれが死ぬかきさまが死ぬか、二つに一つだ」

「わからない人間だな、まだそんな……」

又三郎はつんざくように叫び、双手を持って突っ込んだ。相討ちの覚悟らしかった、しかも絶好の呼吸であったが、どう捌《さば》かれたものか足を取られ、竹四郎の軀とすれすれにのめって、上体から先に草原へ顚倒《てんとう》した。

「もうやめてもらおう」竹四郎は大きな声でいった、「はたし合いなんぞより大事なことがある筈《はず》だ、私はその相談を持って来た、いいかげんに気を鎮《しず》めて肝心な話をしよう、さもなければ私は帰ってしまうぞ」

又三郎は腕でも折ったのか、俯《うつ》伏せになったまま右手を抱え、草の中に顔を埋めて激しく喘《あえ》いでいた。向うでは角之丞が、金之助を抱き起こしていたし、太兵衛は坐《すわ》って、太腿《ふともも》のあたりを撫《な》でていた。

霧がはれて、青野湖の水面にきらきらと朝日の映るのが見えた。

四

それから五六日、竹四郎は忙しい日を過した。商人たちと幾たびも会談したり、頼母子講を作るために、城代とかなり微妙な折衝をしなければならなかった。四人は彼の云うとおりになった。本心から屈伏したものかどうか、おそらく根にある反感や偏見は捨てられなかったであろう。それは竹四郎にもうすうすわかっていた、むろんそんなことはどっちでもいい、最後に、彼は金之助に一本釘《くぎ》を刺すことを忘れなかった。

――こんな事があった以上、暫《しばら》く縁組などはお控えになるほうがいいでしょう。少なくともすっかり返済してしまうまではね。

金之助は黙って唇を歪《ゆが》めていた。あとでわかったのだが、そのときはもう彼の求婚は拒絶されていた。こいそによってはっきりと断わられていたので、竹四郎としてはなにも云う必要はなかったのである。

――私は絶対に他言しません。すっかり解決策が片づいたとき、竹四郎はかれらに向ってこう云った。貴方がたの口から漏れない限り、こんどの事は、（はたし合いも含めて）決して人に知れることはないでしょう、お願いですからどうかこれに懲《こ》りて下さい。

どうやら片がついた。かれらも返済だけは確実にするだろう、こう思っていると、或日《あるひ》のこと藤川城代から夕餉《ゆうげ》に招かれた。

――珍しい物を貰《もら》ったから一盞《さん》しよう。

という。そんなことは初めてだから、竹四郎はちょっと気味がわるかった。国老には他意はないらしい、いつもの温厚な顔で、ぜひ来るようにと念を押した。竹四郎にも辞退する理由はなかった。むしろひそかに、或る野心さえ抱きながら、約束の時刻に藤川邸へいった。

藤川邸の庭は広く、自然の野林を移したむぞうさなもので、邸外から引いた細い流れが櫟《くぬぎ》と松の林をぬけ、一方の邸外へ流れ去っている。その細流に石を配したのが僅《わず》かに作ったものと知れるくらいであった。席はその流れに近い八畳ばかりの座敷であった、いつも御用で詰める部屋からはずっと遠く、そこから見る庭の景色は竹四郎には初めてであった。

よく枯れた杉材を研ぎ出して、美しく木理《もくめ》をあらわした生地のままの膳《ぜん》に、酒肴《しゅこう》を載せて、竹四郎も顔を知っている老女が運んで来た。そしてあとからこいそが来て、その膳を二人の前に据えた、竹四郎は心臓がどきどきした。顔の赤くなるのが自分でわかり、眼の前がぼうとなった。

「こいさん少し給仕をしておいで」

平左衛門が云《い》った。こいさんとは愛称であろう、いかにも愛らしく似合った呼び名である。竹四郎は心の中で、「うまくいって結婚することができたら自分もそう呼ぶことにしよう」と思うのであった。こいそは給仕に坐った。

「本堂はこれを知っているか」平左衛門は膳の上の小さな鉢を指さした、「この赤い物だ、珍しいといったのはこれなんだが」

「さあ、なんでございましょうか」

彼は覗《のぞ》いて見た。赤味を帯びた代赭色《たいしゃいろ》の、ちょっと赤貝の肉のような物であった。

「赤貝のようですが」彼はこいその酌を受けながら首を傾《かし》げた、「むろんそうではないのでしょうね」

「むろんそうじゃない、貝でもなし魚でもない、ずっと遠く、北国の海で採れるのだそうだ」

「海で採れるのに貝でも魚でもないのですか」

こう云いながら、竹四郎はさりげなくこいそを見ていた。べつに身じまいはしていないらしい、着付けも地味なものだし、化粧をしているようすもなかった。しかし、そのためにきめのこまかな肌が却《かえ》ってひきたち、生毛《うぶげ》のある頰のあたりが若い白桃のようにういういしく見えた。

「まあ喰べてごらん」

平左衛門はまず箸《はし》をつけた。そうして竹四郎が喰べるのを待って、それが「ほや」という物だと教えた。そう云われても竹四郎には特に感想はなかった。強く磯臭いばかりで、さして美味《うま》くもないのである。それを察したのだろう、こいそが脇《わき》から、「お口に合わなければおよしあそばせ」と、やや切り口上で云った、「わたくしもいただきませんでした、きみが悪うございますわ」

「いやそんなことはありません、なかなか乙《おつ》な味だと思います」

竹四郎はわくわくした。こいそのほうから口をきいてくれたのである、おそらく席へも出ては来まい、もし出て来るとしたら木石同然に扱われるか、死ぬほどの皮肉を云われるくらいが関の山だろう、と思っていた。

——おれを嫌ってはいないんだ。彼はそう思った。そんなにも物凄《ものすご》く嫌っているわけではないんだ、いや、もしかすると……。

そのとき平左衛門が云った。

「こいさんはもういい、本堂と話があるからさがっておくれ」

竹四郎は眼の隅でこいそを見た。こいそはは いと答えながら、すばやく竹四郎のほうを見て、そして静かに立って出ていった。

――なんという美しくきれいな眼だ。

竹四郎はうっとりとなった。こいその眼で見られたところ（額から頰のあたり）が、火でもついたように熱くなるのを感じた。

「おまえ喧嘩《けんか》をしたそうだな」平左衛門がさりげなく口を切った、「四人も相手に、……どうしたわけだ」

「喧嘩ですって、いいえとんでもない」

「わけを聞かせてもらおう」城代は続けた、「いったいどうしてそんなばかなことをしたんだ」

「それはなにかの間違いです」

竹四郎は努めて微笑し、わざと明るい口ぶりで云った。どこから知れたろう、誰が告げ口をしたのか。こう思いながら、……自分は決して喧嘩などはしないし、しようと思ったこともない、と云った。平左衛門はまったく聞きながして、盃《さかずき》を置いて、細い柔和な眼でじっと竹四郎を見まもった。それは有無を云わせない眼つきであった、おれはみんな知っている、知りすぎているんだ。という眼つきであった。竹四郎は降参した。

「申し訳ありません」

彼は坐り直して低頭した。平左衛門はなおじっとみつめ、穏やかに次を促した。

「理由を云うがいい、どういうわけだ」

「それは申上げられません」竹四郎はきっぱりと云った、「それに喧嘩の原因なんて、たいていがくだらないものじゃないでしょうか」

「どうだかな」国老は相手にならなかった、そしてさらに追及した、「くだらない事もあるし、くだらなくない事もあるだろう、どっちにしても、わしはその理由が知りたいのだ」

「私は斟引《かけひ》きは致しません、どうかそれだけは勘弁して戴《いただ》きます」

「わしはどうしても知りたいのだ」

「申上げることはできません」

「聞かずにはおかないぞ」

「お断わりします」

平左衛門の眼がきらっと光った。斜めに燭台《しょくだい》の火を受けて、鋭くきらっと光るのがはっきり見えた。竹四郎は泰然と坐っていた、梃《てこ》でも動かないという感じである。

「家中の非難を押切って、わしはおまえを助筆にあげた」と、国老はひそめたような声で云った、「おまえには稀《まれ》な能力があるし、その能力を充分に発揮する勇気もあると信じたからだ、以来まだ二年にも足りないが、どうやらわしはめちがいをしたように思う、……おまえが助筆になってから、事務の運びが渋滞するとか、慢心しているとかいろいろと陰口を聞かされた、そんなことは予期していたことだ、やがておさまるだろうと思っていたが、こんどは四人もの相手と喧嘩をして、その理由が云えないという、……おまえそれで済むと思うか」

「お言葉ではございますが、申上げられないことはどう仰《おっ》しゃられても申上げるわけにはまいりません」

「こいそについての噂《うわさ》もか」

いきなりだったので竹四郎は吃驚《びっくり》した。平左衛門は怒りを抑えた声で、やはり竹四郎の顔を見つめながら云った。

「おまえはこいその縁談について、或る人間を威《おど》したという、それは自分がこいそを欲しいからだというが、この噂にも答えることはできないか」

「ひどい嘘《うそ》です、いや待って下さい」竹四郎は狼狽《ろうばい》した、「まるっきり嘘ではないがそのままでもありません、それは歪《ゆが》めた中傷と、いや待って下さい、はっきり申上げます」竹四郎はきちんと手を揃《そろ》えて云った、「私はお嬢さまを妻に迎えたいと思いました、今でもそう思っています、お嬢さまのほかに生涯の妻とたのむ者はないと思っています、私はいつかそのことを申上げて」

「もうよい、わかった」平左衛門はぐっと渋い顔をした。

「やはりめちがいだった」溜息《ためいき》をつくように国老は云った、「おまえがそのように、すぐに思いあがる人間だとは、知らなかった」

「私が思いあがっているですって」

「そうでなければ、わしの前でわしの娘のことをそう心易《やす》くは云えない筈だ」

「はあ、そういうことになるでしょうか」

「例えば、おまえが足軽組頭でいたとしたらどうだ、それでもおまえは、こいそを嫁に欲しいなどと云うことができると思うか」

「もちろんです」竹四郎は肚《はら》が立ってきた、彼は昂然《こうぜん》と云った、「組頭でなく平の足軽でも、そして成る成らないはべつとして、私はやはり嫁に戴こうと思うでしょうし、そのためにできるだけの努力は致しますよ」

「それが不可能な事だとは思わないか」

「私はまずやってみます」竹四郎はずばずばと云った、「やってみもせずに可能も不可能もありあしません、まして男が一生の妻を娶《めと》ろうというばあいなんですから、僅かな身分の違いくらいでなに指を銜《くわ》えているものですか」

「ではやってみるがいい」平左衛門の声は少しふるえた、「今日限り国老助筆の役は罷免《ひめん》する、事務の引継ぎが済みしだい元の足軽組頭だ、もちろんそうなっても、おまえには痛くも痒《かゆ》くもないだろう」

「もちろんですとも、国老助筆も御奉公、足軽組頭も御奉公です、お役の甲乙によって私の値打ちが変るわけではないのですから」

失礼致しますと云って、竹四郎は座を立とうとした。

「まあ坐れ、話は話、酒は酒だ」と平左衛門は云った、「招いた以上わしもこのまま帰すわけにはいかない、夕餉を済ませてゆくがいい」

「助筆としてですか、それとも足軽組頭としてですか」

「――わしの客としてだ」

「ではお嬢さまに給仕をして戴けるんですね」

平左衛門はうっと云い、それから頷《うなず》いて鈴を振った。竹四郎は坐った。鈴の音に答える声は襖《ふすま》のすぐ向うで聞えた。どうやら隣りの部屋にいたらしい。出て来たのはこいそであった。平左衛門はいやな顔をした。

「話は済んだ、給仕をしておくれ」

五

「お役を去るに当ってひと言だけ申上げたいことがあります」竹四郎はこいその酌を受けながら、平左衛門をまともに見て云った、「できるだけ早く、兼務をやめて勘定奉行を選任なさらなければいけません、早ければ早いほどいいと思います」

「なにか理由でもあるのか」

「御城代の兼務は変則で、それだけでも専任の人を定める理由になるでしょう」

平左衛門はふきげんに黙った。竹四郎はすぐこいそのほうを見て云った。

「貴女《あなた》にも申上げたいことがあります、私はこんど助筆を免ぜられ、元の役にかえることになりました」

こいそは彼を見あげた。

「そうなると機会がなくなると思いますから、不作法ですが今ここで申上げます」彼はこいその眼をとらえたまま云った、「私の気持はもうおわかりの筈です、貴女のほかに一生の妻とたのむ人はありません、どうか私の望みをかなえて下さい、もし貴女が他の縁組を御承諾なすったとしても、そこへ輿入《こしい》れをなさるまでは望みをすてずに待っています」

「その必要はございませんわ」とこいそは云った、「よそからの縁談はもうお断わりしました、わたくし貴方《あなた》のお申出をお受け致します」

「なにを云うか、なにをばかなことを」

平左衛門はわれ知らず叫んだ。しかし若い二人はもう耳にもいれなかった。

「それは有難う」竹四郎はこいそに向って微笑した、「足軽組頭の妻でもいいのですね」

「もしかして平の足軽でいらしっても」とこいそも微笑した、「貴方はやはりこいそを娶らずにはいないと仰しゃいましたわ」

「それを聞いたからですか」

「いいえ湖畔亭のときからですわ」こいそは火のついたような眼で彼を見あげた、

「あのようにはっきり、まるで夕立といっしょにかみなりが落ちるように云われては、とてもかないは致しませんわ」

「なにを云うかこいそ、黙れ」平左衛門は膝《ひざ》を叩《たた》きながら叫んだ、「わしの忍耐にも限りがある、黙らぬと勘当だぞ」

「そのつもりでおりました」こいそはびくともしなかった、「本堂さまへまいることは、いずれにしても許してはいただけないでしょう、お心にそむくことは覚悟のうえでございます」

「有難う、それで充分です」竹四郎は笑って云った、「私はすぐに正式に人を頼みますが、そのまえにもしごたごたするようでしたら、お軀《からだ》ひとつですぐに私の家へ来て下さい、待っていますから」

「なんということだ、親のいる前で」国老は赤くなってどなった、「親をさし措《お》いてなんたることだ、わしはもう勘弁ならんぞ」

竹四郎は立った。そして彼を見送るために、こいそも立ちあがった。

その翌日から、竹四郎は事務の整理にかかった。まだ後任者が定《きま》っていないので、誰が引継いでもいいように整理をするだけである。三日もあれば片づくだろう、そうしたら誰か求婚の仲介に立つ者を頼もう。そう思っていると、二日めの夕方になって、こいそが叔父の沼井伊平と二人でやって来た。

「父から勘当されましたの」と、こいそは明るく笑いながら云った、「それで叔父さまに盃の証人をお願い申してまいりました」

竹四郎も笑いながら「さあどうぞ」と云った。沼井伊平は不平たらだらであった。

「私は困るんだ」伊平はそう繰り返した、「私は適任ではないんだ、私は藤川の兄のことを考えると首が縮まる思いだ、藤川の兄は温厚な好《よ》い人間だし、こいつそのことはだらしのないほど可愛《かわい》がっていたんだ、勘当というのはよっぽどのことなんだから、それを私が盃役などをしたとなれば、それこそ義絶されるかもわからないんだ」

竹四郎はすぐに支度をした。こいつも手伝った。ほんの形式だけの盃である。伊平は本当に汗をかいていた、心から閉口しているらしい、終ると早々、逃げるように帰っていった。

「よく思いきって来られましたね」二人になるとすぐ竹四郎が云った、「本当に勘当されたんですか」

「わたくし、そうしむけましたの」こいつは首を竦《すく》めて云った、「こうなれば早いほうがいいと思いましたから」

「つまり夕立かみなりというわけですか」

「ええそうですの」こいつはじっと彼の眼を見つめ、さも爽《さわ》やかそうに云った、「これでようやく心の底からさっぱり致しました」

竹四郎は黙って、頷きながら笑った。

彼の罷免は中止になった。藤川城代の説に対して、重臣の二三が不同意をとなえ、ほかにも留任を主張する者があった。それらの背後には、例の四人と関係のある商人たちの、ひそかな運動もあったようである。平左衛門にもそれを押切って罷免させるほどの理由はなかった。

「仔細《しさい》あってなお助筆の役にとどまってもらうことになったが」と、平左衛門は苦い顔で云った、「いったいあのときの喧嘩はなにから起こったのか、理由が云えないならどうして云えないのか、せめてそれだけでも聞かせてもらえないか」

「御免蒙《こうむ》ります」竹四郎は答えた、「申上げられないから申上げられないだけです、それから助筆留任のことですが、それも今ここでお受けはできません」

平左衛門は眼をむいた。

「なに、留、留任のお受けができないと」

「さようです」彼は冷やかに云った、「私の妻は私が足軽組頭に戻るものと信じております、いかなる御役も妻の心の支えがなくては勤まりません、東照公（家康）御在世のころ、板倉殿に岡崎町奉行の命が下りました、そのとき板倉殿は妻女の同意を得てはじめて、お受けをしたと聞いております」

「ではおまえも妻の意見を聞くというのか」

「さようでございます」澄ましたものである。

「では妻が不同意だとしたら」こう云いかけて平左衛門はのぼせあがった、「もしもこいそが、いやおまえの妻がわしを恨みに思って、わしを困らせようと思って、そのために不同意だなどと云ったらどうするか」

「そうなると困るですな」

「困るでは済まん、それでは済まんぞ本堂」

「しかし手段はございます」と竹四郎は云った、「もしそんなばあいには、御城代がいって妻を説得して下さればいい、取消すべきことを取消してです、そうすればたぶん、こいそも承知するだろうと思います」

国老は眼をつりあげた。竹四郎は礼をして、座を立った。


（「キング」昭和二十七年十二月号）

やぶからし

一

祝言《しゅうげん》の夜は雪になった。その数日間にあったこまかいことは殆《ほと》んどおぼえていないが、盃《さかずき》の済んだあとまもなく、客の誰かが「とうとう雪になった」と云《い》い、それから、宴席がひときわ賑《にぎ》やかになったことと、その雪が自分の将来を祝福してくれるように思えたこととは、いまでも、いろいろな意味で、鮮明に思いだすことができる。

——ようやくおちつく場所ができた。

わたくしは綿帽子の中でそう思った。

——これが自分の生涯を託する家だ。

そのほかのことはなにも考えなかった。人にはおませな者とおくてな者がある、わたくしはおくての中でもおくてだったらしい。もう十六歳にもなっていたのに、結婚ということについてはなにも知らず、ただ自分の家ができたことと、化粧の間で会った細貝《ほそがい》家の両親がたいそういい方で、小さいじぶんからあこがれていた本当の父母のように思えたことだけで、あたたかいやすらぎと幸福感にひたっていた。

わたくしには家がなく、親もきょうだいもなかった。さとの常盤《ときわ》家には父母と兄や姉たちがいる。わたくしは常盤家の末娘として育って来たが、実の子ではなかった。本当の父は杉守梓《あずさ》といい、萩原宗固《はぎわらそうこ》派の国学をまなんで、藩校の教官をしていた。母の千波《ちなみ》も和歌の達者だったそうであるが、わたくしの四歳のときどちらも病死したとのことで、お二人の顔かたちさえ記憶に残ってはいない。子供はわたくし一人だったから、杉守の家はそれで絶え、わたくしは母かたの遠縁に当る常盤家へ引取られたのであった。

——これはわたくしの家ではない。

九歳の年の秋ごろから、わたくしはそんなことを考えるようになった。この父母も兄や姉たちも、みんな他人なのだ。

——本当の父母はよそにいる。

自分の本当の家もどこかよそにある。そんなふうに思いだしたのは、自分の身の上を知るまえのことで、決して自分だけが継子《ままこ》あつかいにされたとか、冷淡にされたとかいうわけではない。むしろわたくしは大切にされたほうだとも思うくらいだ。ではどうしてそんなことを考えたのだろうか。おそらくわたくしの性分のためであろうが、常盤家のきびしい家風と、家族のあいだのふしぎなひややかさも、原因の一つになっていたように思う。

常盤家は三百石ばかりの大御番《おおごばん》で、夫妻のあいだに一男二女があり、下の娘がわたくしより七つも年上であった。育ててもらった家のことを悪く云うように聞えては困るし、またその必要もないから、詳しいことは省略するが、薙町《なぎなた》にあるその家は、いつもひっそりとして、氷室《ひむろ》のように湿っぽく、暗く、そして冷たかった。早朝から寝るまでのあいだ、養父の登城、下城はいうまでもなく、こまごました家事雑用にいたるまで、その刻限や順序がきちんときまっていて、ゆとりとかうるおいなどというもののはいる余地は少しもなかった。家族の関係も同じように、夫妻のあいだも兄妹の仲も、他人の集まりのようにばらばらで、よろこびや悲しみ、憂《うれ》いやたのしみ、愛情や劬《いたわ》りなど、一つとして共通のものはなかった。憎みあうことさえもないよそよそしさ、それがわたくしには耐えがたいものであった。

細貝家へ輿入《こしい》れをして来て、化粧の間で支度を直していると、舅《しゅうと》の八郎兵衛《はちろべえ》と姑《しゅうとめ》のさち女がはいって来た。舅はやや肥えた軀《からだ》の大きな人で、血色のいい顔に温和な微笑を湛《たた》え、眼をほそめてわたくしを見ながら、ゆっくりと幾たびも頷《うなず》いた。姑は小柄であるが、肉づきの柔らかそうな軀つきで、話す声は娘のように細くてきれいなひびきをもっていた。

おとうさまは黙って、微笑しながらやさしく頷いただけである。おかあさまは羨《うらや》ましいほどきれいなお声で、まあ可愛《かわい》い花嫁だこと、と云いながらわたくしの髪に櫛《くし》を当てて下すった。ただそれだけのことなのだが、わたくしは双の乳房の奥に痛みが起こったほど激しく感動し、とうとう本当の父母に会うことができた、と思った。

——これが本当のおとうさまとおかあさまだ。

祝言の席にいるあいだも、それから仲人《なこうど》夫妻に導かれて寝所へはいってからも、その感動の与えてくれるあたたかさと、やすらかにおちついた気分とで、わたくしはうっとりしていたように思う。寝所でもういちど盃ごとがあり、そのとき綿帽子をとって、初めてあの方と向き合ったが、これが良人《おっと》になる人だと認めたほかは、なんの感情もおこらなかった。たしかだろうか、不安とか、恥ずかしさとか、おそれなどという、心の動揺はなかったろうか。わたくしはなかったとおぼえている。記憶のどこかに残っているのは、新しい兄、という漠然とした感じをもったことだけであった。

次の間へ立って、仲人の斎藤夫人に着替えを手伝ってもらい、白の寝衣《ねまき》に鴇色《ときいろ》のしごきをしめ、それから髪を解いた。

「朝のお召物はここに置きます」と斎藤夫人は溜塗《ためぬり》のみだれ籠《かご》を示した、「お呼びになれば小間使がまいるでしょうけれど、お着替えは自分でなさるほうがいいでしょう」

「はい」とわたくしは答えた。

斎藤夫人はわたくしの寝衣の衿《えり》をかいつくろいながら、なにげない口ぶりで、からだを固くしないように、くつろいだ気持になるがよい、というようなことを囁《ささや》いた。

「お床入りのことは」と夫人はちょっと心配そうに云った、「わかっておいでですね」

わたくしは、お床入り、という言葉さえ知らなかったが、知らないままで「はい」と答えた。それから寝所へ戻ると、夫人はわたくしを夜具の中へ寝かし、解いた髪のぐあいを直してから、枕《まくら》の下を押えて、ここにございますからね、と囁いた。

そのとき良人になる人はどこにいたのだろうか、斎藤夫人は夜具を囲うように屛風《びょうぶ》をまわし、まる行燈《あんどん》の火を暗くしてから、殆んど音もなく去っていった。かすかに襖《ふすま》の辷《すべ》る音を聞いたと思うと、まもなく良人になるあの方がはいって来た。そうだ、わたくしが寝所へ戻ったとき、あの方はそこにいなかったのだ。そして、斎藤夫人が去ってから、まもなくはいって来たあの方は、燗徳利《かんどくり》を三本と、肴《さかな》の小皿をのせた盆を持っていて、ふらふらしながら夜具の脇《わき》に坐《すわ》った。

「寝ていていいよ」とあの方はこちらを見ずに云った、「勇気をつけるためにもう少し飲むんだ、おれの生涯で今夜ほど勇気の必要なときはないからな、うん」

わたくしは迷った。起きて給仕をしようか、寝たままでは失礼になりはしないか。

あの方がそう仰《おっ》しゃるのだから、このままのほうがいいのだろうか。そんなふうに迷っているうちに、起きあがるきっかけを失い、わたくしはあおむけに寝たまま眼をつむった。

「私は生れ変るよ」とあの方は独り言のように云った、「私の噂《うわさ》は聞いていただろう、嘘《うそ》だとは云わない、噂は誇張されるものだが、私はすなおに、自分が放蕩者《ほうとうもの》だったことを承認する、一と言、ただ一と言だけ云うが、私がなぜ放蕩者になったか、ということは誰も知らない、知ろうともしない、父も母も、それを察してくれようとはしなかった、ということだ、誰が、誰がすき好んで、放蕩者になんぞなるものか」

そしてあの方は、自分の苦しい立場と、どんなに苦しみ悩んで来たかについて、ながいこと語り続けた。わたくしはそれを聞きながら、この方は歌をうたっていらっしゃる、と思った。わたくしはそれまで、あの方のことはなにも知ってはいなかった。縁談がまとまったときに、初めて斎藤夫人から「ずいぶん道楽をなすった」ということを聞いたが、それがどんな意味をもっているのか理解できなかったし、べつに重要なことだとも感じなかった。

――あなたを妻に貰《もら》ってくれれば行状を改める、そう仰しゃっているそうです。

斎藤夫人は熱心にそう繰り返した。そのほかに望みはない、ただ常盤家のすずどのを貰ってくれさえすれば、と云い続けるばかりだそうです。あの方がどこでわたくしをごらんになり、どうしてそんなに懇望なさるのかわからなかった。けれども、養家の父母が承知したし、わたくしも「いや」と云う気はなかった。細貝家は七百石の中老ながら、御家中では由緒《ゆいしょ》ある家柄だという。正直なところそれにも心を惹《ひ》かれたが、なにより薙町の家を出たかった。たとえ身分は軽くともよい、もう少しあたたかな、人間らしいくらしのできる家へゆきたい。わたくしはそう思って承知したのであった。

自分の不仕合せを訴えるあの方の声は、不仕合せを歌にしてたのしんでいるように聞えた。それは悔悟ではなく、悔悟を売りつけているようにしか感じられなかった。そうして、あのことが起こったのだ。

あるだけの酒を飲み終ると、あの方が夜具の中へはいって来た。枕が二つ並んでいるのだから、共寝をすることはわかっていた筈なのに、わたくしにはそれが不作法な、卑《いや》しいことのように思われ、夜具の中ですばやく軀をずらせた。それからあとのことは考えたくない。やがてわたくしはとび起きた。自分が殺されるのではないかと思い、全身の力であの方を突きのけながらとび起きて、畳の上へ逃げ、ふるえながら、乱れた衿や裾《すそ》をかき合せた。

「どうしたんだ」とあの方は云った、「どうして逃げるんだ」

わたくしは喘《あえ》ぎながら黙っていた。

二

激しく喘ぎながら、わたくしは黙ってあの方をみつめた。あの方のはだかった胸の、どす黒いようなぶきみな肌に、肋骨《ろっこつ》が段をなしてい、まん中に一とかたまり毛が生えていた。

「どうする気だ」とあの方は凄《すご》いような声で云った、「おまえは嫁に来たんだぞ」

わたくしは両手で衿をひき緊《し》めた。

そのとき、あの方の相貌《そうぼう》が変った。眼が異様な光を帯び、顔ぜんたいが細く、長くなるようにみえた。わたくしは眼をつむった。あの方がとびかかるまえに眼をつむり、激しく頰を打たれながら、じっと眼をつむったままでいた。

「高慢なつらをするな」とひそめた声で叫びながら、あの方は平手でわたくしの頰を打った、「――この上品ぶったつらが、おれをなんだと思ってるんだ、なんだと思ってるんだ、来い、きさまはおれの女房なんだぞ」

あの方は手の平で打ち、手の甲で打った。そのたびに、わたくしの顔は左へ右へと揺れたけれど、痛いとは少しも思わなかった。

「女め、女め」あの方は喘ぎながら叫んだ、「女がどんなけだものかおれは知ってるんだ、上品ぶったってごまかされるものか、きさまは女だ、自分でよく見てみろ」

あの方はわたくしの手をもぎ放して、寝衣の衿を左右へひろげた。ついで乱暴にしごきをひきほどき、突いたり殴ったりしながら、わたくしを裸にした。わたくしはさからわなかった。やはり眼はつむったままで、裸の膝《ひざ》に手を置いて坐っていた。外は雪だから、気温もさがっていたことだろうが、寒さも感じなかったし、恥ずかしいとも思わなかった。

「その胸を見ろ」とあの方は荒い息をつきながら、嘲笑《ちょうしょう》するように云った、「その前を見てみろ、それが女だ、それが女の正体だ、きさまもほかの女と同じけだものなんだぞ」

あの方の眼が裸の全身を撫《な》でまわすのが感じられた。それは実際に手で触られるような感じで、視線の当るところの肌に、つぎつぎと収斂《しゅうれん》が起こったほどであった。

「待っていろ」あの方は云った、「そのまま動かずに待っていろ、そのままでいるんだぞ」

よろめく足どりで、あの方は寝所を出ていった。

わたくしは眼をあいて、ぬがされた物を順に身に着け、しごきをしめた。そうしているうちに涙がこぼれてきた。悲しいとも、なさけないとも思わなかった。どんな感情もなしに、ただ涙がこぼれるのであった。まもなく、あの方は角樽《つのだる》を持って戻り、汁椀《しるわん》へ酒を注《つ》いで飲み始めた。また裸にされるものと思っていたし、そのときはこうと決心していたのだが、あの方は夜具の脇にあぐらをかいて坐り、まるでなにかに追われてでもいるような、せかせかした調子で飲み続けた。

「おれは生れ変ってみせる」とあの方は独り言のように云った、「おまえが妻になってくれればできる、私は弱い人間だ、私には支えになるものが必要なんだ、これで大丈夫、おまえが妻になってくれたことで、私はりっぱに立ち直ってみせるよ」

角樽がからになるまえに、あの方は正体もなく酔い、夜具へのめりかかって寝てしまった。

わたくしは夜の明けるまで、寝衣のまま畳の上に坐っていた。あの方に夜具を掛けてあげるときと、いちど手洗いに立ったほかは、坐った場所から少しも動かなかった。そのあいだなにを考えていたことだろう。いまでもかすかにおぼえているのは、あの方のどす黒い色をした胸、ひとかたまり毛の生えた、肋骨の段のあらわれた胸を、けんめいになって記憶から消し去ろうとしていたこと、もう一つは「死んでしまおう」と思いつめていたことだけである。

——死んでしまおう、そのほかにどうしようもない。

殆んど世間を知らず、十六といってもおくてのわたくしには、ただもうあの方が怖《おそ》ろしく、あの方から遁《のが》れるためには、死ぬよりほかにみちはない、としか考えられなかったのだと思う。

裏のどこかで、車井戸の音が聞えた。わたくしはそっと立ちあがり、次の間へいって、斎藤夫人の揃《そろ》えておいてくれた着物に着替えた。海へゆこうか、それとも山にしようか。そんなことをひとごとのように思いながら、静かに廊下へぬけだした。

そのまま忍び出るつもりだったが、薙町の家とは違って構えも大きく、わたくしは来たばかりで、どこから出たらいいのか見当もつかなかった。およその勘だけで廊下を曲ってゆくと、若い女中が雨戸をあけてい、姑のさち女が庭を眺めていた。雪景色を見ていたらしいが、わたくしが気づくと同時に、ふっと振向いてわたくしを認め、びっくりしたようなお顔で、いそぎ足にこちらへ寄って来られた。

「まあ早いこと」とおかあさまが仰しゃった、「もうお起きなすったんですか」

細いきれいなお声と、劬りのこもったまなざしを見たとき、わたくしは夢中でおかあさまの胸にすがりつき、すがりついた手に力をいれて泣きだした。

「おかあさま」とわたくしは云《い》った、「わたくしどう致しましょう」

「召使に見られます」おかあさまはわたくしの肩へ手をまわしながら仰しゃった。「ここではいけません、わたくしの部屋へゆきましょう」

おかあさまはわたくしをかかえるようにして、御自分の部屋へはいり、よく火のおこっている火鉢のそばへいっしょに坐った。

「ここならようございます、さあ、泣きたいだけお泣きなさい」そう云っておかあさまはわたくしの手を取られた、「――ただね、すずさん、これはあなた一人だけのことではないのよ、わたくしにもおぼえがあるし、女なら誰でもいちどは忍ばなければならない、生涯にいちどだけ、結婚する女はみんな、いちどはくぐらなければならない門のようなものなのよ」

わたくしはおかあさまの膝《ひざ》へ俯伏《うつぶ》して泣いた。おかあさまはやさしく、わたくしの背を撫でたり、赤児をあやすようにそっと叩《たた》いたりしながら、年が若いから吃驚《びっくり》したであろうが、これでもう済んだのである、耐え忍ぶようなおもいも長く続くものではないし、やがてはそんなこともあったかと思うようになるだろう。そういう意味のことを話してくだすった。

――おかあさまは勘ちがいをしていらっしゃる。

わたくしはそう思った。ゆうべの経験と、おかあさまの話しぶりとで、女の本能といったふうなものがなにかを感じ取り、ゆうべのことと、おかあさまの考えていることとは違っている、そうではないのだ、と思ったけれども、それを口に出して云うちからはわたくしにはなかった。

「これからも心配なことやいやなことがあったら、遠慮なくわたくしにそう仰しゃい」とおかあさまは続けた、「わたしには初めから、すずさんが本当の娘のように思えていたのよ、あなたもわたくしを実の母だと思って下さるかしら」

わたくしはおかあさまの膝を濡《ぬ》らしながら、声が出ないため、力いっぱいそのお膝にしがみついた。

その日は昏《く》れるまで、自分の部屋をととのえるのにかかった。おとうさまに御挨拶《あいさつ》したほかは誰とも会わず、食事もしなかった。あの方は朝食のあと外出をしたようで、夕餉《ゆうげ》にも帰らず、十時ごろだろうか、わたくしはおかあさまのゆるしを得て、自分の部屋で寝た。軀も気持も疲れきっていたのだろう、あの方の帰るまで眠ってはいけないと思いながら、横になるとまもなく眠ってしまい、明くる朝おかあさまに起こされるまで、なにも知らずに熟睡した。

こうして第二夜は無事に過ぎた。この藩では武家は里帰りをしない風習である。よし里帰りがゆるされていたとしても、わたくしは薙町へ帰る気持はなかった。こう云うと恩知らずで薄情のように聞えるかもしれないが、薙町の家族もわたくしの帰るのをよろこびはしない。それは平生《へいぜい》からわかっていたことだし、輿入れのときにもはっきり云われていたのである。

——今夜はどうなるだろう。

わたくしの頭はその心配でいっぱいだった。祝言《しゅうげん》の夜のほかは寝所をべつにしてよいというので、第三夜も自分の部屋で寝た。おかあさまはなにか勘づいたとみえ、あの方の寝間の支度を女中にさせたうえ、ねむかったら先におやすみ、と仰しゃった。その日もあの方は外出をして、夜になっても戻らず、わたくしはおそくまで、おかあさまのお部屋で話し更《ふ》かした。

自分の部屋へ帰って、夜具の中へはいったのは十一時過ぎだったであろう。ゆうべとは違ってすっかり眼が冴《さ》えてしまい、来光寺の鐘が九つ（午前零時）を打つのを聞いた。そしてまもなく、あの方が帰って来た。庭からまわって、自分の部屋の窓からはいったらしい。忍びやかなその音を聞いたとき、わたくしはぞっと総毛立ち、われ知らずはね起きると、簞笥《たんす》から懐剣を取出し、それを持って、寝衣のまま夜具の上に正座した。

——どうぞ来てくれませんように。

わたくしはそう祈った。行燈が暗くしてあり、明るくしなければいけないと思いながら、もう立つことはできなかった。酔っているのだろう、あの方のよろめく足音がし、襖の辷る音が聞えた。わたくしは痛いほど強く懐剣を握り緊め、歯をくいしばった。

あの方の寝間は、わたくしの部屋と中廊下を隔てて向きあっていた。廊下を踏む足音が聞え、わたくしの部屋の襖があいた。わたくしは心臓が喉《のど》へ突きあげてくるような苦しさにおそわれ、息が止った。あの方はあけた襖のあいだからこちらを眺め、それからゆっくりとはいって来た。

三

あの方は立ったまま、唇を曲げて、わたくしをつくづくと見まもった。蒼白《あおじろ》い、仮面のような顔に、歪《ゆが》んだ嘲笑《ちょうしょう》が、刻みつけられでもしたように動かず、血ばしった眼は、けもののめいた光を放っていた。獲物《えもの》を覗《ねら》うのではなく、敵を威嚇《いかく》するけものの眼のように感じられた。

懐剣は袋に入れたままである。袋から出さなければ、と思ったけれど、わたくしは身動きもせずに、あの方の眼を放さずみつめていた。あの方はふらふらと前へ出た。

「おい」とあの方は顎《あご》をしゃくった、「おい、ごりっぱな、けだかい、おきれいな御婦人、但《ただ》し、みかけだけだがね、わかるか」

わたくしは黙っていた。

「いまにその顔で泣くんだ」毒どくしいせせら笑いをして、わたくしの顔を覗《のぞ》きこみながら、あの方は囁いた、「手足を蟹《かに》のようにかがめてな、ひっひと泣いて、あとねだりをするんだ、一と晩じゅう……」

なにを云っているのか、わたくしにはわからなかったが、みだらな意味を持っているということは、おぼろげに察しがついた。

「いまにその味をおぼえさせてやる」とあの方は云った、「おれの、この手でな、おれは辛抱づよい人間だ、こう思ったら必ずやりとげてみせる、きっとだぞ」

そしてあの方は出ていった。

わたくしは耳をすまして、あの方が横になるけはいの聞えるまで、同じ身構えで坐《すわ》っていた。もう大丈夫と思い、懐剣をそこへ置こうとしたが、あまり強く握っていたため、指の関節がすっかり硬《こわ》ばってしまい、すぐには手をひらくことができなかった。躯《からだ》にもひや汗をかいていて、肌衣《はだぎ》の腋《わき》と背中が水に浸したようになり、着替えなければならないくらいであった。

――大丈夫、あの方はもう怖くはない。

わたくしはそう思った。卑しい人ではあるが恐ろしい人ではない、女の前でぐちを云ったり、口だけで強がったり、誓ってみせたりするような人は恐ろしくはない。女が男の性質をみぬく勘は、生れつきそなわったものだろうか、わたくしはそう思ってからすっかり心がおちつき、夜半あの方がはいって来ても、ひや汗をかくような恐怖心は起こらなくなった。あの方は夜半にしか来なかったし、わたくしは懐剣を膝の上に置いて坐り、なにを云われても返辞をせず、黙って、あの方の眼をまっすぐにみつめていた。ときには一刻《とき》以上も、くどいたり威《おど》したり、泣き言を並べたりするが、わたくしの心は微動もしなかった。

祝言の日から約四十日、こんな生活が続いたが、三月下旬になって、あの方はおとうさまから勘当された。

詳しいことは聞かされなかったが、結婚してからも放蕩《ほうとう》がやまず、諸方に借金を溜《た》めたうえ、無頼なかまと喧嘩《けんか》をして、相手を二人か三人傷つけたというようなことだけは、とめという小間使が話してくれた。おとうさまの怒りは非常なものだったらしい。勘当と同時に領内をたちのけと命じ、細貝家から除籍したことを、正式に係りへ届け出た。これはあとで聞いたことだが、あの方は家を出てゆくとき、手文庫にあったお金と、おかあさまの持ち物で、かねめな小道具をすっかり持ちだしたそうである。その騒ぎが起こってから、あの方が出てゆくまで、わたくしたちはいちども顔を合わせなかった。それはおとうさまの御配慮で、「二人を会わせてはならぬ」ときびしくお命じになった、ということをおかあさまから聞いた。

——ああ、やっとさっぱりした。

わたくしはそう思った。あの方が出ていったことは、よそから来た泊り舟が、とも綱を切って去っていった、というくらいにしか思えなかったのである。数年のち、たぶん二十歳になったころであろうか、わたくしはそのときのことを思いだして、自分を恥じた。あの方が放蕩をやめなかったことも、ついには勘当放逐ということになったのも、みな自分の責任ではないか。祝言をし、夫婦となったからには、良人《おっと》を愛し、劬《いたわ》り励まして、良人が立ち直れるように、全力を貸すのが妻の役目であろう。それをまったく逆に、祝言の夜から自分はあの方を拒み、憎悪《ぞうお》と軽侮の眼しか向けなかった。

——私は弱い人間だ、私には支えになる者が必要だ。

あの方はそうまで云われたのに、自分は支えどころか、あの方を突き落すようなことをしたのである。そのうえ、別離のときも知らぬ顔で、両親にとりなすどころか、これでさっぱりした、などと考えたものだ。

――なんという悪い女だったろう。

わたくしは自分を恥じ、自分を責めた。けれどもまた、よくよく考え直してみると、そう思うのはむしろ僭上《せんじょう》だという気がした。祝言の夜の寝所で、あの方がわたくしに与えたものは愛でもなさけでもなかった。結婚についてわたくしがなにも知らなかったことは、わたくしの罪ではない。もともとおくてだったし、養家ではもとより誰も教えてくれる者がなかったので、ただもう、殺されるのではないか、という恐怖におそわれたのはやむを得ないことだったと思う。放蕩をしつくしたあの方には、わたくしがなにも知らないということはすぐわかった筈《はず》だ。それならもっと愛情と劬りとで、やさしくみちびいてくれなければならないだろう。あの方にはそんな感情はかけらほどもなかった。恐ろしさのためにおののきふるえているわたくしを、酔いにまかせて殴りつけ、「けだもの」といって罵《ののし》った。

――いいえ、自分は悪い女ではなかった。

わたくしはあの夜半のことをよくおぼえている。あの方はわたくしをさんざんに打ち、わたくしを裸にして、女はけだものだと、繰り返し辱《はずか》しめた。そうしてまた酔って、こんどは自分のぐちを云いだした。すべて自分のことが中心で、他の者のことは考えようとしない。自分の思うことがとおらないと、相手の気持など察しようともせず、暴れたり威したり、泣きおとそうとするだけであった。

——そうだ、あの方を立ち直らせることは誰にもできなかったにちがいない。桃ノ木に桃ノ実がなるように、あの方にはあの方の実がなったのだ。誰が力を貸してあげたにしても、結局あの方は勘当放逐という断崖《だんがい》へ走っていったに相違ない。世間を知らない十六歳の新嫁が、それを救えたかもしれない、などと考えるのは僭上の沙汰《さた》である、とわたくしは思い返した。

おとうさまおかあさまが、どんなに落胆し悲しがられたかは、およそ推察することができた。それは、お二人がわたくしに済まながって劬り、慰め、力づけて下さるというかたちで、決してあの方のことを哀れがるようなそぶりはみせなかったけれど、その慰めや劬りの中に、あの方のことを悲しみ嘆いていらっしゃるようすが、いたいたしいほどよく感じられるのであった。

「あんな者の嫁に来てもらって悪かった」とおとうさまは仰《おっ》しゃった、「おまえはまだ若いし、これからいくらでも仕合せになれる、この償いはきっとしてあげるからね」

「堪忍《かんにん》しておくれすずさん」とおかあさまは泣きながら云われた、「あなたには済まないことをしました、本当に済まないと思います、どうかわたくしたちを堪忍しておくれ」

わたくしはおかあさまを抱いてあげた。そのときわたくしは、自分の内部にあたたかく力強いものが生れ、うっとりするほどの幸福感に満たされたのを、いまでも忘れることができない。

「お泣きにならないで」わたくしはおかあさまの背を撫でながら云った、「すずが一生おそばに付いていますからね、どうぞお泣きにならないで」

初めて化粧の間でお二人に会い、これが本当の父と母だ、と思ったときの感動が、なまなまと胸によみがえって来、これで本当の親子になれた、これから一生お二人に仕えてゆこうと、わたくしは心の中で自分に誓った。

細貝家の日常は少しも変らなかった。おとうさまは一日もお勤めを欠かさないし、わたくしをごらんになるときの、あたたかい微笑をうかべたお口許《くちもと》や、ほそめた眼でやさしく頷《うなず》くようすにも、それまでと違ったところは見られなかった。おかあさまもちょっとお口数が少なくなったことと、わたくしをいつもそばに置きたがることくらいが気になる程度で、そのほかにはまったく変化が感じられなかった。

あの方が去ってから約半年、九月になってまもなく、わたくしはおかあさまから離縁のことを相談された。

「お軀に変りはないようね」とおかあさまは初めに仰しゃった。

わたくしは漠然とではあるが、みごもる、ということだなと思い、「はい」と答えながら、顔が赤くなるのを感じた。

「それは不幸ちゅうの幸いでした」とおかあさまは仰しゃった、「あなたはまだ十六でいらっしゃるし、これからどんな良縁にも恵まれることでしょう、もちろんわたくしたちもこころがけますけれど、ここでいちど、おさとへお帰りになってはどうでしょうか」

わたくしは終りまで聞かずに、微笑しながらかぶりを振った。そんな話が出ようとは予想もしなかったが、聞き終るまでもなく、わたくしはきっぱりと云った。

「すずは細貝家の娘です、わたくしにはこの家のほかにさとなどはございません」

「それはそうですとも、けれど」

「いいえ」とわたくしはまたかぶりを振って云った、「おかあさまは初めから、わたくしを本当の娘のようにしか思えない、と仰しゃいました、そうしてわたくしにも、実の母親だと思うようにって、――わたくしも初めておめにかかったときすぐに、これが本当のおとうさまおかあさまだと思いましたし、いまでもその気持に変りはございません」

お気にいらないところがあるなら、叱《しか》って下されば直すし、一生おそばにいると誓ったこともお忘れではないと思う。どうか二度とそんなことは仰しゃらないで下さい、とわたくしはきつい調子で云《い》った。

「この家にいては」とおかあさまはゆっくり仰しゃった、「玄二郎のことが、あなたの障《さわ》りになると思うのです、おとうさまもそれを心配していらっしゃるのだけれど」

わたくしは黙っていた。

「でもあなたがそのおつもりなら」と云っておかあさまは太息《といき》をつかれた、「――当分この話はしないことに致しましょう」

わたくしはおかあさまの眼をみつめながら頰笑《ほほえ》んだ。おかあさまも微笑なすったが、すぐに顔をそむけながら、わたくしに見えないように、そっと眼を押えていらしったようだ。

四

それからまもなく、わたくしは鼓の稽古《けいこ》を始めた。おとうさまは謡《うたい》がお好きで、五日にいちどずつ、宝生《ほうしょう》なにがしという師匠が教えにみえる。お若いころに稽古をし、それから、二十年もやめていたのを、去年からまた出直されたということだが、あまりお上手ではないらしい。師匠もしばしば当惑するようだし、おとうさまも「師匠の鼓はきつすぎてうたいにくい」などと仰しゃっていた。私の謡は腹ごなしなのだから、というのがお口癖で、それは上達しないことの云いわけとも聞えたが、それならわたくしが鼓をならってお相手をしよう、と思いついたのであった。

常盤家では日常の躾《しつけ》以外に、稽古ごとなどはなにもしなかったし、わたくし自身あまりきようではないので、稽古を始めてから半年くらい経《た》ったとき、自分でもうんざりして、やめてしまおうかと思った。けれどもおとうさまは頼みにしていらしったようすで、なかなか筋がいい、などとお褒めになり、もう一と辛抱してみるようにと仰しゃるので、気をとり直して稽古を続けた。そうしてさらに半年ほどすると、おとうさまがむりに望まれるので、あぶなっかしいお相手をするようになり、ずいぶんおかしいことがあったのだが、——それは、久弥《ひさや》さまを良人に迎えてからも同じことで、いまでも謡のたびに、いちどや二度笑わないことはないくらいである。

十八になった年の春、わたくしはおかあさまに、養子を貰《もら》ってはどうかと云った。笠松図書という方は、この細貝家から婿《むこ》入りをした人で、おとうさまの弟であるが、そのとき男ばかり四人のお子たちがいた。末の信五というお子が五歳になるので、血の続きも濃いし、貰って下さればわたくしがお育てするから、と云ったのであるが、するとおかあさまは、それよりあなたに婿の話があるのだ、と仰しゃった。「いいえ、いやです」わたくしは驚いてかぶりを振った、「わたくし、それだけは、はっきりお断わり致します」

おかあさまは眼をみはり、それから不審そうなお顔つきで、じっとわたくしをごらんになった。わたくしの口ぶりがあまりに激しかったので、なにかわけがある、とお思いになったのであろう。わたくしももうお話してもいいと思い、祝言の夜の仔細《しさい》を申上げ、二度とあんなことを経験したくない、という気持を正直にうちあけた。

おかあさまにはまったく思いがけないことだったようで、暫《しばら》くは眼をつむったまま、なにも云うことができない、というふうにみえた。

「そうだったの」とやがておかあさまは深い溜息《ためいき》をついて仰しゃった、「ではあなたはまだ娘のままだったのね、ああよかった」

「娘のままではございませんわ、玄二郎さまと祝言をしたのですし」

「いいえ」おかあさまは遮《さえぎ》って、そっと微笑された、「そのことはあとで、よくわかるように話してあげましょう、あなたのいまのお話が本当なら、あなたはまだ娘のままだし、良人を持つということはそんなものではないんですよ、でも」と云いかけて、おかあさまは細いきれいな声でお笑いになった、「——あなたは十八にもなって、おかしな人だこと」

なにが「おかしい」のかわからなかったが、わたくしも赤くなりながら笑った。

数日のちの或《あ》る夜、わたくしはおとうさまの居間へ呼ばれた。おかあさまもごいっしょで、話は婿縁組のことであった。

「おまえは私たちの娘だ」とおとうさまは云われた、「私たちのことを実の父母だと、自分で云った筈ではないか、そうだろう」

「はい」とわたくしは頷いた。

「私たちもおまえを実の娘だと思っているし、実の娘に婿を取るのは当然ではないか」とおとうさまは珍しく強い調子で仰しゃった、「人間には好き嫌いがあるから、いちがいに押しつけるつもりはないが、私は自分の跡継ぎとしても、またおまえの良人としてもわるくない男だと思う、二三日うちに招くから、ともかく自分の眼で見てみるがいい」

そして、その男も謡が好きなのだ、と云ってお笑いになった。

中三日おいて、佐波久弥さまが夕餉《ゆうげ》に招かれて来た。その日おかあさまは、わたくしに掛りきりで、風呂《ふろ》へもいっしょにはいり、髪結いや化粧や、着つけが終るまでそばをはなれず、うるさいほどあれこれと注文を付けた。わたくしはお給仕をする筈なので、振袖《ふりそで》では困ると云ったけれども、おかあさまは聞こうともなさらず、わたくしを飾れるだけ飾ろうときめていらっしゃるようすが、殆《ほと》んどいじらしいほどしんけんにみえた。

久弥さまは佐波又衛門《またえもん》さまの御二男で、年は二十六歳、わたくしとは八つ違いであるが、たいそうおとなびていて、三十くらいにも老《ふ》けてみえた。痩《や》せてはいるが筋肉質で、背丈が高く、肩幅が広かった。立ち居や身ぶりはゆったりとのびやかだし、その声も豊かで低く喉《のど》の奥で話すように聞えた。おとうさまも酒はあまりめしあがらないが、久弥さま、——もう良人と呼ぼう、良人も酒はごく弱いほうで、盃《さかずき》に三つほどあがると、頸筋《くびすじ》まで赤くなり、ちょっと苦しそうな息づかいをしていた。

お二人はまえから親しくしていたとみえ、共通の話題を興ありげに話し続けた。どちらもお口べただし、言葉数も少ないが、お互いの気持はよく通じあうようすで、片方がなにか云いかけると、聞き終らないうちに片方が笑いだす、といったようなことが、三度や五たびではなかった。

「ときに、腹ごなしでもやるか」膳部《ぜんぶ》をさげて茶菓を出すとまもなく、おとうさまがそう云いだされた、「すずに鼓を持ってもらって、紅葉狩《もみじがり》をさらおう」

良人は「笑われましょうか」と答えた。

わたくしの鼓はいっこうに進まないので、初めての方に聞かれるのは辛《つら》い筈である が、そのときは恥ずかしさも思わず、すなおにその支度をした。正直に云うと、良人 の相手をすることに、うれしいような胸のときめきさえ感じたとおぼえている。おと うさまがしてとつれ、良人がわきとともをうたった。それはいいけれども、良人もま たおとうさまと似たりよったりで、うたい初めの「時雨《しぐれ》をいそぐ紅葉狩――」という、 つれうたいのところで早くも間拍子が狂い、互いに相手に合わせようとするものだか ら、まるで立ちはじめた赤児のように、あちらへよろよろ、こちらへよろよろとなり、 「これはこのあたりに住む女にて候《そうろう》――」という、さし謡になるまえに、お二人とも くすくす笑いだしてしまった。

「今夜は喉のぐあいが悪い」とおとうさまは仰しゃった、「これくらいにしておこう か」

「このくらいにしておきましょう」と良人も笑いながら云った、「――母に云わせま すと、私の声はふかしぎな声だそうで、私が謡をうたいますと、一町四方の犬が全部 いなくなってしまうそうです」

そんなことはあるまい、と云いながらおとうさまがまた笑いだし、おかあさまもわ たくしも、がまんできずに笑ってしまった。

――おとうさまはこの方を好いていらっしゃる。

わたくしは笑いながら、心の中でそう呟《つぶや》いた。

――自分もこの方となら一生をともにしてもいい。

縁談はきまり、三月七日に祝言《しゅうげん》をした。縁談がきまったとき、おかあさまから閨《ねや》ごとのあらましをうかがった。そのころわたくしは、躯《からだ》の中に起こるいろいろな感覚に、理由のわからない悩ましさや不安や、苛立《いらだ》たしさを経験するようになっていたので、おかあさまの話を聞きながら、非常な恥ずかしさと同時に、濃い霧がしだいに晴れて、望ましくたのしい景色が見えてくるような、胸の高鳴りを感じたものであった。

祝言の夜、寝所へはいると、あのときの記憶がよみがえったのであろう。おかあさまからうかがって、よく承知していたにもかかわらず、わたくしはまた恐怖におそわれ、躯のふるえを止めることができなかった。

「心配しなくともいい、このまま寝よう」と良人《おっと》は低い声で囁《ささや》いた、「――じつは私も、ちょっと怖いんだ」

わたくしは息をひそめた。

「今夜だけはやむを得ないが、明日の晩からは寝所をべつにできるからね」と良人はまた云った、「お互いの気持がとけあうまで、むりなことはしないようにしよう」

わたくしは「はい」と答えたが、声にはならなかった。胸いっぱいに温かい湯が満ちあふれるようなあまやかなおもいに包まれ、両手でそっと眼を押えた。

――じつは私も少し怖いんだ。

良人のその言葉を、わたくしは一生忘れることはないだろうと思う。

五

わたくしの眼は正しかった。おとうさまの選択が正しかったというべきだろうが、わたくしは初めて会ったときの、自分の勘に狂いのなかったことを誇りたいと思う。

良人がどんなに好ましい人かということを数えるより、欠点だとみえることをあげるほうが早い。これは初めに感じたことだが、立ち居の動作が、じれったいほどのろい。いままではそれも、おちついたたのもしいものになったが、そのころのわたくしには少しじれったく思えた。次は口数の少ないこと、また、生来おもいやりの深い性分なのだろうが、家士や召使たちにまで気をくばること、などであった。――わたくしが初めての子、松之助を産んでからまもなくのことであるが、小間使のとめが掃除をしていて、おとうさまが大事にしていらしった壺《つぼ》を毀《こわ》した。唐来の高価な品だそうで、とめは途方にくれて泣きだした。それを良人がみつけたのである。

「よしよし、父上には私があやまる」良人はとめに云った、「おまえは心配しなくともいいから黙っておいで」

わたくしはとめからそのことを聞いて、「それでいいだろう」とは答えたが、心の中では納得しなかった。

――あやまちはあやまちである。

とめの過失はとめの責任であるし、その責任を負うことが躾《しつけ》というものではないか。たとえ劬《いたわ》りにもせよ、事実をごまかすのは正しいことではない、とわたくしは思った。これも数年のちには、自分の考えかたがかたくなであり、人間同志の愛情や信頼感を高めるには、良人のようでなくてはならない、と思い当るようになったのだけれど。

松之助が生れてまもなく、おとうさまの職はそのままで、良人が書院番にあげられた。重職がたがまえから眼をつけていたそうで、おとうさまのよろこびは大きかった。口に出してはなにも仰《おっ》しゃらなかったが、ごようすにはよくあらわれていて、細貝家の日常はいっそう明るく、活気に満ちてゆくようであった。まえにもちょっと触れたと思うが、いまでもおとうさまと良人は、ときどきわたくしの鼓で謡をおうたいになる。もうお二人とも諦《あきら》めているのだろう、その後は師匠にもつかないので、上達しないばかりでなく、抑揚も間拍子もだんだん怪しくなり、うっかりすると文句まで、あとさきになるようなことがある。そのうえわたくしの鼓が加わるのだから、たいてい終りまでうたうということはない、おかあさまはお気の毒だからといって、いつも座をはずすのであった。

二人めのこずえが生れたとき、わたくしは二十五歳、松之助は四歳になっていた。こずえは女のくせに大きな児《こ》で、お産はちょっと重かったが、あとの肥立《ひだち》は順調だったし、子供は申し分なく健康であった。

その年の六月、梅雨あけの晴れた日の午後に、わたくしはこずえを宮参りに伴《つ》れていった。うぶすなは宇津美八幡《うつみはちまん》で、城下町の北側の小高い丘の上にあった。とめはもう嫁にゆき、小間使はいねという十七歳の娘だったが、陽がつよいので、こずえはわたくしが抱き、いねに日傘をさしかけてもらいながらいった。こずえが重いので、わたくしはすっかり汗になり、参詣《さんけい》をするまえに茶店の奥を借りて、汗を拭《ふ》かなければならなかった。

茶店とはいっても掛け茶屋でない。座敷が四つ五つもあるし、簡単な酒食もできる。座敷は丘の端《はし》に南面していて、斜面の松林のかなたに、城下町の一部がひらけて見える。いねはこずえを抱いて、裏庭へおりてゆき、わたくしは半挿《はんぞう》に水を取ってもらって、肌の汗を拭いた。——そして、拭き終って肌を入れていると、襖《ふすま》をはずしてある隣り座敷から、一人の男がはいって来た。わたくしはいそいで衿《えり》を直しながら、咎《とが》めるように男を見た。このうちの者かと思ったが、そうではないらしい。垢《あか》じみたよれよれの単衣《ひとえ》に三尺をしめ、月代《さかやき》も髭《ひげ》も伸びたままの、みじめに薄汚れたなりかたちで、両手を衿から入れて腕組みをしてい、そのため胸が殆んどあらわにみえた。

「思いだせないかね」と男は云った、「おめえの亭主だぜ」

潰《つぶ》れた喉《のど》から出るような乾いたしゃがれ声で云い、男はにっと歯をむきだして笑った。わたくしは男の言葉を聞きながら、あらわになった胸の上に、ひとかたまりまばらな毛が生えているのを見て、はっと息が止った。

「道で二三度もすれちがったんだが、わからなかったらしいな」と男は云った、「尤《もっと》もあしかけ十年も経《た》つし、こっちはこのとおりの恰好《かっこう》だからむりはねえがね」

わたくしは口がきけなかった。

「子守りが戻って来るようだな」と男は云った、「——済まねえが明日、ここへ五両持って来てくれ、時刻はいまじぶんがいいだろう、待っているぜ」

そしてすばやく、わたくしの返辞も待たずに、元の座敷から去っていった。

宮参りを済ませて、家へ帰る途中も、帰ってから夕餉の支度をするあいだも、わたくしの頭はすっかり混乱して、どうしても考えをまとめることができなかった。

――あの方が戻って来た。

――五両持ってゆかなければならない。

いなずまの閃《ひらめ》きのように、その二つの言葉が、頭の中で繰り返し聞えた。もう一つは、家族の誰にも気づかれてはならない、ということで、胸ぐるしさのため、いまにも叫びだしたくなるのをがまんする辛さは、いまなおはっきり思いだすことができる。ほかにとるべき手段があろうなどとは、考えもしなかった。夜になって少し気持がおちついてからも、云われたお金を持ってゆくこと、そのときよく話しあえば、どうにか無事におさまるだろう、ということを自分に納得させるだけであった。

武家の勝手は表向きと反対に、どこでもぎりぎりいっぱいなものだ。ことに細貝家はお禄高《ろくだか》に比べて格式が高いから、ほかの家よりもはるかに出費が嵩《かさ》む。良人が書院番にあげられたので、僅《わず》かながら役料を頂くようになったけれど、それでも、五両という金をないしょで持ち出すことはできなかった。

――これは自分だけで始末しなければならないことだ。

わたくしはそう思った。常盤《ときわ》家を出るとき、餞別《せんべつ》に貰《もら》った金が三両あった。そこでわたくしは自分の婚礼の衣装を取出して包み、そっと家をぬけだして質屋へいった。薙《なぎなた》町にいたとき聞いた知恵で、松井町の杵屋《きねや》という店を訪ね、どうやら三両という金を借りることができた。

翌日の午すぎ、久しぶりに鼓の手直しをしてもらうからと、おかあさまに断わって家を出、まわり道をして八幡社の丘の茶店へいった。

わたくしがはいってゆくと、その店の主婦らしい人が、お待ち合せですかと訊《き》き、こちらへどうぞ、と自分で案内してくれた。あの方はいちばん端にある八帖《じょう》の座敷で、酒肴《しゅこう》の並んだ膳を前に、独りで飲んでいた。わたくしははなれて坐《すわ》り、紙に包んだ約束の金を、膝《ひざ》の上に置いた。

「一つどうだ」とあの方が云《い》った、「十年ぶりだぜ、一つくらいつきあってもいいだろう」

「それより申上げたいことがございます」とわたくしは云った、「ここに仰しゃっただけの物を持って来ました、これはお渡し致しますから、どうかこの土地にいらっしゃらないで下さいまし」

「それはむずかしいな、そいつはむずかしいよ」とあの方は飲みながら云った、「ずいぶんほうぼう食い詰めて、ようやく生れ故郷へ帰って来たんだが、ここでもちょっと揉《も》め事を起こしちまってね、うん、ふしぎとおれのゆくさきざきで揉め事が起こるんだ、なにしろやぶからしだからな」

「ときに」あの方はすぐに続けた、「昨日の子が二人めなんだね、丈夫そうな可愛《かわい》い赤んぼじゃないか、おれのあとに来た亭主もいい人間らしいし、さぞ仕合せなこったろうね」

「ひとこと申上げますけれど」

「いや、話すのはおれの番だ」とあの方は首を振った、「おまえは安穏《あんのん》な家と、立派な亭主と、可愛い子供を二人も持っている、そういう仕合せな者は文句を云っちゃあいけねえ、なにか云うとすればこのおれのほうだ」

「いつかいちど」とあの方は大きな物で酒を呷《あお》り、おくびをしてから云った、「いつかいちどは聞いてもらいてえと思っていたんだ、うん、あの祝言の晩のことさ」

「そんな話はうかがいたくありません」

「おっと、立っちゃあいけねえ、おれを怒らせちゃあいけねえ、坐ってくんな」あの方の眼が白くなり、歯がむき出された、「——おらあざんげをするんだぜ、あの晩のことは済まなかった、本当に済まなかった、と思ってる、ほんとうだぜ」

どうしたらいいだろう、わたくしはいたたまれなかった。こんなところにながいをしていてはいけない、早く出てゆかなければならない、と思いながら、でもこのまま出てゆけば、あの方がなにをするかもしれない。出てゆくならはっきりきまりをつけてからだ、とも考えたりした。そんなことを思い惑っているうちに、ふと気がつくと、あの方の話している調子が、いつのまにかすっかり変っていた。

「六つか七つぐらいのときだ」とあの方は続けていた、「庭で遊んでいると、当時いた源次というとしよりの下男が、生垣《いけがき》のところに伸びている草を、鎌《かま》で掘っては抜き捨てている、なんだと訊《き》くと、やぶからしという草だと云った、どうして抜くんだ、どうしてって、これは悪い草で、伸びるとほかの木に絡《から》まってその木を枯らしてしまう、竹藪《たけやぶ》さえ枯らしてしまうので、いまのうちに抜いてしまうのだ、と源次が答えた、やぶからし、やぶからし——」

あの方はぐらっと頭を垂れた。

六

そのことはすぐに忘れた、とあの方は語り続けた。しかし十二三になって、自分が誰にも好かれず、親たちからは叱《しか》られてばかりいることに気づいたとき、ふと源次の言葉を思いだして、自分はやぶからしのようなものかもしれない、と悲しく思った。

「おれは小さいじぶんから、なにか物をやらなければ遊び相手が付かなかった、菓子をやって遊び相手を呼んでも、喰べ終ればさっさといってしまう、おれはぽかんとして、それから自分が恥ずかしくなる、そんなことをして友達を求めるなんて、あさましい、卑《いや》しいことだ、もうよそうと、固く自分に誓うが、淋《さび》しくなるとついまたやらずにはいられない」

恥ずかしく卑しいことだ、という気持があるためだろう。遊んでいるうちに気が立ってきて乱暴をし、相手にけが
をさせたようなことも三度や五たびではない。放蕩《ほうとう》を始めたのは十八くらいのころであったが、そのきっかけも友達やなかまが欲しいからで、自分で心からたのしんだことはいちどもなかった。金のあるあいだは女たちもあいそがいいし、なかまも取巻いて騒いでくれる。だが、金がなくなると同時に、どっちもあっさりとそっぽを向き、道で出会っても眼をそむける、というふうであった。

「小さいじぶんと同じことだ、おれはいつもあとで自分を恥じる、自分のいやらしさ、卑しさが恥ずかしくて、どこかへ逃げだしたくなってしまう」

おまえを嫁に貰ったとき、おれは本心から生れ変るつもりだった、とあの方は語り続けた。こんどこそそのつもりだった。けれども、放蕩こそしたが女をよく知っていなかった。僅かに知っているのは売女《ばいた》にひとしい女だけだし、それも人間らしい相手ではなかった。そんなおれ自身にとって、おまえはあまりに違いすぎた。寝所で二人きりになったとき、初めておれはそのことに気がついた。そして、その違いの大きさ

に圧倒されてしまい、酒の力を借りるよりほかにどうしようもなくなった。

「あのとき――」と云って、あの方はちょっと口ごもってから、続けた、「あのときおまえを殴ったのは、おれ自身を殴ったんだと思う、おまえの顔にあらわれたさげすみの色を見たとき、おれは自分の卑しさあさましさに逆上し、自分を自分でしめ殺したくなった、いまになって云いわけをいうと思わないでくれ、これがあの晩のおれの、本当の気持だったんだ」

あの方が手を叩《たた》くと、中年の女中が酒を持って来た。わたくしはあの方の告白を、すなおに聞いた。あの方の話しぶりに、しんじつが感じられたからである。けれども、姿勢を崩さなかったのは、わたくしになにか勘がはたらいたのであろう。あの方はなお暫《しばら》く、ざんげめいた告白を続け、それから急に眼をほそめて、訴えるような、威《おど》すような口ぶりになり、「金をあと二十両作ってくれ」と云いだした。わたくしは膝の上の手を握り緊《し》め、あの方の眼を黙って見返した。

「あさっての夕方まででいい、なんとかして二十両持って来てくれ」とあの方は低い声で云った、「――さっきちょっと云ったが、この土地のやくざと揉《も》め事を起こした、二十両あればおさまりがつくし、おさまりがつけばおれはこの土地を出てゆく、そうすればおまえも安心だろう」

「おれはな」とあの方はもっと声をひそめた、「江戸で人をあやめたんだ、それでこっちへぬけて来たんだが、こっちでも間違いができちまった、ここで二十両の都合がつかねえと野詰めになる、そうすれば、細貝の名も出ずにはいねえ、——おれだって死ぬか生きるかというどたん場になれば、やっぱり死にたかあねえからな、そうなれば細貝の名を出すほかに助かるみちはねえんだから、わかるだろう、すず」

わたくしは肌へ氷を当てられたようにぞっとした。すずと呼ばれたからでもあるが「家名を出す」ということの恐ろしさと、それが単純な威しではないということを直感したからである。わたくしは仕合せであった。

細貝家は平安で明るく、幸福そのものといってもよい。あの方はそれを知っている、そんなにもおちぶれ、人を殺傷し、ここでも窮地に追い込まれているようだ。

——いざとなれば、どんなことでもするだろう。

たとえ除籍してあっても、細貝家の一人息子だったことに変りはない。いまどんな騒ぎに巻きこまれているか知らないが、そのほかに助かる方法がないとすれば、この人はきっと、細貝八郎兵衛の子だ、と名のるにちがいない。昔から自己中心の人であった。これは決して、ただの威しではない、わたくしはそう思った。

「念のためにうかがいますけれど」とわたくしは声のふるえるのをこらえながら訊《き》い

た、「二十両さしあげれば、きっとこの土地を出ていって下さいますか」

「おれが口でどう云ったって、たぶん信用はしねえだろうが」とあの方はいやな笑いをうかべた、「この難場を遁《のが》れることができるなら、これ以上おやじやおふくろを泣かせたかあねえさ、本当のところせっぱ詰ってるんだから」

本当に生死にかかわるんだ、とあの方は繰り返した。あさっての夕方まで、場所は開田《かいでん》の妙見堂と聞いて、わたくしはあの方と別れた。

——良人《おっと》に相談するほかはない。

二十両などというお金は、わたくし一人で作ることはできないし、おとうさまやおかあさまには話すにしのびない。良人ならわかってもらえるだろう、そのほかに手段はない、とわたくしは決心した。

その夜、二人になってから話すつもりでいたが、こずえに乳をやっているとき、ふっと気がついた。だめだ、これが終りではない、初めに五両、こんどは二十両。おそらくあの方はまたねだるであろう。二十両の次に幾らねだるかはわからないが、そんなふうに金が取れる限り、あの方は決してここを去りはしない。二十両というお金は、むしろあの方をここへい据《すわ》らせるだけだ。

——ではどうしたらいいか。

その夜は明けるまで、わたくしは殆《ほと》んど眠れなかった。そうして明くる日もいちにち、考えられる限り考えたのち、これはやはり自分一人で始末をしよう、と思った。

——細貝家はこのままで幸福だ。

こずえには乳母を雇えばいい。自分がいなくなっても、さして不自由なことはないだろう。この十年、自分は仕合せにくらした。こんな仕合せを与えてくれた両親や、良人や、子供たちを護《まも》るためなら、自分を捨てても惜しくはない、とわたくしは思った。

それから約束の刻が来るまで、わたくしはある限りの自制力で心をしずめ、日常の事も、子供たちに対してさえも、ふだんと変ったようなそぶりは決してしなかった。そして刻限になって家を出るときは、小間使のいねにだけ「用達《ようた》しに」と断わり、おかあさまにも会わなかった。

ふところには懐剣だけ入れていた。

——ふしぎなめぐりあわせだ。

あの方のことになるとこの懐剣が出る。十年もしまったままだったのを、こうしてまた手にしなければならない。あの方が告白したように、あの方にはいつもこういうことが付いてまわるのだろう。もちろん、使わずに済むだろうが、とわたくしは思った。

わたくしは命がけであの方を説き、いっしょにここを出てゆくつもりだった。もしそれがだめだったら、あの方を刺し止《とど》め、宮瀬川へ流したうえ、自分も身許《みもと》の知れないようにして死のう、と覚悟していた。――開田というのは、城下の西南から宮瀬川のほうへゆく新道で、町を出はずれると片側は丘、片側は田や畑が続いている。妙見堂は町はずれから五六町いった山側にあるのだが、そのちょっと手前までいったとき、二人の男があらわれて、わたくしの前に立塞《たちふさ》がった。

あたりは黄昏《たそが》れていて、靄《もや》が立ち、道の上まで藪が蔽《おお》いかかっているため、その人柄はよくわからないが、なり恰好や言葉つきは、明らかにやくざな人間と思われた。

「ごしんぞさん」と男の一人が云った、「済みませんがここはちょっと塞がっています、通れませんからどうか戻っておくんなさい」

わたくしは恐れはしなかった、「用があってゆくのですが、どうしていけないんですか」

「ちょっとなかまの揉め事がありましてね」とべつの男が云った、「お素人衆《しろと》にはごらんにいれたくねえんで、なに、すぐに片づきますから、なんならいっときまをおいて」

そのとき向うで叫び声が聞えた。

「すず——」とその声は叫んだ、「助けてくれ」

わたくしはよろめいた。男たちは勘ちがいをしたのだろう、両手をひろげて「だめだ」と云った。

「あんた方の見るものじゃあねえ、戻っておくんなさい」と男の一人が云った、「——わからねえんですか」

わたくしは向き直って、もと来たほうへふらふらと歩きだした。するとまた一と声、帛《きぬ》を裂くような声が聞えた。

「すず——」

わたくしはよろめき、道の脇《わき》へいって立ちすくんだ。そこは竹藪がかぶさっていて暗く、竹の枝に絡まった蔓草《つるくさ》の先が、垂れかかってわたくしの顔に触った。

——野詰めにされる、命が危ない。

あれは本当だった、あの方の云ったことは事実だったのだ、そう思いながら、うるさく顔に触る蔓草を払いのけたが、ふとその蔓草を見て、突然なにかで突き刺されるような痛みを胸の奥に感じ、知らぬまにわたくしは泣きだしていた。禍《わざわ》いは去った、これですっかり終った、という安堵《あんど》感と、あの方がいかにも哀れに思えたからである。

わたくしはそのやぶからしの蔓に、片手をそっと触れながら、涙が頬をながれるのも知らずにいた。

（「週刊朝日増刊号」昭和三十四年七月）

ばちあたり

一

私をみつけるとすぐに、弟の啓三は例のとおり大きく手を振った。私は気がつかないふりをして、三番線のプラット・ホームのほうを見ていた。啓三は近よって来ると、これまた例の如《ごと》く私の肩を叩《たた》いた。彼の体から香水が匂《にお》った。

「早かったね」と啓三が云《い》った、「病院のほうはいいの」

私は黙って頷《うなず》いた。

「この暮れになってひどいよ、おれにとっちゃあ一時間が何万円にもつくときだからね」と啓三はなめらかに云った、「往復するだけでも二日だぜ、もしものことがあっても一日しきゃ日は取れないんだ、一日だな、一日以上は絶対にだめなんだ、おふくろも罪なときに罪なことをするよ」

私は黙って階段口のほうを見た。啓三は母を責めているのではない、一時間が何万円にもつくという、自分の言葉の裏書きをしているにすぎないのだ。

「こんなところに立っていてもしようがない」と啓三が云った、「中へはいって坐《すわ》ろうじゃないの」

「室町がまだ来ないんだ」

「いいよ、車がきまっててシート・ナンバーがきまってるんだもの、そうでなくったってあの女傑がまごつきますかさ、わからなければ駅長を呼びつけるくちですよ、駅長おどろくなかれって、ね」

　私は彼に「乗れよ」と云った、発車時刻が迫っていて、歩廊にいる客たちは次つぎと車内へはいってゆき、私たちのまわりには見送りの人や、走って来る乗客たちがまばらに見えるだけであった。

「ねえ、どう思う」と啓三は急に声をひそめて云った、「キトクっていう電報はこれで三度めだろう、あんたは三度とも診察しているでしょう、それでこんどはどうだと思う」

　私は穏やかに云ってやった、「きみは香水のスプレーは丹念に握るくせに、髭《ひげ》を剃《そ》ることは忘れるらしいな」

「あんたにはわからないポケットさ」啓三は右手で口のまわりを擦《こす》った、「このぶしょう髭を少し伸ばしてるのが、当代仲買人のはやりっ子っていう看板なんでね、いまどき髭をきれいに剃ってるなんてのはバーテンダーか、信託銀行の支店長かベル・ボーイ、やあ、女傑があらわれましたぜ」

啓三は右手をあげて振りながら、階段口のほうへ走っていった。姉の順子は、トランクといいたいほど大きなスーツ・ケースを、両手で提げて持っていた。私は啓三がそれを受取るのを見て、車室の中へはいった。——十二月十八日という時期のためか、それとも午前八時なにがしという半端《はんぱ》な時間のためか、その特二の車内は客も三分の二くらいしかなかったし、私たちのまわりには、一と組の若い夫婦らしい二人が、通路を隔てた向うの席にいるだけであった。

啓三が姉といっしょにはいって来た。姉は私の前のシートに坐り、啓三はスーツ・ケースを網棚《あみだな》にあげ、窓を下一段だけあけて、私の隣りに坐った。

「喪服を持って来たんで重くなっちゃったの」と姉はマフラーをとって啓三に渡しながら、誰にともなく云った、「啓ちゃんこれもあげといて、——タクシーが来ないんで困っちゃったわ、このごろはそうでもないような者まで車に乗るのね、空き車なんて十台に一台もありゃあしない、出るたんびに、あら、タバコをどうしたかしら、啓ちゃんちょっと鞄《かばん》をあけてみて」

マフラーを棚へあげて、腰をおろしたばかりの啓三は、いやな顔もせずにまた立ちあがった。軽薄な男であるがそれだけは取り得といえよう、人に頼まれると決していやとは云わない。小さいじぶんからの性分で、ことに親きょうだいより、他人のことのほうに精を出すので、リップ・バン・ウィンクルのようなやつだ、と父がよく云ったものであった。

「これでも三人の子持ちですぜ」啓三はタバコとライターを出して渡し、鞄を元のように直して坐りながら、姉に云った、「あんたと伴《つ》れになるといつもこき使われるんだ、あんたの側にいるときまって自分が小僧にでもなったような劣等感におそわれるよ」

発車を告げるベルが鳴りだし、歩廊を走る足音やひと声が、他の始発駅とは違うこの駅特有の騒がしさで聞えた。

「三人の親なら親らしくもっとしっかりしなさい」と姉はタバコに火をつけながら云った、「このあいだ高ちゃんが来てこぼしてたわよ、また遊びだしたんだって、ちょっと景気がいいと思えばすぐにそれなんだから、あんたの悪い癖よ」

「冗談でしょ、嘘《うそ》ですよそんなこと、あいつはすぐにそんなふうな勘ぐりをするんだ、このまえのときだって、あの女とはなんでもありゃあしないのに、高子のやつが独りでばかな想像をして」

「なんでもない女にどうして二十万もやったの」と姉が云った、「つまらない云い訳はよしなさい、あんたときたら女にはまったく――」

列車が動きだし、私は窓外へ眼を向けた。この沿線では始めの二時間の風景がたまらなく退屈である、田と畑と林、僅《わず》かな丘の起伏しかないところへ、工場と安普請《やすぶしん》の住宅、——古いのも新しいのも玩具《おもちゃ》のように小さくて、広い田や畑のあいだにそこだけぎっちりと寄り集まり、きまったように洗濯物を掛けつらねている。その洗濯物の大部分が赤児の肌着やおしめであるのを見るたびに、人間の無知や貧困さが露骨に感じられて、云いようもなく重い、かなしい気分を唆《そそ》られるのである。

「ねえ健さん」姉は啓三との話を切上げて私に呼びかけた、「健さん」と繰り返して、私のほうへ顔を寄せながら、声をひそめた、「——おかあさんどうかしら、あたしこんどはだめだっていう気がするんだけれど、あんたの考えではどう思って」

私はちょっとまをおいて答えた、「わからないな、おふくろは芯《しん》が強いからね、——なにしろ」

「芯は強いよ」と啓三が云った、「あの呑《の》んだくれで我が儘《まま》いっぱいだったおやじが、おふくろの芯の強さにはシャッポをぬいでたからね、そう云えば敏公にも芯の強いところがあるぜ、そこがおふくろと性の合うところなんだろうな」

「気が合ってなんかいるもんですか、おかあさんはあの子のことばち、、あたり、、、って云ってますよ」

私は姉の顔を見た。

「去年いったとき聞いたのよ」と姉が云った、「おかあさんの口からと、テープ・レコーダーと、二度も聞いたわ」

「それでどうしてあいつにばかりくっついてるんだろう」と啓三が云った、「おれんところはともかく、室町にしろ健さんのとこにしろ、それこそ御隠居さまさまでいられるんだからな、いくら生れ故郷だからって、あんな寒い田舎町で敏公なんぞと苦労している必要なんかありやしない、結局おふくろはあいつが可愛《かわい》いんですよ」

それから彼は急に姉を見た、「テープ・レコーダーがどうしたんですって」

「もう話したじゃないの、忘れっぽいのね」

「いいえ聞きませんよ、あたしは聞いた覚えはありませんよ」

「そうかしら、敏夫がおかあさんの声をテープに取ったっていうことよ」と姉はまたタバコに火をつけながら云った、「啓さんには話さなかったかしらね、こうなのよ」

私は窓外をぼんやり眺めていた。時間があったら読むつもりで、三冊ばかり本を持って来てあった。十年以上も臨床専門にしばられて、初めにこころざした研究のほうは埃《ほこり》まみれになっている。このままで一生を終りたくない、私はまだ三十七だ。

――三十七、おお、と私は心の中で呟《つぶや》いた。もうすぐ四十だぞ、もうすぐ、……あと三年でだ。

　私の口の中で熱っぽい匂いがするのを感じた。鉄の灼《や》けるような、イオン臭に似た匂いである。私は網棚の上にある自分の手提げ鞄の中から、持って来た本を出そうと思った。そうしなければならないと思ったが、鞄の中にある応急用の診察器具や薬品類に気づくと、それだけで気持が重くなり、立ちあがって手を伸ばす力がなくなるのを感じた。

「それでおかあさんが怒って、敏夫、ちょっとおいでって云ったのよ」と姉は啓三に話し続けていた、「そうするとあの子ったら、ちょいと待ったって云って、自分の部屋からテープ・レコーダーを持って来て、――おふくろの小言はこいつにとってある、口がくたびれるといけないからおふくろは黙っていいよって、そしてそのテープを廻したんですって」

「へええ」と啓三はにやにや笑った。

「するとどうでしょう、おかあさんの叱《しか》る声がすっかりはいってるじゃないの、こうよ」姉は記憶をたどるように、上眼《うわめ》づかいになり、口の中で暗誦《あんしょう》してから続けた、「――こうだったわ、敏夫、おまえまたやったね、あれほどあたしが云っておいたじゃないか、よしたほうがいい、どうせうまくいきっこないんだから、そんなつまらない事にひっかかると取返しのつかないことになるからって、……すっかり覚えてたんだけれど、ええ、あたしそのテープを聞いたのよ」
「たいしたやつだな」啓三は声をあげて笑った、「へえ、そいつはたんまだ、おどろいたやろうだな」
「ばちあたりな子だって、おかあさん怒ってたけれど、あの子はのんこのしゃあよ、側で仰向《あおむ》きに寝ころんだまま、死んでしまえばそれまでよ……って、暢気《のんき》な声で鼻唄《はなうた》をうたってるじゃないの」
「知ってしまえばそれまでよ、っていうんですよその唄」と啓三が云った、「あいつは音痴で君が代も満足にはうたえないんだ」

二

私は長いあいだ眼をつむっていた。知ってしまえばそれまで、――死んでしまえばそれまで、……どちらも敏夫の口からよく聞いた文句である。なにか流行歌の一節らしいが、文句はそれだけ、曲もでたらめで、そのときによって違っていた。その唄がいつごろ流行しはじめたものか私は知らない。まだ郷里の高校にいたとき聞いたようにも思うが、慥《たし》かではない。けれども敏夫がうたいだしたときのことはよく覚えているし、そのとき自分の受けたショックも、いまなお忘れがたいほど深いものであった。

「しかしその」と啓三が姉に云っていた、「どうしてまた敏公のやつ、そんなテープ・レコーダーなんか持っているんです」

「なんていうのかしら、自分では巡回講演だなんて云ってたけれど」

「講演ですって」

「あたしよくは聞かなかったのよ」と姉はまたタバコに火をつけた、「つまりね、鉄なら鉄、炭坑なら炭坑を写真にとって、スライドってものにするんですって、そしてそれといっしょに、そこで働いている技師とか職工とか、石炭なら坑夫とかなんだとかっていう人たちに、それぞれ話をさせてテープに録音するのよ、それが出来たらその二つを持ってほうぼうをまわるの、たいてい学校なんでしょう、スライドを映しながら、そのテープをかけて聞かせて、敏夫がそれについて講演するんだっていう話だったわ」

「すっとぼけた野郎だな、そんなことをして食っていけるんですかね」

「食う心配はないでしょ、池田からお金が来るんですもの」

「そうか」と啓三が云った、「そうだ、それがいけねえんだな、そんな金があるからまじめに働く気になれないんですよ」

「それだけじゃない、敏夫のは生れつきだっていうこと知ってるじゃないの、小さいじぶんからおちつきのない、気の変りやすい、そのくせ片意地な子だったわ」

姉と啓三は敏夫の非難を続けていた。そのうちに私はうとうとしたらしい、昼食のときは啓三に呼び起こされて食堂車へいった。

食事まえにビールを少し飲んだのが効いたのだろう、座席へ戻って暫《しばら》くすると、私はまた仮睡にひきこまれた。

「そっとしておいてあげなさい」と姉が啓三に云った、「健さんよっぽど疲れてるのよ」

私は眼をつむったまま、頭の位置をぐあいよく直した。

仮睡は浅かった。眠りと眼ざめのあいだの不安定な意識の中で、私は敏夫のことを考えていた。母にもしものことがあれば、そして、こんどは助からないだろうと思うのだが、そうなったとき敏夫がなにかやりはしないか、というおそれが強く私には感じられるのであった。その心配はいまはじまったことではない、いまから十二年まえ、私が郷里の高校を出たあと、東京の学校の医科を卒業した翌年の春、敏夫が中学二年のときにそのことが起こった。

――敏夫は読んだ。

あのとき敏夫が読んだということは確実ではない。私が学校の付属病院から帰ると、彼が私の部屋から出て来たのだ。敏夫は八重歯のある白い歯をみせて微笑し、持っている鋏《はさみ》を振りながら云《い》った。

——これ、借りるよ。

——使ったら返すんだぜ。

彼は持っている鋏を見、うん、と云って去った。私は部屋へはいって着替えをしながら、敏夫がノートを読んだ、ということを直感した。いそいで机の抽出《ひきだし》をあけたが、ノートは日記の下にちゃんとあり、動かされたようすもないし、それを被《ひら》いたり読んだりしたという形跡も残ってはいなかった。にもかかわらず、敏夫がそれをみつけ、その項目を読んだという直感は、私をつよくとらえて放さなかった。

——中川のときもこんなふうだった。

中川という男が二階からおりて来たとき、どこにも変ったようすはなかった。私はまだ十歳だったし、中川に対して特に関心を持ったことはなかった。母の郷里のほうの親類の者で、大学の籍を東京に移したが、下宿のきまるまで預かる、ということであった。うちには半月ほどいたであろうか、私たちきょうだいとは殆《ほと》んど没交渉で、いっしょに食事をした記憶もないし、中川という姓だけは覚えているが、名前も知らないくらいだった。

弁護士をしていた父は、そのころがもっとも全盛だったのだろう、東京の事務所にいるときでも、たまにしか私たちと顔の合うときはなかったうえに、絶えず長い出張をしていた。中川が寄宿していた期間、父が麹町《こうじまち》の家にいたか、それとも出張した留守のことであるかはよくわからない。——五番町にあった家はあまり広くはなかったが、二階に三間、階下に五間あり、中川は階下の南の端にある四帖《じょう》半を使っていた。その彼が或《あ》る朝早く、二階からおりて来たのだ。もう校服を着ていたが、帽子はかぶらず、手ぶらで、ゆっくりと階段をおりて来た。

私はなんの理由もなくどきっとした。

そのときの感じを云いあらわすことはできない。もちろん、二階に寝ている母のことなど考えてもみなかったし、中川のそぶりに変ったところがあったのでもない。中川は平静そのもので、廊下にいる私を見ると、いつものとおりぶあいそに「よう」と云っただけであった。しかも私はどきっとしたのだ、そんな感じは初めて経験したことであるが、十歳の子供の頭では解釈のしようもないし、すぐに忘れてしまった。

中川は下宿へ移り、学校を出ると父の事務所へ勤めた。このあいだに敏夫が生れた。姉の順子は私より二つ上、啓三は私と一つ違いであるが、敏夫だけ年がはなれていて、私より十一も下であった。

父の事務所へはいった中川は、半年も経《た》たないうちにやめ、満州へ渡ったということを聞いた。事務所でなにか失敗をしたらしい、詳しいことは知らなかったが、あの年であんなことをするようではあの男の一生も先がみえてる、と父が云ったのを覚えている。年が経ち、戦争になった。父は昭和十八年に死んだが、遺していってくれたものがあるので生活の心配はなかった。啓三は陸軍に取られたが、私は体が弱かったから兵役はのがれ、学徒動員のときにも主任教授の好意で、特別研究生として学校をはなれずに済んだ。

姉は十八の年に矢田家へ嫁《か》した。矢田は日本橋通三丁目でかなり大きな貴金属商を営んでいたが、十八年の秋に店を閉めて、宮城県の塩釜《しおがま》へ疎開《そかい》した。そのとき相当多額な品を隠して持っていったらしく、二十四年にいまの室町へ店付きの家を建て、二年ばかり証券業をやったのち、元の商売に返り、いまでは軽井沢と熱海に別荘を持つほどみごとに立ち直った。

中川があらわれたのは、敗戦の年の二月であった。鉄兜《てつかぶと》に汚れた国民服で、雑嚢《ざつのう》を肩に掛け、髭だらけの顔は青ぐろくむくんでいて、中川だと名のられても、すぐには誰だか判別がつかなかった。彼は母の部屋で二時間ばかり話しこみ、夕方になると、握りめしを包んでもらってたち去った。おそらく門のところで会ったのだろう、入れ違いに敏夫が帰って来た。中学二年生の彼は勤労動員で、芝の浜松町にある木工工場へ通勤していたのだが、靴をぬいであがるとすぐに、いまの人は誰だ、と私に訊《き》いた。

——かあさんの親類の人だ。

——ふーん、汚ねえ親類だな。

敏夫はそう云ってから首をかしげた。

——ぼくのこと知ってるかい。

知らないだろう、ちょっとのあいだうちにいたことはあるが、おまえの生れるまえのことだからな、と私は答えた。

——だって、大きくなったなって云って、ぼくの顔をいやにじろじろ見ていたぜ。

ふしぎなことはない。親類なら手紙のやりとりはあったろうし、敏夫の生れたことぐらい知っているのは当然であろう。私はそう思いながら、それと同時に、漠然と昔のことを思いだした。二階からおりて来た中川を見て、どきっとしたときのことを、——それは「思いだした」というのではなく、記憶の底にひそんでいたものが、しぜんによみがえってきたという感じであった。私はそのことをすっかり忘れていた。そのときまでいちども思いだしたことはなかったのだ。

医学をまなび、インターンをやっていて、人間をみる眼が一般とは違っていたからだろうか、それとも生れついた性質のためか、私は平静な気持でそのことを考えてみ、それをノートに取った。中川が寄宿していたときと、敏夫が生れて来たときとは、計算するまでもなく符合した。姉と私と啓三とは、顔かたちや体つきまで似ているが、敏夫だけは体も小柄だし、まる顔で、眼鼻だちも違っていた。

——敏夫はあたしの父に似ている。

母が幾たびかそう云うのを聞いた。私も郷里の高校時代に母の実家を訪ね、その祖父に会ったことがあり、そう云われれば顔だちに似たところがあるなと思った。中川と母とをむすびつける証拠はなにもない。いつか中川が二階からおりて来たのも、ただそれだけのことだったかもしれないし、敏夫の出生がその月日にほぼ該当するのも、偶然にすぎないかもしれない。そうでないということを証明するものはなに一つないのであるが、「なに一つ疑わしいことはない」というところに、却《かえ》って私は深い疑惑をもったのであった。

三

食堂車で夕めしを食べたあと、啓三にすすめられて私はウイスキーを飲んだ。姉もハイボールで半分ほど飲み、頬を赤くして先に車室へ帰ったが、私たちは二時間くらい残っていた。啓三は能弁にしゃべり、はでな身振り手振りで陽気に笑った。私は舐《な》めるように、水と交互に啜《すす》りながら、殆んど黙って彼の話すのを聞いていた。

「生《き》のままでいいのかい」と啓三が急に云った、「素人《しろうと》が医者に云うのはおかしいが、水で割るほうがいいんじゃないのか」

私はあいまいに首を振った。

車室へ帰ると、姉は読みかけの雑誌を顔に当てて眠っていた。啓三もしゃべりくたびれたのか、それとも酔ったためか、まもなく腕組みをして眼をつむった。私はその程度に酔うと、却って頭が冴《さ》えて眠れなくなる。窓外はすでに夜で、走り去る灯の数も稀《まれ》にしかなく、うしろのほうの座席でときどき高笑いをする声が、めっきり客の少なくなった車室の静かさを際立《きわだ》てるかのように聞えた。

私は中川についてはなにも知らない。死んだ父はもちろん、母も彼についてはなんの話もしなかった。満州でなにをしていたのか、いつ内地へ帰ったのか、敗戦の年に五番町の家へ寄ったあと、死んだのか生きているのか、いまでもまったく不明のままである。

――いっそ母に訊《き》いてみよう。

そう思ったことは幾たびもあった。けれども、こっちの気持にこだわりがあるのと、もしかして母の心を傷つけはしないかというおそれとで、ついに訊くだけの勇気は出ずにしまった。

――これはすべて自分の妄想《もうそう》だかもしれない。

これも繰り返し反省《かえり》みたことだ。すると敏夫の不審な変化が思いうかんでくる。あの、鋏を借りに来た直後から、敏夫のようすはめだつほど変った。知ってしまえばそれまでよ、とうたいだしたのもそのすぐあとのことであった。死んでしまえばそれまでよ、ともうたった。あのノートを読んだな、という直感が、誤ってはいなかったと私は思い、触れてはならぬものに触れたような、あるいはなにか神聖を冒瀆《ぼうとく》したような、するどい罪悪感のために頭を垂れたことを、私はいまでも忘れることができない。

――死んでしまえばなんて、そんないやな唄はうたわないでおくれ。

母がそう云って咎《とが》めたことがあった。すると敏夫は「そんなら予科練へでもはいろうか」と答えた。戦争が続いていれば、本当にそういうことになったかもしれない。母はそれを恐れたのだろう、夜間爆撃が始まるとまもなく、敏夫を伴《つ》れて郷里の町へ疎開した。

敗戦後の約五年間が、窮乏と不安と狂騒の生活だったことは、私たち家族も一般の例からもれるものではなかった。啓三が復員し、姉の一家が戻り、私は母校の教授に推されていまの病院に勤め、同時に結婚をした。――敏夫は母と郷里に残って、私と同じ高校に進み、そこを出ると、県庁のある市に新設された大学へはいった。

――ばかなやつだ、学校なら東京へ出て来ればいいじゃないか。

啓三はそう云っていたが、そんなことには関心がないのだ。彼自身は学徒動員で取られたので、復員したら学校を続ける筈《はず》であった。財産税その他で私たちもはだか同様になっていたが、まだ弟たちを学校へやるくらいのことはできた。というのは、父が生きていたころ、郷里の友人にかなり多額な金が貸してあった。池田平二郎という人で、現在は県会議員をしているが、その事業がうまく当り、戦争が終った直後からめざましく発展し、その業界では県下で五人の内にかぞえられるようになった。――こういう関係で、池田から償還される金があり、いまでも（母のほうへ）続いて送られているのだが、啓三は学校に戻る気などなく、ブローカーのような仕事にとりついて、むやみにいそがしがっていた。

啓三が姉の良人《おっと》の助力で仲買人になったとき、郷里では敏夫の生活が荒れだした。姉や啓三は「ぐれ始めた」と云う。敏夫自身は本気だったかもしれない。私にはどっちとも区別できないが、大学を一年でやめると、闇《やみ》物資の売買をやり、次に県庁のある市で食堂をひらき、また、小学校の準教員になるかと思うと、町へ帰って貸し自転車屋をはじめるというぐあいで、四年ばかりのあいだに五つか六つ職を変えた。しかもそこには一貫したものがなく、軽率とでたらめ、生来の飽きっぽさ、といったふうな感じしかみられなかった。

「雪がないね」眠っていると思った啓三が、窓外を覗《のぞ》きながら云った、「いつもならこの辺はもうまっ白なんだがな」

私は黙っていた。

「眠ってるの」

「いや」

「雪がなかったらまっすぐ家へゆきますか」

「そうだな」と私は答えた、「まず木内へ電話をかけてからにしよう」

啓三は腕時計を見た、「あと二時間とちょっとですよ」

「暢気《のんき》な人たちね」姉が顔を掩《おお》っている雑誌の下から云った、「おかあさんが危篤《きとく》だっていうんじゃないの、雪があろうとなかろうと、着いたらすぐゆくにきまってますよ」

「雪の夜道を三里ですか」と啓三が云った、「あたしはゆうべ殆んど眠ってないんですがね」

「あたしは独りでもいくわよ」

啓三は私の顔を見てひょいと肩をすくめた。いつもながらそういう身振りを見るといやになる、自分では気がつかないようだが、すぐに人の肩を叩《たた》いたり握手を求めたり、大げさな身振りをしたりすることは、彼のためにマイナスになっているのだ。

――マイナスか。

暫くして、私は心の中でそう呟《つぶや》いた。おれの生活も同じことじゃないか、いまの私は自分が望んでいた私ではない、病人を診察し治療する毎日、夜でさえ自由になる時間の少ないこの生活は、本来そうあるべき自分にとってはマイナスである。おかしなことだ、啓三も口で云っているのとは反対に、仕事はいつも躓《つまず》きを繰り返している。室町の矢田も去年あたりから彼を避けているらしいし、当人にもそろそろ仲買という仕事に飽きたようすがみえる。そうではないかもしれないが、彼の動静から察すると、私にはもう時期の問題のように思えるのである。

――そしていま、敏夫のことがひっかかってきた。

そこまで考えたとき、まるでそれを耳で聞きでもしたように、姉と話していた啓三がこっちへ向き直った。

「そうだ、これはいまのうちに相談しておかなくちゃいけないと思うんだが」と云って彼は前踞《まえかが》みになり、両手を左右に開いた、「もしおふくろに万一のことがあった場合、敏夫をいったいどうします」

「もちろん東京よ」と姉が云った、「独りで置いたらなにを始めるかわかりゃしないもの、あの人にはこわい者が側にいなければだめよ」

「おふくろは甘かったぜ」

「母親というものは甘いようでもこわいもんなのよ」姉はちょっとまをおいて、「いろいろな意味でね」と云い、タバコに火をつけた、「敏夫はしようのない子だけれど、ひどい間違いをしずに済んだのは、おかあさんがずっと側にいたからだわ」

「するとこんどは独りになりたがるかもしれませんぜ」

「そんなこと云わせるもんですか」

「健さんの意見はどうです」

私は窓外を見たまま黙っていた。そして十秒ばかり経ってから云った。

「雪が積ってるよ」

午後八時過ぎ、その線の終点に着き、そこで乗換えて約一時間、鈍行の列車に揺られてから郷里の町の駅におりた。雪はかなり積っているが、夜空は晴れて、眼にしみるほど鮮明に星がきらめいていた。――駅の前にバスの営業所がある。タクシーも兼業していて、毎年のように来る姉はよく知っているとみえ、私たちをそこへ伴れていった。

私は母のいる町の木内医師に電話をかけた。去年来たときに、初めて診察に立会ったのだが、母のかかりつけだそうで、六十歳ぐらいの、ごく温和な、昔よくいわれた「田舎紳士」といったふうな人柄であった。

電話は簡単に済んだ。

「どうなの」姉はしがみつくような眼で私を見た、「どうなのよ健さん」

「五時十分だったそうだ」

「今日の、今日の五時」

私は頷《うなず》いた、「宿を取りましょう」

「あたしはいくわ」と姉が突っかかるように云った、「いってお通夜《つや》をするわ」

私は姉の腕を握った。

「敏夫にさせましょう」と私は云った、「二人っきりの最後の晩ですからね、今夜は敏夫に任せておきましょう」

「だっておかあさんが」姉は手帛《ハンカチ》を出して鼻を押えた、「それじゃあおかあさんが淋《さび》しいじゃないの」

「木内から知らせるように頼みました」私は手を放しながら云《い》った、「ここまで来ているんだから同じことです、宿を取って明日にしましょう」

「松村がいいいな」と啓三が云った、「おれが先に云っておくよ」

啓三は自分の手提げ鞄《かばん》と、姉の大きな鞄を両手に持って、雪の中を小走りにいそいでいった。

姉は泣きだしていた。

四

敏夫はおどろくほど変っていた。体も顔も瘦《や》せ細って、かさかさに乾いた皮膚が骨へじかに張りついているとしかみえない。かなり悪化した消耗性疾患の患者のようで、眼だけが際立って光っていた。

姉から順に、母の死顔を見、死んだ唇を水でしめした。母の死体は死んだままで、あとの処置はなにもしてないらしい。顔には白い晒《さらし》木綿が掛けてあるが、枕許《まくらもと》には燈明《とうみょう》や線香をあげる支度もできていなかった。——家は勝手のある広い土間と、炉のある八帖と、母の部屋の六帖《じょう》の奥に四帖半があるだけで、水道もないし、煮炊《にた》きは古風な竈《かまど》でするようになっていた。

「どうして」と姉の尖《とが》った声が聞えた、「どういうわけなの」

私はまだ母の枕許に坐《すわ》っていた。姉と啓三は先に立って炉の間のほうへいったが、すぐに敏夫と始めたようすである。湯灌《ゆかん》をしたかどうか、寺へ通知したか、どうして香や燈明をあげないのか、くやみに来る客の用意はどうする、というようなことを、姉はいつもの調子で追求し、敏夫はそれをみんな突っぱねていた。

「これはおふくろとぼくで話しあったことなんです」と敏夫は云っていた、「ほとけ、臭いことはいっさいやらないからって」

「おかあさんがそれを承知したっていう証拠でもあるの、あるなら見せてちょうだい」

「法光寺の石岡さんに訊けばわかりますよ、石岡さんもその話は知ってるんだから」

「そんなこと他人に訊けますか」

「他人たって菩提《ぼだいじ》寺の住職ですよ」と敏夫は云った、「五番町の兄さんは知っている筈なんだ、高校で同級だったっていうから、――ふだんからおふくろと話の合う人で、坊主《ぼうず》が経を読んだって成仏《じょうぶつ》するなんてことはない、死ねばみんな同じとこへゆくんだ、寺へ納める金があったら生きてるうちにうまい物でも食っておくほうがいいって、

――おふくろも笑って、そのとおりだって云ってましたよ」

「なんてまあひどいことを、そんな一休さんみたいなこと云ったって世間に通用すると思うの」姉の声は高くなった、「おかあさんにさんざん苦労をさせたうえ、死んだあと問い弔いもせず、線香一本もあげないなんて、そんな人間の道に外れたことがありますか」

「なんとでも云って下さい。ぼくは姉さんに褒めてもらうつもりはないんだから」

私は立って、炉の間へ出ていった。啓三は長い金火箸《かなひばし》で炉の火を突ついてい、姉は手帛をつかんだ手をふるわせながら、私のほうへ振向いた。敏夫は啓三の隣りにあぐらをかき、腕組みをして炉の火を見まもっていた。

「健さん聞いて」と姉が云った。

私は坐ってから、そこが脇座《わきざ》といって、家長の坐る場所だということに気づいた。

「敏夫」と私はできるだけくだけた調子で呼びかけた、「ここは君の坐る場所じゃあないのか」

敏夫は火を見たままで首を振った。

「とうさんですよ」と彼は云った、「かあさんはそこへ毎晩、とうさんのかげ膳《ぜん》を据えていましたからね」

「とはまた古風だな」と啓三が云った。

「健さん」と姉が云った。

「聞きました」と答えて、私は敏夫を見た、「敏夫、――おまえ本当にかあさんとそう話しあったのか」

敏夫は頷いた。頷いてから、やはり火を見まもったままで、下唇を嚙《か》んだ。すると、無精髭《ひげ》の伸びた頰が抉《えぐ》ったようにくぼみ、ぼさぼさの髪が額へ垂れかかった。

「姉さん、敏夫の好きなようにさせてやりましょう」私は姉のほうを見て云った、「――十幾年もいっしょにくらしたんだし、東京にいた私たちにはわからないこともあるでしょう、かあさんがそれでいいと云ったというなら、それを信じてやるほうがいいじゃありませんか」

「健さんまでがそんなことを云うの」姉はくしゃくしゃになった手帛で鼻を押えた、「――それじゃああんまりだわ、それじゃあおかあさんがうかばれやしないじゃないの」

私は啓三を見た。こういうときに、啓三の受け止める感受性はみごとなものだ。彼は私の眼を見るなり、私が云いたいと思うことそのままを姉に云った。もしもそれで姉の気が済まないのなら、分骨をしたうえ東京へ持っていって、姉の望むような弔いをすればいいだろう。いまは田舎でも習慣が変っているようだし、寺の住職までそんなふうだとするなら、ここは敏夫の思うとおりにするほうがいいと思う、と啓三は巧みな身振りと、味のきいた言葉とで姉を説得した。

「そんならお葬式はどうするの」と姉は譲歩した、「まさかあたしたちで焼場まで担《かつ》いでゆくわけじゃないでしょ、あたしそのために喪服を持って来たんですもの」

「それを云うことはないですよ」と啓三が云いかけ、私の顔を見て口をつぐんだ。

「敏夫」と私は呼びかけた、「ちょっと歩きに出ないか」

敏夫はゆっくりと私を見た、「なにを心配してるの、ぼくのことなら心配はいらないよ」

「ちょっと歩きに出ないかというんだ」

「まあ坐っていて下さい」敏夫は妙な微笑《わら》いをうかべながら云った、「もういちど云いますが、おふくろのことはぼくに任せてもらいます、木内さんの話ではまにあうだろうというので電報を打ったんですが、まにあわないとわかれば知らせるつもりもなかったんですよ」

「どういうことなの、それは」と姉が吃驚《びっくり》したような声で訊き返した、「おまえまさか、あたしたちに死顔も見せないっていうつもりじゃあないだろうね」

「まあいいから姉さん」と啓三が手を振った、「とにかく云うだけ云わせなさいよ」
「サンキュー、啓さん、だがもう云うことはないんだ」と敏夫は云った、「あなた方はみんないそがしいんだし、こっちはこんな始末で接待もできない、失礼だけれどぼくとしては帰ってもらいたいんですがね」
「ちょっと待てよ」と啓三が遮《さえぎ》った、「おどろかすのもほどほどにしてくれ、いくらなんでもそんな乱暴なはなしはないぜ、なるほど君は十何年も二人っきりでくらしたろうけれど、おふくろは君だけのもんじゃない、おれたちにとっても実の母親だぜ」
「だからちゃんと知らせたじゃあありませんか」
「じゃあ訊《き》くがね、まにあわないとわかってたら知らせないつもりだった、というのはどういう理屈だい」
「理屈も理由もありません、そう思ったからそう思ったと云ったんです」
「まあおちつけよ」啓三は押しなだめるような手まねをした、「ちょっとおちついてものを云ってくれ、いいかい」と云って啓三は唇を舐《な》めた、「君の云うとおりおれたちはいそがしい体だ、ことにこの年の暮れで、自慢するようだがおれの体は一時間が何万円にもつくんだ、しかしたった一人のおふくろが死んだんだよ、東京からここまでやって来た以上、通夜もしない葬式も送らないで帰れるかい」

もりなのよ」

「それだけじゃないわ」姉が割込んだ、「あたし帰るときにはあんたを伴《つ》れてゆくつ

敏夫はぼんやりと前を見ていた。生気のない骨張った顔は無表情だし、その眼にもなんの反応もあらわれていなかった。

「敏夫」と姉が云った、「おまえあたしの云うこと聞いてるの」

「つまりません、そんなこと」と敏夫は精のない口ぶりで答えた、「かんじんのおふくろが死んじゃったんだから、なにをしようったって始まりゃあしない、ぼくも一巻の終りだし、自分のことぐらい自分でやりますよ」

「じゃあ東京へはいかないっていうの」

敏夫はうつろな眼で姉を見た、「——東京へですって、ぼくが」彼は重たげに頭を振り、べそをかくような顔つきで云った、「あんたたちにはわからない、あんたたちにはなんにもわかっちゃいないんだ」

「よせよ」と啓三が云った、「芝居のせりふみたいじゃないか、いったいおれたちがなにを知らないっていうんだ」

「なんども云ったじゃないか」敏夫の声がふるえだした、「ぼくは独りでかあさんを葬《ほうむ》りたいんだ、ぼくはかあさんと約束したんだ、死んでも湯灌なんかしないでくれ、

誰にも体を見られたくない、ぼくにさえ見られたくないって云ったんだ、通夜もぼく一人だけでしてくれ、誰にも通夜はしてもらいたくない、そのまま焼いて骨にして、その骨は山でも野原でも、どこでもいいから撒《ま》きちらしてくれ、きっとそうしてくれって、いくどもいくども約束させられたんだ」

敏夫の眼から涙がこぼれ落ちたが、彼は拭《ふ》こうともせず、こぼれ落ちるままに言葉を切った。姉は呆《あき》れたような眼で私を見た。私は感情が顔にあらわれるのを、けんめいに抑えるだけで精いっぱいだった。

「あたしにはわけがわからない」と姉が云った、「そんな話ってあるかしら、健さんあんたどう思って」

「わかりませんね」と私は答えた。

「わからない」と云って敏夫が私を見た、涙でぐしゃぐしゃになったその眼は、まるで嚙みつきでもするような、異様な光を帯びていた、「――五番町の兄さんにもわかりませんか」

私は頷いた。敏夫は笑った。空罐《あきかん》の中で石をころがすような、空虚な含み笑いであった。

「じゃあ姉さんや啓さんにわかるわけがないや」と敏夫は手の甲で眼のまわりを拭き

ながら立ちあがった、「ちょっとそこまでいって来ます」

「どうするんだい」と啓三が訊いた。

「めしの注文ですよ」と敏夫は答えた、「ひるめしぐらい喰べてってもらわなくちゃあ済みませんからね」

五

「いっしょにいこう」と私は立ちあがりながら姉に云った、「ちょっと外を歩いて来ます」

敏夫は黙って土間へおりた。私が靴をはいて出ると、敏夫はもう表通りへ曲るところだった。滑りやすい根雪の上を、私は危なっかしい足どりで彼に追いついていった。——この町は小さく、殆《ほと》んど帯のように、一と筋の道を挟《はさ》んで左右に家が並んでいる。うしろはどちらも田畑と草原がひろがり、東のほう遥《はる》かに遠く、この県で名高い山塊が、他の低いやまなみを抜いてそびえていた。——いまはさびれているが、昔は郡役所のあったところで、町の中央には繁華街のなごりを残す建物が多く、現在でも映画館や酒場、料理屋などが集まっていた。

私は黙ってついてゆき、敏夫が「雁木屋」という料理屋へはいるのを見ていた。そして彼が出て来るのを待って、なにげなく云った。

「寺町のほうへいってみないか」

「いってみたいんですか」敏夫は遠くから見るような眼で私を見た、「それともなにか話があるんですか」

「話もあるんだ」

「うんざりだな」と云って敏夫はすぐに微笑した、「失礼、これはぼく自身に云ったんですよ」

私は黙って寺町のほうへ曲った。その名の示すとおり、そこは寺がずっと並んでおり、何百年かまえにこの土地の領主だった人の墓もある。片側はもと武家屋敷だったらしい。白く乾いた土塀《どべい》が続き、寺のある側には古い榎《えのき》が並木になっていた。曇ってはいるけれども、陽が高くなったためだろう、道の雪が溶けはじめたので、ぬかるみを拾って歩かなければならなかった。

「あれが法光寺です」敏夫は手をあげて云った、「寄っていきますか」

私は答えなかった。

「石岡起善《きぜん》って人、知ってるんでしょう」と敏夫は続けた、「兄さんと高校で同級だったって、面白い人ですよ、いまは寺の住職というより幼稚園というか、託児所のような仕事のほうにうちこんでますがね」

　敏夫はそこで思いだし笑いをし、細い頸《くび》で支えられた危なっかしい頭を左右に振った。

「あれには困ったな」と彼は独り言のように云った、「——一休さんみたいなことを云うなって、姉さんらしいや、ぼくは笑うのをがまんするのに汗をかきましたよ」

「敏夫」と私は呼びかけた。

「法光寺はどうします」と敏夫が云った、「石岡さんはあなたに会いたがってましたよ」

　私は黙って歩いた。

「一時間が何万円にもつく体だって、啓さんは善人だなあ」と敏夫は云った、「ぼくは啓さんが大好きだ、室町の姉さんも好きだな、女のいいところと悪いところをそのまま出してる、世間態《てい》やみえにこだわってることを隠そうともしない、いいな、ぼくは姉さんも大好きだ」

　私は立停って敏夫を見た。

「君はなにが云いたいんだ」と私は低い声で訊いた。

「なんにも」と敏夫は顔をそむけた、「ぼくには云いたいことなんかなにもありませんよ」

「本当にないのか」

「ありません」

「君はさっき、五番町にもわからないのかと云った」私は歩きだした、「かあさんが死んだらこうしてくれと、君に約束させた理由を私が知っている筈《はず》だ、という意味だろう、そうじゃないのか」

敏夫は答えなかった、

「君が云わないのなら私から云おう」私はいっそう声を低くした、「君はいつか私のノートを読んだ」

「兄さんは知らないんだ」

「君はあのノートを読んだ」

「読んだのはかあさんだよ」

私は思わず立停り、敏夫も立停った。そこは寺町のはずれで、向うは雪に掩《おお》われた田圃《たんぼ》がひろがり、左の遥かかなたに、孤立したその山がぬきんでて高く見えた。私は深く息を吸い、静かに吐きだしながら、敏夫を見た。

「読んだのはかあさんですよ」と敏夫は山のほうを見たままで云った、「なんだってあんなことを書かなければならなかったんです、兄さん、なんのためです」

私には答えようがなかった。

「なんのためです、兄さん」と敏夫はひそめた声で囁《ささや》くように云《い》った、「面白かったからですか、好奇心ですか、それともかあさんの罪を咎《とが》めたかったんですか」

私は靴の先で雪を突ついた。

「わからない」と私は答えた、「自分でもどういう気持で書いたかはわからない、ああいうことにぶっつかったら、おそらく君でも書いたんじゃないかと思う」

「生みの母親のことをですか」

「私は非難しはしなかったよ、君が読んでいればわかるだろうが、私は自分の感じたことを感じたままに書いただけだ、生みの母親だということも考えなかったろう、正直に云えば自分の研究の材料になる、というくらいの気持はあったかもしれない」

「研究とはどんなことです」

「皮膚だ」と私は云った、「視覚や聴覚や味覚よりも、皮膚から受けるもののほうが人間の感覚を支配するのではないか、——いろいろな事情で臨床専門になってしまったが、私はこのテーマに一生を賭《か》けるつもりだった、あのノートを書いたのはそういう時期だったんだ」

敏夫は脇へ向いて唾《つば》をした。

「あんたはいやな人だ」と彼は云った、「あんたははなもちのならない人ですよ、姉さんは女の弱点をよせ集めたような人だし、啓さんはみっともない俗人だ、それでもあんたよりましです、人間としてはずっとましですよ、わかりますか」

「ぼくは知らなかった」とすぐに敏夫は続けた、「どうしてかあさんが東京へ帰りたがらないのか、姉さんやあんたが諄《くど》いほどすすめたし、ぼくだって東京へゆくようにすすめたのに、かあさんはどうしても承知しなかった、なぜだと思います、え」敏夫は眼をほそめて私をみつめた、「——学校が新制になって高校へはいったとき、こんなことを云うのはいやだけれど、ぼくは失恋した、ぼくは死にたかった、死のうとしたんだ、そのときかあさんがあのことを話してくれたんですよ、——そのあとでかあさんがなんと云ったと思います、あの人とのことがあったので生れてきた甲斐《かい》があった、いいですか、あの人とのことがあったので、この世に生れてきた甲斐があったっていうんですよ」

「言葉は違うけれどかあさんはこう云いましたよ」と敏夫は云いかけて、首を振った、「いや、よしましょう、人間を実験動物のようにしかみない兄さんにはわかりゃあしない、一と言だけ云えば、かあさんはあんたたちに顔を見られるのがいやだったということです」

「おれは人間を実験動物のようにみたことはないよ」

「断わっておきますがね」敏夫は歩きだしながら云った、「ぼくは死んだおやじの子ですよ、それだけはかあさんの名誉のために覚えておいてもらいますよ」

私は頭を垂れて、敏夫のあとから歩いていった。

――おれは母を実験動物のようにみたことはない。

あのノートはまったく客観的に書いたものだ。中川という男と母のあいだに、なにかがあるという直感。それが敏夫の出生とむすびついているという事実。これは事実であって空想ではない。繰り返すようだが、私には母を咎めるような気持は少しもなかった。むしろ、と思って私は唇を噛《か》んだ。

――面白かったからか、好奇心か。

敏夫の云った言葉が、まるで審判者の声のように、するどく耳の奥で聞えたからだ。私は急に足が重くなったように感じ、雪泥の道を拾ってゆくことも忘れて、幾たびかぬかるみへ踏みこんだ。

私はまいった。母があのノートを読んだということは想像もしなかった。敏夫が読み、そのために性格がぐらついたものと考えていた。私はしんそこまいった。かあさん、と私は心の中で繰り返し呼びかけた。あのとき、神聖なものを冒瀆《ぼうとく》したというように感じた、その感じが、いまはもっと現実的な量感で私を押し包み、全身を搾《し》めあげるように思われた。

——自分は母を実験動物のように考えたことはない、そんな考えは微塵《みじん》もなかった。家へ帰るまで、私は救いを求めるように、そう主張し続けていた。

注文の料理が届き、姉が酒の支度をした。敏夫は陽気になり、なにかうれしいことでもあるように、活発にしゃべったり笑ったりし始めた。膳《ぜん》には甘煮や焼き物のほかに、この地方のこの季節だけにある鱈《たら》の料理。作り身や、肝臓を入れた味噌椀《みそわん》があり、私にはなによりの好物だったが、たのしんで味わうような気持のゆとりはまったくなかった。

「ぼくがかあさんに苦労のさせどおしだったって、さっき姉上は仰《おお》せられましたね」敏夫は明るく微笑しながら云った、「——仰せのとおりです、ぼくはなっちゃない野郎です、ぼくはあんたたちの余りっかすで出来たらしい、姉上や健さんや啓さんに、いいところはみんないっちゃって、残りのかすでやっとこさぼくが生れたんでしょう、することなすこととんまで、まぬけで、おふくろに苦労ばかりかけて来ました、弁解なんかしません、ぼくは本当にしようのない野郎ですよ」

姉が私の顔を見た。

「ほう」と啓三が片手をひらめかせて云った、「どうやら一席ぶつつもりらしいな、拝聴しようじゃないか」

六

「一席ぶつなんて不遜《ふそん》なもんじゃない、慎んで申上げるというわけですよ」
「やってくれ」と啓三が云った、「おふくろもいっしょに聞くだろう、拝聴するよ」
「そんなに開き直るほどのことじゃないさ、ぼくはおふくろに苦労させたけれど、それで自分が甘い汁を吸ったわけじゃありません、あんたたちにはわからないかもしれないが、おふくろはちゃんとわかっていてくれましたよ」
「まあ一杯やれよ」と云って、啓三が彼に酒を注いでやった、「御高説はうかがうが、鱈の刺身の味がおちない程度にたのむぜ」
「サンキュー」と敏夫は盃《さかずき》を額まであげ、歯を見せて微笑しながら云った、「本当はそれほど云うことはないんだ、おふくろが死んだ、ぼくも全巻の終りだっていうことです、――息をひきとるまえにね、あたしが死んだらおまえはどうなるだろうって、おふくろが云って、涙をこぼしました、ぜんぜんそのとおりです、おふくろに死なれてどうしようがありますか、ぼくは全巻の終りです」

「こ、う、ら、い、や」と啓三が云った。

「およしなさい」と姉が云った、「敏夫、――そんなやけなようなことを云って、いったいこれからどうするつもりなの」

「だから、おふくろもそれを心配してたって云ったでしょう、ちょっと失礼」

敏夫は立ちあがって、母の遺骸《いがい》のある六帖《じょう》へゆき、自分の四帖半へいったが、すぐに素焼の小さな壺《つぼ》を持って戻って来た。四分の一リットルくらいはいりそうな壺で、口のところに細い縄が巻きつけてあった。

「おふくろ手製の梅酒です」敏夫は茶簞笥《ちゃだんす》からグラスを出して来、壺の木栓を取って、その酒を注いだ、「世間で作るようなやつじゃない、純粋な梅酒、七年経《た》ってるんですよ、失礼だけれどあんた方には差上げません、おふくろがぼくのために作ってくれたもんですからね」

薄い琥珀色《こはくいろ》の、とろっとした酒で、敏夫は仰向いてそれを喉《のど》へ流しこんだ。

「どこまで話したっけな、ああそうか」敏夫は二杯めを呷《あお》って云った、「これからどうするつもりか、っていうところでしたね、ええ、あんた方はよく聞いていないらしいが、ぼくは全巻の終りだって云ったでしょう」

「ふざけたことを云うのはよしなさい」と姉がタバコに火をつけながら敏夫を睨《にら》んだ、「さんざっぱらおかあさんにあまえたあげく、あたしたちにまで甘ったれるつもりなの、こんなときぐらい少しはまじめになるものよ」

「ぼくはまじめですよ」敏夫はまた梅酒を呷った、「生れてこのかた、いまぐらいまじめにものを云ったことはありません、ぼくはだめなんだ、いいですか、かあさんが生きていてくれてさえ、ぼくはなっちゃない野郎だった、なにをやってもしくじるばかり、かあさんにしりぬぐいをしてもらって、こんどこそはと思ってやる事がまたおじゃかしゃかしゃ」

彼は続けさまに二杯呷り、ぐらっと頭を垂れて、それから喉《のど》で忍び笑いをした。

「室町は大資産家、五番町は大病院の内科部長、啓さんは一時間が何十万円にもつくという、――何万円でしたかね、失礼、――その中で残りっかすのぼく一人ぐらい、どうなったっていいでしょう、姉さん、あんたにはぼくが甘ったれにみえるかもしれませんがね、これでも自分にできるだけのことはやってきたんですよ、かあさんはそれを知っていてくれた、隣りでいまかあさんは聞いていてくれるでしょう、ぼくは自分にできる限りのことをやってきた、することなすことおしゃかになっちゃったけれど、自分では精いっぱい、いま思うとおかしいくらいしんけんにやってきたんですよ」
「そろそろ弁解になってきたようだな」と啓三が云った、「そのへんで切上げにしようじゃないか」
「OK、ぼくにももう云うことはありません、ぼくはかあさんといっしょにくらした、かあさんがいてくれたからこれまでやってきた、そのかあさんが死んでしまった、――いけねえ、同じことの繰り返しだな、ぼくは何百遍でも繰り返したいが、あんたたちにはお笑い草でしょう」敏夫は壺とグラスを持って立ちあがり、ちょっとよろめきながら、姉に云った、「――姉さん、いいことを教えてあげましょうか、ねえ、かあさんには恋人があったんですよ」
「ばかなことをお云いなさい」
「かあさんには恋人があった」と彼は云った、「それを聞いたときぼくはうれしかったな、あんたたちにはわからないだろうが、ぼくはかあさんに抱きつきたいように思った」
「敏夫」と姉がきめつけるように云った、「おかあさんがまだそこにいるのに、けがらわしい、なんということを云うの」
「けがらわしいの、姉さんには」敏夫はまた歯をみせて微笑し、姉におじぎをして云った、「ぼくは美しいと思ったな、本当にかあさんに抱きついてよろこんであげたかった、――もうこれでおしまい、酔ったようだから失礼して、ちょっと横にならせて頂きます」

そして敏夫は自分の部屋のほうへ去った。

「相当いかれてますね」啓三は私に酌をしながら云った、「おふくろに恋人があったなんて、どういうつもりで云いだしたんでしょう」

「でたらめよ」姉は色をなしたといったような表情で云った、「あの子は昔っからあんなふうだったわ、そんなことを聞けばあたしたちが吃驚《びっくり》するだろうと思って云っただけよ、でたらめにきまってるわ、いやらしい」

「いかれたんだな」と啓三は手酌で飲んでから云った、「おふくろに死なれて途方にくれてるんでしょう、あの」

あの、と云いかけて啓三は口をつぐんだ。向うの四帖半から、母の声が聞えて来たのである。すぐにはわからなかったが、それが母の声だとわかったとき、私たちは息をのんだ。私は啓三を見た。すると姉が肩をおとしながら云った。

「あのテープ・レコーダーだわ」

「テープ」と云って啓三が姉を見た。

「聞いてごらんなさい」と姉が云った。

かなり明瞭《めいりよう》に母の声が聞えた。

——そんなことはだめだって云ったでしょう、どうしておまえはそう懲《こ》りないの、女親だと思ってばかにするのもほどにしておくれ、かあさんがこんなに心配しているのがわからないのかい、ばちあたりな子だよ。

そこまで聞いて姉が立ちあがった。

「なんて人でしょう」と姉は云った、「おかあさんがまだそこにいるというのに、まるでからかってるようなもんじゃないの」

「うっちゃっておきなさい」と啓三が云った、「敏公には敏公でやりたいようにやりたいんでしょう、放っときなさいよ」

だが姉は聞こうともせずに、敏夫の部屋のほうへ出ていった。啓三は気取った動作で肩をすくめ、私に酌をし、自分も手酌で飲んだ。

「しかし敏公はいったい」

啓三がそう云いかけたとき、姉が駆け戻って来た。

「健さん来てちょうだい」と姉はふるえ声で、奥のほうを指さしながら云った、「敏夫のようすがおかしいのよ、早くいってみて」

私の頭の中で「全巻の終り」という言葉が、鐘を撞《つ》き鳴らすように大きく、重おもしく聞えた。まず啓三が立ち、私も立っていった。

敏夫はテープ・レコーダーを枕許《まくらもと》に置き、掻巻《かいまき》を掛けてごろ寝をしていた。骨ばかりのように瘦《や》せた顔を仰向け、口をあけて、不自然な鼾《いびき》をかいて眠っていた。半眼をあいている眼の瞳孔《どうこう》は拡大し、口の脇《わき》は涎《よだれ》で濡《ぬ》れていた。私は瞳孔と脈をしらべながら、催眠薬だなと思った。

「啓三」私は敏夫の着物の衿《えり》をひろげながら云《い》った、「木内という医者を呼んで来てくれ、胃の洗滌《せんじょう》をすると云えばわかるだろう、薬はおれの持っているのでまにあうだろう、いそいでいって来てくれ」

啓三はとびだしてゆき、姉はわなわなとふるえていた。

「どうなるの、大丈夫」と姉はのぼせあがったように云った、「どうしてこんなばかなことをしたのかしら、本当に死ぬつもりだったのかしら、健さん、この子は大丈夫」

「水を持って来て下さい、土瓶《どびん》がいい、大きいのに入れて来て下さい」

姉は躓《つまず》きながら出ていった。

テープ・レコーダーは空廻《から》りをしていた。母の小言はもう終って、空転する音だけが聞えてい、私は敏夫の上半身を抱き起こした。薬は梅酒の中に混ぜてあったのか、そのまえからのんでいたのか、いずれにせよこいつは死ぬ気だった、と私は思った。失恋したときに死のうとしたと云った。それが現在まで続いていたのか、それとも母に死なれたことと、自分の将来に絶望したためだろうか、おそらく、それらが積重なって自殺する気になったのであろう、と私は思った。

「しかし失敗だったよ、敏夫」と私は彼の上半身を抱えたままで呟いた、「君はこんども失敗した、君は死にゃあしないよ」

姉が水を持って来た。私は姉に、敏夫の口をあけさせて、土瓶の口からむりに水を流しこんだ。敏夫は唸《うな》り声をあげ、首を振り、身をもがいた。激しくむせたので、私は水を飲ませるのを待った。そのとき、空転していたテープ・レコーダーから、母の声が聞えはじめた。

——悪く思わないでおくれ、敏夫。

と母のやさしい声が云った。

——おまえの留守にこれを吹き込んでおくんだけれど、いつかおまえが聞いてくれるだろうと思う、かあさんはいつもおまえに小言ばっかり云ってきた、ばちあたりなんて云ったこともあるね、でもあれは本心から云ったことじゃない、あたしはおまえが可愛《かわい》かった、四人きょうだいの中で、おまえだけがいちばん可愛かった、こんなことは姉さんや兄さんたちに聞かせられないけれど、本当にあたしはおまえが可愛んだよ。

姉が急に手帛《ハンカチ》で眼を掩《おお》い、くくと嗚咽《おえつ》し始めた。母の声はなお続いた。

——なにをやってもものにならない、そのたびに小言を云ったけれど、本当はかあさんは心の中で頭を下げている、あやまっているんだよ、おまえをそんなふうに産んだのはかあさんだからね、おまえの罪じゃない、おまえをそんなふうに産んだかあさんが悪いんだから。

そこで少し空転があって、また続いた。

——おまえはいい子だよ、本当に可愛い、いい子だよ、一と言で云えば、かあさんはおまえの死ぬまで生きていたいと思う、しっかりするんだよ敏夫、世の中には金持になる人もあり、有名になる人もある、でも人間はそれだけじゃないだろう、おまえにはおまえの一生があるんだし、それは誰にもまねのできることじゃない、たとえ失敗のし続けにせよ、人間が生きてゆくということは、それだけでも立派なことじゃないか、おまえはおまえなりに生きておいで、人がなんと云おうと構いなさんな、おまえの一生はおまえだけのものなんだからね、……もういちど云うけれど、ばちあたりなんて叱《しか》ってごめんよ。

そこでテープ・レコーダーの声は切れた。姉は手帛で顔を掩ったまま嗚咽してい、私は抱えている敏夫の顔を見た。

——君はこれを聞かなかったんだな。

私は心の中でそう呼びかけた。

——正気に返ったら聞かせてやるよ、君は仕合せなやつだぜ。

啓三が木内医師を伴《つ》れて帰って来た。

（「小説新潮」昭和三十五年一月号）

解説

木村久邇典

ことし（昭和五十六年）の秋、某レコード会社系のテープ部門が、朗読による『山本周五郎傑作短編集』を企画し、わたくしが監修と解説を担当した。作品選択にあたって、社内の文芸部では、議論百出、あれもいい、これも捨てがたい、と容易に意見がまとまらなかったそうである。

これらの作品を五人の俳優が朗読した。

一作の朗読時間が平均四十分のものを選んだのだが、いずれ劣らぬ芸達者のひとたちとあって、ディレクターはスタジオの使用時間を六十分と予定した。これだけあれば、時間はたっぷりと考えたのだという。

なかの一人である音無美紀子は、いわゆる〝周五郎役者〟グループの常連である。みな忙しい人たちばかりで、吹き込みは真夜中の午前一時から始まった。ところが、ディレクターにとって予期しなかった事態が出来《しゆつたい》した。音無美紀子は、十分にけいこもしてきたらしかったのに、いざ吹き込みを始めると、感情が激して涙声になり、目を真っ赤に泣きはらして物語を読み継げずに中断してしまう。吹き込みを了《お》えたのは、夜明けに近かったということである。

わたくしなどもある山本作品を読んではげしい感動を覚え、その作品を理解したような気持ちになったとしても、ある程度の時間を置いて読み返してみると、かつては見過ごしてしまった新しい意味に初めて気づき、より深く新鮮な感銘をうけるのは毎度のことである。〝周五郎役者〟と称されるベテラン俳優が、吹き込みながら本当に泣き出す気持ちも、わたくしには諒解《りようかい》されるような気がするのである。山本周五郎自身が、いみじくも喝破したように、「小説にはいい小説と悪い小説があるだけ」なのだと、つくづく思う。

『入婿《いりむこ》十万両』は、もっとも初期の作品であるだけに、行文も戦後作品のキメ細かさに比するならば、はるかに未熟の域を彷徨《ほうこう》している。しかし、結末をきりりと爽《さわ》やかに締めくくって、短編作者の才能を証拠だてている点では読者にも異論のないところであろう。

唐物売買商難波屋《なにわや》宗右衛門の伜《せがれ》浅二郎は、京極藩の財政を短期間に建て直す秘命を帯びて、藩内随一の才色兼備の名の高い矢走《やばせ》源兵衛の一人娘不由《ふゆ》の入婿となり、要務に尽力するのだが、事情を知らぬ朋輩は浅二郎を商人あがりと蔑《さげす》み、見識だかい不由も夫を侮《あなど》って祝言《しゅうげん》の盃《さかずき》はあげたものの臥床《ふしど》を共にしない。彼は恩師岡田寒泉の示唆《しさ》のままに、京極家の家譜の精査を始めた。時間は空《むな》しく過ぎるばかりで国老の催促も厳しくなる一方だ。だが某日、京極家の家臣だった浅二郎の先祖が、唐物売買を始めるに当たって藩祖高次《たかつぐ》から拝領した五千金を資本としたのが難波屋の巨富を積むもとになったことを家譜の中から発見。ただちに生家に赴いて十万両を藩家に献上し、財政再建の目処《めど》をたてる。役目を果たした浅二郎は、暇乞《いとまご》いを願い出るが、彼の男らしさを知った不由は、不束《ふつつか》を詫《わ》びて夫の膝《ひざ》に泣き伏し、城中からも、退散不許可の急使が駆けつけてくる……。一見やさ男の浅二郎が、見事な太刀さばきで荒らくれ侍どもをこらしめるという意外な展開から、不由が浅二郎を見直すゆくたても、まずは目出たい物語である。おあつらえすぎる筋運びに不満を持つムキもあろうが、婦人大衆雑誌の小説という枠組みの中での、山本周五郎の苦闘ぶりをも観察ねがいたいのである。『抜打ち獅子兵衛《ししべえ》』このころ（昭和十五年）になると、目立って佳作が多くなる。『城中の霜』『三十二刻』『松風の門』『鍬《くわ》とり剣法』『内蔵允留守《くらのすけ》』等々は、同年の『暦』（壺井栄）、『夫婦善哉《めおとぜんざい》』（織田作之助）、『美しき囮《おとり》』（中山義秀）、『姨捨《おばすて》』（堀辰雄）などに比して、さして見劣りするとは思われない。山本が世評を得なかったのは、ただ単に、彼が大衆娯楽小説雑誌を、主な作品発表の舞台にしていたという、笑殺すべき理由にしかすぎないのだ。『抜打ち獅子兵衛』は、藩家を改易になった遺臣たちの、御家再興に腐心する忠誠譚《たん》の体裁をとっている。しかし内実はそうではない。抜打ち獅子兵衛こと館《たて》ノ内《うち》左内は、幕府や主家親族諸侯の態度などから早くも御家再興に見切りをつけ、往来繁華な両国広小路で賭《か》け仕合をおこなって話題を撒《ま》き、かねて目当ての出雲国《いずものくに》三万二千石松平壱《い》岐守《きのかみ》の子で〝鬼若様〟と綽名《あだな》される虎之助《とらのすけ》をひきつけ、藩主の遺児倫子姫を鬼若様の内室にお迎え願って、間接的な主家の再興を果たそうと計策、首尾よく目的を果たす。この作品の背骨になっているのは左内の覚めた理性的合理性である。遺臣十四人ともども左内をも召し抱えようという虎之助の招請を彼が拒むも〈柘植《つげ》の御息女は家中の侍に賭《か》け勝負などをさせ、壱岐様を計って輿入《こしい》れしたと……〉世間にいわせないための潔《いさぎよ》い出処進退観によっている。左内と倫子姫との淡く清い慕情、虎之助と左内の友情と信頼が作品の余情をさらに味わい深いものにしている。

『蕗《ふき》問答』　山本周五郎がこっけい小説にもすぐれた才華を示したことは、『青べか物語』などの戦後作品を通じてこんにち広く知られている。

『蕗問答』もまた、山本の新進時代における、まさしく一種の〝こっけい小説〟である。

秋田藩年寄役の寒森《さむもり》新九郎は、〝忘れ寒森〟と別称されるほどの健忘家。強情で圭《けい》角《かく》も多い人間なのに、それが同時に愛敬《あいきょう》にもなっているというのは、奇妙な人徳というべきであろう。山本周五郎はいかにも楽しげに、癇癪《かんしゃく》もちの老人だとか、大事到来するも悠揚せまらざる人物像を造形するのを得意とした。特技だったといってもいい。

財政逼迫《ひっぱく》の折柄、諸事倹約が令達されていた。佐竹義敦《よしあつ》は江戸城中で諸侯が御国自慢を始めたとき、秋田蕗の長大美味を披露したけれども諸侯は信用しない。義敦は早馬を国元へ発して、最も大きなのを葉つきのまま十本、江戸へ取り寄せ、諸侯に謝らせて溜飲《りゅういん》を下げる。これを聞いて立腹した寒森は諫言《かんげん》すべく直ちに出立したのはよいが、義敦に謁《えつ》したときは用件をすっかり忘れていて、苦しまぎれに、義敦の侍女で「おこぜ」と綽名される浪江《なみえ》を妻にと願い出る。面白がった藩主は、その場で仮盃を交わさせたうえ、国元へ連れ帰れと命ずる。

ところが浪江は醜《しこめ》女ではあったが健康で怜悧《れいり》な女性であり、主婦として手際《てぎわ》よく家事を処理し、荒地を開拓したり、秋田蕗を砂糖漬にし、秋田名産として江戸へ送り出そうと考案する名婦だった……。蕗漬の件から諫言の中身を思い出した新九郎は、再び江戸に上って主君に忠言する。この場面が、こっけいな仕立ての物語のなかで、辛味のきいたわさびになっているのが心憎い。〈本多平八郎殿の聞書きに、東照神君の仰《おお》せがございます、『座談の折などには真《まこと》らしき嘘《うそ》は申すもよし、嘘らしく聞ゆる真は申すべからず』〉。

物語のおかしみの中に流れる主従の信頼感、新九郎と浪江の夫婦愛、さらに名産を案出する〝生産小説〟といった多角的な要素を、過不足なく塗り込めた上質の娯楽小説になっている。

『笠折半九郎』　笠折半九郎と畔田《くろだ》小次郎は親友で紀州藩士。半九郎は生一本な直情径行派であるのに対し、小次郎は沈着な理性派。喧嘩《けんか》と和解を繰り返しながら、主君紀伊頼宣《よりのぶ》の主従の隔てを超えた家臣への信愛によって、二人はさらに大きな人間理解の絆《きずな》で固く結ばれる。

たわいもない話柄《わへい》が意外な方角へもつれ、ついには破局的な対立にまで押し流される例は世に少なくない。決闘を約して別れた半九郎を、夜半に叩《たた》き起こしたのは小次郎だった。城の火事を知らせに来たのである。友情に感謝して半九郎は共に城に走り、配下を指揮して命がけで角櫓《すみやぐら》を守り通す。だが鎮火の後おこなわれた恩賞で、持場を死守した半九郎だけには沙汰《さた》がない。彼自身は何とも思わないのだが、行賞の不公平をあげつらって半九郎をけしかける輩《やから》がいる。自分は〝火消人足〟ではないと答えた半九郎の返辞が、恩賞組の反発をよび、仲に立った小次郎との感情のもつれがまたも燃えあがって、再び決闘という次第になる。このゆくたて、実に自然で無理がない。争いの原因を知った頼宣が決闘の場に現れ、力一杯に「馬鹿者《ばかもの》！」と連呼しながら半九郎を殴打していう。人間の命は城にも代えられぬ、予にとっては角櫓ひとつよりも家臣の方が大切なのだ、と。

共に謹慎を命じられた半九郎と小次郎は、互いに頼宣に仕える幸せと、友情を泣きながら確認しあうのである。

この作品は、軍国主義全盛時代に執筆された。紀伊頼宣の中核にある人間第一主義は、当時の〝滅私奉公〟思想とは微妙に背反しており、友情のカプセルが、その核を包んで感動的な男性の世界を描き出しているのである。〝女性の作家〟ともいわれる山本周五郎にも、男性世界を描く優れた多くの小説があることをご留意ねがいたい。

『避けぬ三左』　榊原康政《さかきばらやすまさ》の家臣で、顔つきこそ頑丈そのものだが、眼の色は柔和で性質も温順、動作やや鈍重の国吉三左衛門に、特筆すべき性癖がある。飛来する矢弾《やだ》丸《ま》であろうと、向こうからくる人であろうと絶対に避けない。雨の日でも「ああ、いい天気だな」という。「避けぬ三左」とも「天気の三左」とも呼ばれるゆえんだ。半ばカリカチュアライズされた人格を、周囲の事象とともに戯画化して一編の作品を構成するのはかなり高度の技術を必要とする。三左に突然、憂鬱《ゆううつ》が襲うのも、結婚を決意するのも、小田原評定後、徳川家が関東に移封されれば、家康の天下統一は、三左の孫《まご》子の代の先になると思案した結果であった。箱根・鷹巣城《たかのすじょう》攻めに加わった三左は、例の矢弾丸を避けぬ筆法で先陣に立って名乗りをあげたとたん、敵の集中射撃を浴びて負傷するが、なおも進んで行こうとするのに続いて榊原軍は一斉攻撃に移り、難なく落城させてしまう。作者の短期決戦否定の戦争観と、粘り強く天下征服を果たした〝家康ごのみ〟の色彩が、はっきりうかがわれるのが興味ぶかい。日本が太平洋戦争に突入したのは、『避けぬ三左』が発表された昭和十六年十二月のことであった。

『鉢の木』　この作品は「士は士を知る」、真の友情のあり方をテーマに据えている。鳥居元忠の不興を買って召し放たれた壱式《いつしき》四郎兵衛は、妹の萩尾《はぎお》と琵琶湖《びわこ》ちかくの酒波の里に身を隠し復帰の日を待っているものの吉報はもたらされない。

兄妹の境遇に同情した土地の資産家佐伯又左衛門が壱式の僅《わず》かな持ち物を買い取ってくれるので細々と暮らしてきたのだが、又左衛門が萩尾に結婚を申し込んできたのを四郎兵衛が重ねて拒んだことから疎遠《そえん》になり、生活苦は一段ときびしくなる。又左衛門がひ弱な男に思われたからだ。折から又左衛門は、家康が上杉征伐に出陣のあと、伏見城の留守を預かった鳥居元忠ら千八百人が、石田三成軍ら四万余騎に取り囲まれた報を知り、馬を曳《ひ》き鎧櫃《よろいびつ》を負って四郎兵衛宅に駆けつけ、出陣の餞《はなむ》けとして贈る。勘当の許しが届かなかったのは、元忠が敵に包囲されたためだったのだ。萩尾と佐伯の結婚を許し、「鉢の木」の謡《うたい》を朗吟しながら、四郎兵衛は恐らく再び還《かえ》ることない戦場へ勇躍して赴いてゆく。

壱式四郎兵衛が堕弱な男と評定した又左衛門が、実はもののふの心情を知る男らしい男であり、四郎兵衛兄妹の潔さ、清楚《せいそ》さが、物語の雰囲気《ふんいき》を効果的にひきしめている。出陣の情景はさながら芝居の名場面をみるごとくだ。意識的に減じた改行と、重量感ある行文とが相乗して、悲壮美と緊張美とを描出した好短編である。

『孫七とずんど』は、昭和二十年三月、八雲書店刊行の『夏草戦記』に収録されているので、おそらく太平洋戦争の趨勢《すうせい》もほぼ見定まった時点で執筆されたものであろう。山本周五郎の作家仲間は、彼は戦争の成り行きについて相当程度の見通しを、開戦のかなりまえから軍部のさる筋から得ていたらしいと語っている。昭和十四年、矢田部海軍航空隊主計長だった山口範次郎氏（当時主計中佐、のち大佐）は、「そういえば山本さんがそのころ、講演にこられたことがありました。内容は忘れてしまいましたが、別に戦意昂揚《こうよう》の演説じゃありませんでしたなあ」という。『孫七とずんど』が戦勢定まった終末期に、一種のこっけい小説、戦場オトボケ小説として描かれていることに、わたくしは深い関心を持つ。シリアスな方法で『笠折半九郎』を描いたのとは逆の手法を、孫七と石原寸度《ずんど》右衛門の対照に求めたのであろう。当時の軍部には、戦場へ赴く若者に結婚を断念もしくは延期することを強要する空気が支配的であった。これに対して作者は、危険な戦場を体験した孫七に、世継ぎに後世を託すために嫁取りを決心させているあたりに、軍部への批判的見解が込められているように思われる。

『菊屋敷』は山本周五郎が書下ろしで発表した最初の小説で、講談社の「産報文庫」の一冊として刊行された。書下ろしは初めての経験ということもあって、昭和十九年十二月末の脱稿までおよそ一年間を費した、という作者の回想である。幕末期、日本人として真実のあり方を模索する松本藩の青年たちの真率な苦悩を、厳しい静謐《せいひつ》な筆調で描いた作品である。杉田庄三郎の女主人公志保に対する抑制された慕情は、悲劇的であるためにいっそう激しく読者を打つ。当時の断末魔の戦況の渦中《かちゅう》で、精神を決めた作者の姿勢が、惻々《そくそく》と伝わってくるような感銘を覚える。ここではまた、志保と小松という性格の対蹠《たいせき》的な姉妹の生き方が描かれる。小松は自由奔放かつ自己中心的で、長男の晋太郎《しんたろう》を姉の養子に押しつけて夫と長崎へ赴く。江戸に上って夫が好条件の仕官ぐちにありつき、次男を流行病でうしなうと、長男を戻せと求めてくる身勝手さだ。小松の我儘《わがまま》な要求が、いつも志保の生き方を思わぬ方角へ転針させているのだが、小松はそこまで姉の身の上を思いやる心の持ち主ではない。しかし志保は、小松の押しつけで〝子育て〟の意義の重大さを知り、実践する。晋太郎が江戸の両親の元へゆくと子供心に思料するのも、志保の膝下《ひざもと》に留まりたいという弱い心に負けないためという彼自身の判断からである。志保の真実の心はまさしく晋太郎に引き継がれたのだ。『日本婦道記』シリーズのうち、戦中の昭和十九年八月に描かれた『おもかげ』は、叔母が甥《おい》を育てる〝子育て〟をテーマにした短編であり、同シリーズ『風鈴』は、対照的な性質の姉妹の生きかたに光を当てた終戦直後の作物で、全体が開放的な明るさに彩《いろど》られてはいるが、『菊屋敷』の志保と小松の対置を、直ちに連想させるものである。つまり『菊屋敷』は、『おもかげ』と『風鈴』の中間にあって、作者の思想の根幹を表白している意味からも、見逃すことのできない作品と思われる。

『山だち問答』 山本周五郎が初めて大人むけの娯楽小説『だゝら団兵衛』を「キング」に発表したのは昭和七年五月である。『山だち問答』も同様の素材によって、より熟成を期して執筆された。記念すべき『だゝら団兵衛』を未熟のままにとどめておくのは口惜しいとの作者の思いが、十四年という歳月の後に『山だち問答』に姿を変えたといってよいであろう。

戸田家の藩士郡《こおり》玄一郎は君命で、彦根・井伊家の使者にたち、伊吹山にさしかかると山賊に取り囲まれ、身ぐるみを脱いでゆけとおどされる。玄一郎は役目を果たして立ち戻るまで、衣服大小は貸しておいてくれ。帰って来たときは必ず呈上する、〈武士に二言はない〉と約束して御用を足し、帰路、実際に山だち共に装束を渡して裸で帰城する。非難は玄一郎の腰ぬけぶりに集中するが、彼としては役目を無事に務めることが第一だと、すこしもたじろがず、縁談を破棄されても平然としている。やがて城下に山賊どもが現れ、騒動を起こそうとするところへ、玄一郎が人垣から飛び出すと、意外にも山だち共は平伏して、彼の家来になりたいため、玄一郎をさがして廻国《かいこく》していたのだという。〈武士に二言はない〉を実践した玄一郎こそ頼むべき主君と思い定めたからだ……というのである。老職のおきゃんな娘小雪などの色模様もほどよく配し、適度にユーモラスで、楽しくさわやかな娯楽小説に仕上げている。

『「こいそ」と「竹四郎」』　封建時代にも、このように物事をはっきり明快に割り切る現実主義的で怜悧《れいり》な青年男女がいたものであろうか。大部分の若ものはそうでなかったにしろ、こいそと竹四郎のようなカップルが絶対に存在しなかったとは、なんぴとも断定することはできないであろう。

両人のきびきびした処世観を叙述するのにふさわしく、ほとんど事務的と表現してもよいようなリズミカルな独特の文体は、他の追随をゆるさぬものだ。

〈組頭でなく平の足軽でも、そして成る成らないはべつとして、私はやはり（こいそを）嫁に戴《いただ》こうと思うでしょうし、そのためにできるだけの努力は致しますよ〉〈僅かな身分の違いくらいでなに指を銜《くわ》えているものですか〉と城代に正面切って申し出る竹四郎に、出自の卑《いや》しさのコンプレックスなど毛頭ない。その態度の悪びれなさには痛快感さえ伴う。岡田からの縁談を拒絶し、竹四郎の人物を見込むこいその賢明さも小気味よいものである。わたくしはこの作品を読み返し、山本の最晩年の長編『ながい坂』の三浦主水正《もんどのしょう》と竹四郎との性格の相似性に思い至ったことであった。

『やぶからし』　女性という生きものの、心の襞《ひだ》の裏側にまで、鋭い視線をそそぎ、人間という哀《かな》しい生きものの不思議さを剔《えぐ》りだそうとした文学的にもかなり高度の作品である。すずという武家の主婦の、ひとり語りの体裁で語られる彼女の過去は、幸福であったか不幸であったか。彼女の現在のやさしい夫から、勘当された放蕩《ほうとう》者の前夫へ傾く心の揺れ動きは、自己に忠実な善行なのか、人倫に反する行為なのか。仕合わせな家庭、舅《しゅうと》、姑《しゅうとめ》、夫や子供まで捨てて前夫へ走ろうとするすずの心を占めているのは、かつての夫に対する彼女のつれない仕打ちへの悔恨と同情、無力な者への憐《れん》愍《みん》……、いや、それらをすべて含めて、放蕩癖も直らず、今なお人に頼ろうとする甘えん坊に巣喰う心弱さへ惹《ひ》かれる女心の〝不幸指向〟の不可思議さであるのか。わたくしは明確な判定をくだすことができないのである。〝あの方〟を懐剣で刺し止め、自分も身元の知れぬように死のう、という〝不毛〟のかたちを取った〝愛〟もこの人生にはあるのだと、作者はすずの口をかりて語りかけているのである。

『ばちあたり』作者晩年の現代もの。場所は指定されてはいないが、あきらかに津軽地方が背景になっており、平野のかなたに聳立《しょうりつ》する岩木山も実在感をもって描写されている。

東京在住の順子と〝私〟、啓三の三人姉弟は、母キトクの知らせで郷里へ向かう。臨終には間に合えなかった。末っ子の敏夫は、〝私〟の直感では、父の子ではなく、父の事務所に勤めていた中川という男との間の子らしい。もちろん確証があるわけではない。そして母は、〝私〟のそのノートを読んだ気配があるのだ。

たしかに母の敏夫に対する態度には、上の三姉弟とは異ったものがあり、敏夫もまた母に特別な絆《きずな》を感じていたらしい。通夜《つや》の晩、敏夫は母の特製だという梅酒に催眠薬を入れ、例のテープ・レコーダーをかけながら自殺を図る。

〈しっかりするんだよ敏夫、／たとえ失敗のし続けにせよ、人間が生きてゆくということは、それだけでも立派なことじゃないか、／おまえの一生はおまえだけのものなんだからね、……／ばちあたりなんて叱《しか》ってごめんよ〉

そこの終りの部分を敏夫は聞いていなかったのだ。〈正気に返ったら聞かせてやるよ、君は仕合せなやつだぜ〉と〝私〟は呟《つぶや》く——。

手のかかる子ほど、親の情はより厚いという。昔かわらぬ親子の情だが、母を取り巻く四人の成人した子供らの感情の交錯を通じて、母の真情を浮彫りにしようとするところに作者のねらいがあった。

（昭和五十六年十二月、文芸評論家）

山本周五郎著

花も刀も

剣ひと筋に励みながら努力が空回りし、ついには意味もなく人を斬るまでの、平手幹太郎（造酒）の失意の青春を描く表題作など8編。

山本周五郎著

雨の山吹

子供のある家来と出奔し小さな幸福にすがって生きる妹と、それを斬りに遠国まで追った兄との静かな出会い――。表題作など10編。

山本周五郎著

月の松山

あと百日の命と宣告された武士が、己れを醜く装って師の家の安泰と愛人の幸福をはかろうとする苦渋の心情を描いた表題作など10編。

山本周五郎著

花匂う

幼なじみが嫁ぐ相手には隠し子がいる。それを教えようとして初めて直弥は彼女を愛する自分の心を知る。奇縁を語る表題作など11編。

山本周五郎著

艶書

七重は出三郎の袂に艶書を入れるが、誰からか気付かれないまま他家へ嫁してゆく。廻り道してしか実らぬ恋を描く表題作など11編。

山本周五郎著

菊月夜

江戸詰めの間に許婚の一族が追放されるという運命にあった男が、事件の真相を探り許婚と劇的に再会するまでを描く表題作など10編。

やぶからし

新潮文庫　や－2－37

昭和五十七年一月二十五日　発行
平成十六年四月二十日　三十三刷改版
令和二年五月十五日　四十一刷

著者　山《やま》本《もと》周《しゅう》五《ご》郎《ろう》

発行者　佐藤隆信

発行所　株式会社　新潮社

郵便番号　一六二―八七一一
東京都新宿区矢来町七一
電話　編集部（〇三）三二六六―五四四〇
読者係（〇三）三二六六―五一一一
http://www.shinchosha.co.jp

価格はカバーに表示してあります。

乱丁・落丁本は、ご面倒ですが小社読者係宛ご送付ください。送料小社負担にてお取替えいたします。

印刷・錦明印刷株式会社　製本・錦明印刷株式会社
Printed in Japan

ISBN978-4-10-113438-3 C0193